CŒUR RODÉO

CŒUR RODÉO

LE RANCH DIAMOND BACK – LIVRE 1

GEMMA MORR

Traduit de l'anglais
par Karine Xaragai

Eden
New romance

Retrouvez tous les titres Eden :
www.city-editions.com/EDEN/

Publié pour la première fois en 2025 sous le titre *Untamed Heart, Book 1*
par Pan, une marque de Macmillan Publishers International Limited.
Ouvrage publié sous la direction d'Adrien Le Jemble.
Illustration et design de couverture : © crushed.co.uk
ISBN : 978-2-8246-3012-0
Code Hachette : 21 8201 3
Catalogues et manuscrits : city-editions.com/EDEN

Dépôt légal : Septembre 2025

AVERTISSEMENT

Ce texte est une œuvre de fiction.
Il peut contenir des scènes explicites de sexe qui peuvent heurter certains lecteurs.

Pour Rich, Thomas et Alex.
Vous êtes et vous serez toujours
tout pour moi.

Playlist

La playlist de *Cœur rodéo*

Worst Way, Riley Green
Home, Good Neighbours
Bed Chem, Sabrina Carpenter
Lose Control, Teddy Swims
Ain't No Love in Oklahoma, Luke Combs
Get Good (Infinitefreefall remix), St. South
You & Me (Rivo remix), Disclosure & Eliza Doolittle
Doublewide, Gabriella Rose
Something in the Orange, Zach Bryan
Homesick, Noah Kahan
Daddy's Mugshot, Laci Kaye Booth
Tennessee Whiskey, Chris Stapleton

1

Il était 6 h 15 et je transpirais déjà comme une bonne sœur à un show de Magic Mike.

Je m'efforçais de charger ma lourde sacoche en bandoulière sans froisser mon chemisier, quand mon téléphone s'est rallumé, *une fois de plus*. Le claquement de ma porte a résonné bruyamment dans le silence du couloir. Le téléphone écrasé contre l'oreille, j'ai grimacé : pitié, pourvu que je n'aie réveillé personne !

Mes horaires de travail à rallonge étaient déjà le grand sujet de conversation de tout l'immeuble. Entre la sollicitude inquiète de l'adorable Mme Peterson (ma voisine d'à côté), persuadée que j'étais déjà en plein burn-out, et les messages passifs-agressifs du mec d'en face (qui n'était pas sans rappeler le professeur Rogue), je frisais la réunion de crise, que ce soit aux aurores ou en fin de soirée.

—Bonjour, Cressida... ai-je dit de mon ton le plus professionnel, gommant toute exaspération de ma voix.

Cressida, ma cheffe, était à peu près aussi chaleureuse et compréhensive que Vladimir Poutine.

—Je suis en route, je ne vais pas tarder... ai-je affirmé en poussant la porte de l'immeuble.

—Oui, je sais, je sais... Écoute, Lottie, tu peux récupérer la commande de cafés en venant ? En temps normal, je ne te le demanderais pas, mais toute l'équipe est sur les genoux, là.

J'ai dû me mordre la lèvre pour ne pas répliquer. Pourquoi se sentait-elle obligée de me préciser ce genre de détail ? Comme si je n'étais pas déjà au courant ! Comme si je ne faisais pas partie de l'équipe en question ! Refoulant ma frustration, j'ai vite ouvert mon appli de prise de notes et je me suis efforcée de tenir la cadence pendant qu'elle me débitait toute une liste de boissons caféinées. Vers la fin, elle a marqué une pause avant d'ajouter :

—Ah, et puis… pour info, Heather des RH t'a mis un rendez-vous à 9 heures.

Au sortir de l'allée de mon immeuble, j'ai ralenti le pas pour m'engager dans la rue principale. Les nouveaux escarpins que Kyle, mon copain, m'avait offerts le week-end dernier commençaient déjà à me faire souffrir : orteils écrasés et talons sciés.

—Ah… OK… ai-je simplement répondu, n'ayant pas le cran de demander à ma cheffe le motif de ce rendez-vous impromptu. Écoute, je fais aussi vite que possible.

Comme d'habitude, Cressida m'a raccroché au nez. Face à l'écran noir de mon téléphone, j'ai résisté à l'envie impérieuse d'imiter le hurlement strident du 747 qui était en train de passer au-dessus de moi, direction Heathrow. Au lieu de quoi, j'ai serré les dents et j'ai continué vers la station de métro, allant presque jusqu'à trottiner en dépit des talons aiguilles de dix centimètres qui me faisaient de plus en plus mal. Je souffrais, mais ça en valait la peine ! Ils étaient sublimes, ces escarpins en cuir italien, et chers à pleurer. Lorsqu'il me les avait offerts, Kyle avait considéré mes jambes, puis son regard était lentement remonté le long de mon corps comme s'il voulait me manger toute crue. En me dégustant. À ce souvenir, j'ai souri malgré tout. C'est vrai, Kyle pouvait être pénible, parfois même un poil snob, mais *bonté divine* ! Ce mec était trop *sexy*. En plus, il m'avait fait promettre de porter ces escarpins pour aller boire un verre et dîner, ce soir. Je ne pouvais pas le décevoir, ça n'aurait servi qu'à faire ressortir son côté boudeur et narquois, non merci. En ce moment, c'était au-dessus de mes forces.

Je me suis obligée à prendre une profonde inspiration et une odeur âcre, mélange de gaz d'échappements et de beuh, me prit à la gorge. En passant devant les deux maisons d'étudiants nichées tout au bout de la rue, je n'ai pu m'empêcher de jeter un regard nostalgique vers la source de ces relents illicites qui flottaient sans doute dans l'air depuis la nuit dernière. Aussitôt, j'ai imaginé la mine dégoûtée de Kyle et je me suis rappelée à l'ordre. C'était derrière moi, tout ça : je n'avais plus le temps de déconner, plus le temps de me foirer. Tête haute, je me suis dirigée vers la bouche de métro, destination : mon job conquis de haute lutte dans le cadre du plan de recrutement pour jeunes diplômés de Bowers & Johnson, job qui représentait désormais toute ma vie.

Tandis que je descendais l'escalator en compagnie de cinq ou six autres zombies des transports en commun, la température ambiante avait encore gagné quelques degrés. Je me suis remise à transpirer. En bas, d'énormes ventilateurs brassaient l'air stagnant, transformant en Méduse toute créature à cheveux longs qui passait devant. Je savais que mes boucles rebelles, que j'avais lissées à la va-vite à peine un quart d'heure plus tôt, ne tiendraient pas le choc. Mes pointes menaçaient déjà de vriller. J'ai maudit en bloc la température trop élevée de ce début mai, mes escarpins, le métro et même mon job.

Dès que j'ai été à bord de la rame qui fonçait en direction de l'est, mon wagon s'est rempli à l'approche de la zone 1. Alors qu'on arrivait à South Kensington, j'ai laissé ma place à une dame enceinte dont le sourire reconnaissant a presque compensé le fait que j'aie dû me visser le nez dans les aisselles de deux grands mecs de La City qui avaient eu la main lourde sur l'eau de toilette.

Faisant abstraction de mon environnement, j'ai orienté mes pensées vers mon petit coin de paradis et, le temps d'arriver à ma station, je me suis replongée dans le paysage campagnard où j'avais grandi, avant de partir faire mes études supérieures. Quand j'étais ado, je passais le plus clair de mon temps au centre équestre avec deux amies proches. À nous trois, nous pelletions les quantités de crottin que produisait la trentaine de pensionnaires. En contrepartie, je pouvais monter presque tous les jours dans la campagne environnante, faite de forêts et de collines onduleuses, loin des gens, des responsabilités et du parfum entêtant des eaux de toilette hors de prix. Souvent, je travaillais en écoutant des livres audio, mesurant la nourriture à verser dans les seaux ou démêlant des brides pour les nettoyer à fond avant de les cirer. Parfois, je prenais carrément des livres et je bouquinais en douce dans la sellerie. Encore aujourd'hui, ces récits restaient pour moi imprégnés de l'odeur réconfortante du cuir souple et du foin encore tiède de soleil.

Je suis descendue à ma station et le temps de revenir au niveau de la rue, je me suis interrogée : à quand remontait le dernier roman que j'avais lu ou écouté ? Impossible de m'en souvenir… J'étais tellement accaparée par Kyle et par mon travail que quand je ne sombrais pas comme une brute dans le sommeil, tout le reste se perdait dans le vague. Ces années passées au centre équestre avaient-elles été les plus belles de ma vie ? Et si oui, étais-je sur la pente descendante ?

Avant d'émerger dans la rue, j'ai sorti mon téléphone, histoire de vérifier la tête que j'avais. L'écran m'a renvoyé l'image d'un naufrage que ni le maquillage ni les vêtements de prix ne pouvaient masquer. De grands yeux bleus larmoyants d'épuisement et de frustration, des joues excessivement roses qui détonaient avec mon teint pâle et mes taches de rousseur. Quant à mes cheveux bruns… Leurs pointes avaient tire-bouchonné, créant une masse de boucles anarchiques. Hestia, ma meilleure amie, avait un jour comparé ma chevelure à une crinière de surfeuse, en ajoutant : « Tu sais, ça t'irait bien si tu arrivais à te lâcher un peu. »

Certes, ça partait d'un bon sentiment, mais Hestia avait appuyé là où ça faisait mal. Parviendrais-je un jour à lâcher prise ? Pourrais-je un jour m'octroyer ce luxe sans sacrifier pour autant la réussite que j'avais besoin d'incarner ?

À cet instant, mon téléphone s'est rallumé. Encore des textos, soit deux commandes de café supplémentaires.

Voilà qui répondait à mes questions. Non, le lâcher-prise, ça n'était apparemment pas pour tout de suite.

Ravalant quelques jurons bien sentis, je me suis propulsée vers le seul café de ce quartier du centre que Cressida n'avait pas proclamé « d'une nullité abyssale », tout en réfléchissant à mon parcours. Toutes ces années d'études, tous ces mois à bûcher mes examens, sans parler des efforts et des larmes que m'avait coûtés ma candidature à ce programme d'embauche : entretiens interminables, tests d'aptitude et exercices de *team-building*. Et tout ça pour quoi ? Pour ramener des cafés à Cressida. À elle et à toute l'équipe marketing.

Jamais on n'aurait demandé à Kyle d'apporter des cafés à son équipe, jamais de la vie ! Mais justement, c'était peut-être là que se nichait la différence entre une assistante marketing dans le juridique et un analyste junior chez J.P. Morgan. Son père faisait partie du conseil d'administration de la banque, ceci expliquait peut-être cela. Ou alors, c'était parce que Kyle avait l'accent qu'il fallait et la chevalière qui allait avec.

Je me suis giflée mentalement : arrête avec ça ! Tout compte fait, j'avais peut-être besoin de caféine, moi aussi, et bien plus que ce que j'aurais cru.

Enfin arrivée devant le café, je me suis jetée comme une folle sur la longue poignée en laiton… et dans mon élan, j'ai failli passer à travers la vitre. Au même instant, le petit mot scotché à l'intérieur entrait dans ma ligne de mire.

Fermeture exceptionnelle mardi 7. À bientôt !

Oh… *Et merde !*

Cressida était d'une exigence extrême, mais si je voulais lui rapporter ses cafés sans avoir à me tirer à perpète et écoper de trois ampoules supplémentaires aux pieds, il ne me restait plus que le Starbucks du bout de la rue. Bowers & Johnson faisait partie intégrante de l'océan de bureaux dont le verre et l'acier engloutissaient dans leur ombre les anciens bâtiments de pierre, ne laissant guère de place pour autre chose. Bien sûr, nous avions notre propre café dans l'immeuble, mais il n'ouvrirait pas avant un moment. Oui, parce qu'au bureau, les gens normaux n'ont pas besoin d'un *shoot* de café avant 7 heures.

Priant les dieux de tous les panthéons, j'ai trottiné jusqu'au Starbucks : « un genre de café », c'était mieux que pas de café du tout. J'ai donc fait offrande de ma servitude éternelle, de ma voiture neuve et… allez, de mes enfants pas encore nés… pour que le Starbucks soit ouvert.

Il l'était. Oh putain, merci !

Le barista a haussé les sourcils en me voyant débouler dans son établissement, gémir de soulagement et lui débiter ma commande avant même d'avoir atteint le comptoir, qui, coup de bol, était désert.

—Tu es sûre que c'est du café qu'il te faut ? Parce que nous avons également des tisanes à te proposer, a-t-il suggéré avec un sourire en coin tout en entrant ma commande sur son écran.

Je me suis interrompue à la moitié de ma liste, prête à le fusiller du regard ou à lui arracher la tête s'il osait me faire un clin d'œil.

—Moi, tout ce que j'en dis, ma belle, c'est qu'à te voir, tu aurais plus besoin d'un Xanax que d'une dose de caféine.

Frappée par le ridicule de la situation, je lui ai adressé une petite moue désabusée.

—Vous faites le Xanax avec mousse de lait ? J'en prendrai un en Venti.

Le barista s'est mis à rire en secouant la tête.

—Je vais te préparer ça.

Il a désigné la liste affichée sur l'écran de mon téléphone.

—Donne-moi la suite.

J'ai énoncé les huit boissons restantes, puis je l'ai regardé les préparer en un tournemain tout en tapotant nerveusement la tranche de ma carte d'entreprise sur le comptoir. J'ai saisi le reçu de mon paiement.

—Et donc, comment se fait-il qu'une jolie fille comme toi, équipée d'un sublime tailleur et d'un sac à tomber…

Il a désigné mon nouveau Bottega Veneta, autre extravagance de Kyle.

—… doive ramener des cafés à toute une flopée de gens ? Tu m'as l'air trop bien pour ça, chérie.

J'ai souri. Le compliment sonnait creux, mais au moins le mec essayait d'être gentil.

—C'est que je ne suis que l'assistante, moi, et ma cheffe est… disons qu'elle fait les choses à sa façon. Mais c'est un super job, je suis trop contente de l'avoir décroché.

—On vous file un budget fringues ? s'est-il enquis en parachevant les deux derniers cafés.

Il a ensuite placé les gobelets dans des plateaux alvéolés qu'il a disposés en équilibre dans deux grands sacs.

J'ai secoué la tête.

—Non, ça, c'est mon copain, il bosse dans une banque d'investissement.

Le barista s'est esclaffé, la main devant la bouche.

—Quand tu le verras, tu lui demanderas si ça le dérange que tu emmènes un ami faire du shopping avec sa carte de crédit, OK ?

À mon tour, j'ai éclaté de rire : la tête que ferait Kyle ! Je voyais d'ici sa perplexité polie s'il me surprenait en train de flâner dans les rayons de Harvey Nics en compagnie de mon nouveau BFF barista. Cette idée a fait naître en moi un léger sentiment d'hystérie qui est retombé aussi sec quand j'ai vu l'heure qu'il était.

—Ça marche ! Je reviendrai plus tard pour le Xanax.

—Pas de souci, ma belle !

Et il m'a fait au revoir de la main, tandis que je réussissais l'exploit de sortir du café sans rien renverser et sans me tordre une cheville.

Enfin, tel un mirage en plein désert, l'entrée principale de l'immeuble où je travaillais m'est apparue. L'agent de sécurité m'a ouvert la porte de côté pour m'éviter une périlleuse manœuvre avec la porte à tambour.

Il a poliment tendu la main vers l'un de mes sacs Starbucks.

—Puis-je vous aider ?

—Oh, non, ça va aller... ai-je menti en bataillant pour entrer, bien décidée à arriver au septième étage sans l'aide de personne. Mais merci quand même !

Alors que les portillons allaient avoir raison de moi (mon passe gisant dans les tréfonds de mon sac à main), la responsable de nuit est venue à ma rescousse et a accepté avec un hochement de tête compréhensif le supplément de mercis que je lui ai adressé de façon indistincte tout en appuyant du coude sur le bouton de l'ascenseur. Enfin, j'ai émergé dans l'open-space où régnait un silence presque total.

—On est en salle de réunion, Lottie ! Grouille-toi, tu veux ? a lancé quelqu'un, de l'autre côté de l'étendue de bureaux désertés.

—J'arrive tout de suite ! ai-je répondu d'une voix à la limite du geignement, une de mes ampoules au pied se rappelant violemment à mon bon souvenir.

À tous les coups, j'allais devoir aller me mettre des pansements après leur avoir apporté les cafés... triste récompense.

Je me suis hâtée vers la salle de réunion, j'ai ouvert la porte d'un coup de hanche et j'ai posé les cafés sur le comptoir. La grande table était couverte d'ordinateurs portables et Tom, le directeur du marketing et supérieur de Cressida, était en train d'indiquer à l'équipe les modifications à apporter au diaporama qui défilait sur le grand écran du fond.

—Non, mais je rêve ? Tu n'es tout de même pas allée chez... *Starbucks* ?

Cressida m'a dévisagée avec horreur, comme si je venais de lui présenter une paire de têtes coupées.

—Carrelli est exceptionnellement fermé, aujourd'hui, ai-je répondu avec calme. Il y avait un petit mot sur la vitrine. Du coup, j'ai pensé que c'était mieux que rien.

Tom a eu l'air amusé, mais Cressida a froncé les sourcils.

—D'accord. Et tu peux m'expliquer pourquoi tu n'es pas allée chez Notes, dans Victoria Road… ?

—Oh, Cress, laisse tomber… (Tom m'a fait signe d'approcher.) Tu vois bien qu'elle a fait de son mieux. Ce n'est que du café, après tout. On pourra toujours aller en boire un dès qu'on aura livré cette présentation.

Je lui ai tendu son gobelet et les autres sont venus prendre le leur sans oser croiser son regard ni celui de Cressida, la peur de déplaire mettant tout le monde d'accord. Elle a soufflé sa mauvaise humeur en rejetant par-dessus son épaule le rideau impeccablement lisse de ses cheveux blonds. Couleur champagne, l'épaule, contrastant avec la jupe noire du tailleur strict et les lèvres rouge sang.

—Eh bien, moi, je ne peux pas boire cette lavasse, a-t-elle décrété sèchement en me transperçant de ses yeux gris. Tu peux m'apporter une bouteille d'eau, si ça n'excède pas tes compétences ? Dans la petite cuisine, près de la double porte.

Elle m'avait parlé d'un ton glacial. Tous les regards de l'équipe se sont reportés sur moi. Comme si je ne savais pas où se trouvait la cuisine dont on se servait tous les jours… Je suis partie avant de rougir de colère face à ses manières passives-agressives.

Les pieds toujours en feu, je suis allée d'un pas décidé vers la cuisine, j'ai sorti une bouteille d'eau du frigo et je suis revenue en salle de réunion aussi vite et discrètement que possible. Personne n'a levé la tête. Cressida s'appliquait à m'ignorer et les autres étaient absorbés par les dernières modifications à apporter au diaporama que j'avais passé toute la semaine à créer.

À peine ressortie de la salle de réunion, j'ai enfin pu ôter mes engins de torture et j'ai clopiné jusqu'aux toilettes, les larmes aux yeux. En silence, j'ai ôté les ailettes de protection des pansements, je m'en suis collé un à chaque pied, puis j'ai remis mes chaussures en grimaçant de douleur. J'ai poussé un grand soupir, ramassé mes boucles désormais incontrôlables en un chignon strict et, pour finir de me calmer, j'ai effectué quelques retouches de maquillage, comme pour me peindre une contenance.

De retour à mon bureau, j'ai tenté de me poser. J'ai commencé par établir avec méthode la liste des tâches à accomplir en stabilotant celles qu'il me fallait faire aujourd'hui même et, en épluchant mes e-mails, j'ai fini par tomber sur celui de Heather qui correspondait à ce que m'avait indiqué Cressida. Son contenu était bizarre… très vague, mais très ferme dans le ton. L'entretien, prévu à 9 heures, était censé durer une heure et, fait encore plus étrange, je n'avais rien d'autre au planning de toute la journée.

Perplexe, j'ai consulté l'agenda de Cressida : bourré à craquer dès 9 heures. Depuis quand je n'enchaînais plus les réunions, moi ? Ça devait être parce que le conseil d'administration était dans nos murs, aujourd'hui. C'était d'ailleurs la raison pour laquelle on m'avait demandé de préparer cette présentation, prétexte tout trouvé pour me faire bosser douze heures par jour… Je me suis reconcentrée sur ma liste et, casque sur les oreilles, j'ai laissé Dolly Parton démêler mes nerfs en pelote.

Peu à peu, l'open-space s'est rempli autour de moi. Je n'avais jamais vu autant de visages figés, d'yeux baissés. Troublée, j'ai salué de la tête et d'un sourire les quelques personnes que je connaissais. Était-ce leur air normal ou y avait-il quelque chose de changé, aujourd'hui ? Ce n'était qu'une impression, mais il me semblait que mes collègues n'étaient pas comme d'habitude. Pourquoi ? Mystère total. En tout cas, ni Cressida ni le reste de l'équipe n'étaient repassés au service marketing, répit que j'accueillais avec une reconnaissance sans bornes.

Juste avant 9 heures, je suis entrée dans la salle de réunion en serrant mon ordinateur et mon téléphone sur ma poitrine comme un bouclier.

Heather des RH a levé les yeux sur moi et ses lèvres se sont vaguement relevées aux commissures. Assise en face d'elle à la table ronde en noyer, Cressida arborait un sourire d'un tout autre genre.

Heather m'a indiqué la chaise la plus proche de la porte.

—Bonjour, Lottie. Assieds-toi.

Mon rictus s'est figé et mes paumes sont devenues si moites que l'ordinateur a failli me glisser des mains. J'ai obéi. Était-ce à cause des cafés ? Du premier appel que j'avais manqué à cinq heures et demie du matin ? Mais si j'avais mis mon téléphone sur silencieux, la nuit dernière, c'était uniquement parce que Hestia, qui avait trop picolé, n'arrêtait pas de m'envoyer des textos.

—Tu te demandes sans doute de quoi il s'agit.

Heather affichait une expression réservée et me regardait avec calme, sans ciller. J'ai opiné du chef, la gorge nouée, tandis que Cressida inclinait la tête sur le côté, comme pour mieux savourer la scène.

—Eh bien, je ne vais pas te faire un dessin, Lottie… Tu es peut-être au courant de ce qui se passe. La concurrence sur le marché est très rude en ce moment et du fait de la mondialisation, nous nous retrouvons confrontés à de nombreux défis.

Elle a marqué une pause, s'attendant visiblement à une quelconque réaction de ma part. Mais je suis restée coite. J'avais la tête vide et le cœur qui cognait sourdement à mes oreilles.

—C'est pourquoi, malheureusement, nous nous voyons contraints d'opérer des choix difficiles au sein de l'entreprise, dans différents services, et ce afin de nous séparer d'un petit nombre d'employés.

S'est ensuivi un silence absolu, à peine troublé par une sonnerie de téléphone, quelque part dans le couloir. J'ai ressenti un grand vide dans mon estomac, comme si quelqu'un m'en aspirait le contenu, me laissant en proie à un léger vertige. Il fallait que je dise quelque chose, malgré les larmes qui recommençaient à me picoter les yeux.

Cressida me regardait avec une moue de défi.

—Je vois, ai-je articulé dans un murmure, me concentrant sur Heather dont la prudente neutralité me semblait plus facile à négocier.

—Hélas, je dois te dire que ton poste est concerné, Lottie. Pour autant, ce n'est pas une remise en cause de ton travail : Cressida m'a affirmé que tout ce que tu as accompli chez nous a été satisfaisant, dans l'ensemble. Bien sûr, je peux t'expliquer plus en détail le côté pratique de la procédure, mais disons qu'en gros, tu as un préavis de départ d'une semaine.

Satisfaisant ? Dans l'ensemble ? Presque un an à trimer comme une esclave afin de livrer dans les temps (ou plutôt en avance !) tout ce qu'on attendait de moi, voire plus ? Tout ça pour un « satisfaisant, dans l'ensemble » ?

L'expression de Cressida m'a tirée de ma stupeur, cette expression vindicative qui m'avait fait perdre le sommeil et verser tant de larmes.

—Je sais bien que ça n'est pas facile d'être licenciée, a enchaîné Heather, mais nous te laisserons partir avec de bonnes références et je suis sûre que tu n'auras aucun mal à retrouver un emploi. Est-ce que tu as des questions dans l'immédiat ?

—Non, ai-je soufflé à voix basse, soucieuse de garder le contrôle sur les larmes qui menaçaient de m'échapper.

Plutôt crever que de laisser Cressida me voir une fois de plus bouleversée.

Heather a hoché la tête et s'est levée.

—Il faudra que tu me prépares un topo de transmission pour l'équipe, m'a indiqué Cressida d'un ton traînant, en s'étirant comme un chat. Ensuite, tu seras libre de partir.

Je me suis levée de mon siège et j'ai laissé passer quelques secondes, m'appliquant à garder un visage inexpressif. La colère montait en moi, mais j'avais appris à la contenir, surtout depuis que je travaillais dans ce cabinet rempli de juristes impassibles. Mais comme j'allais acquiescer, l'expression d'ennui mollement amusé de Cressida a stoppé net la réponse convenue qui allait franchir mes lèvres.

—Oh, ça ne sera pas nécessaire, ai-je répliqué à la place, gagnée par une joie sauvage à la vue de sa figure stupéfaite. Tu te débrouilleras très bien sans ça. Je sais que, dans ton équipe, tu ne tolères rien de moins que l'excellence, Cressida. Mon topo ne pourrait être que « satisfaisant, dans l'ensemble ». Aussi, il vaut mieux que tu t'en charges toi-même.

Sur ce, je me suis efforcée de sortir de la salle de réunion sans boitiller, en serrant mon ordinateur à deux mains pour m'empêcher de lui faire un doigt d'honneur.

2

J'ai tenu bon jusqu'à la sortie de l'immeuble. C'est au moment où je me suis engagée dans la rue désormais animée, la tête aussi haute que possible, que je me suis autorisée à laisser couler mes larmes. Ne sachant où aller, je suis repassée devant le Starbucks que j'avais été si soulagée de trouver ouvert tout à l'heure, dans mon désir désespéré de plaire à Cressida, alors que cette dernière savait pertinemment à quelle sauce j'allais être mangée. Aiguillonnée tour à tour par la frustration, la peur et la colère, je ne sentais même plus les élancements de mes putains d'escarpins quand, soudain, j'ai senti comme une humidité du côté droit. Stoppant net, j'ai jeté un coup d'œil à mon pied : un filet de sang s'écoulait au niveau du talon. L'intérieur de la chaussure était foutu.

Je me suis forcée à prendre une profonde inspiration et j'ai hélé un taxi en traversant la rue.

—Vous allez où ? m'a demandé le chauffeur alors que je grimpais dans le véhicule.

—Covent Garden, ai-je lancé, incapable de penser plus loin.

J'étais obnubilée par l'idée de me trouver d'autres chaussures en vue de mon rendez-vous avec Kyle.

Nous devions nous retrouver de bonne heure au Christopher's, son bar préféré, près de l'Opera House.

Kyle ne m'avait pas dit pourquoi, mais il adorait me faire des surprises, aussi n'avais-je pas posé de questions. Dans mon malheur, il me restait au moins ça.

Le taxi se frayait difficilement un passage dans les rues embouteillées, trépidantes, peuplées de gens avançant d'un pas résolu. Mais plus il se rapprochait de ma destination, plus mon malaise augmentait. Comment allais-je pouvoir raconter à Kyle ce qui venait de se passer ? Je n'arrivais même pas à me figurer sa réaction.

Lorsque le taxi m'a déposée devant le Zara de Long Acre, mon estomac n'était déjà plus qu'un nœud d'appréhension. Partout où il allait, Kyle attirait les regards. Son charme décontracté, espiègle, ainsi que son sourire nonchalant faisaient tourner toutes les têtes, surtout féminines. Je n'avais pas fait exception à la règle. Environ un an après mon arrivée à Londres, un ami commun nous avait présentés dans un bar de La City et nous avions tout de suite accroché. J'étais alors tout juste émoulue de l'université. À présent, nous approchions de notre premier anniversaire, mais j'avais beau fouiller dans ma mémoire, je n'avais pas souvenir que notre couple ait déjà dû affronter pareille situation.

Je suis entrée dans le magasin, bien décidée à me trouver des chaussures, sans parvenir toutefois à faire taire mon esprit qui continuait de ressasser les événements. J'ai donc appelé la seule personne qui saurait me dire les paroles que j'avais besoin d'entendre, aussi dures soient-elles.

J'ai écouté les tonalités s'égrener jusqu'à ce qu'elle décroche.

— C'est moi, ai-je dit en m'appliquant à parler à mi-voix parmi les quelques touristes qui faisaient leurs achats. Je viens de me faire virer.

Silence au bout du fil, puis ce qu'on ne peut qualifier que de hurlement suraigu et enfin un gloussement de célébration.

—Enfin ! Libérée, délivréééé... tu ne la verras plus jamaiiis ! s'est exclamée Hestia.

Le bruit de fond, murmures et électro indé assez obscure, m'a confirmé qu'elle était en train de travailler. Fraîchement diplômée dans l'art du tatouage et d'un tempérament aussi hardi que ses dessins, elle venait de se lancer et d'ouvrir son propre salon.

—Oh, Lots ! Je sais que tu dois être dégoûtée, mais moi, franchement, je suis folle de joie. Ta cheffe, là... comment elle s'appelait déjà ? Crétina ? Bref... c'était une sale conne et les horaires qu'elle t'imposait, c'était de la folie. Bon alors, tu flippes déjà ou tu te la joues stoïque, calme et posée, comme d'hab' ?

—Calme et posée, ai-je répondu d'une voix morne et plate qui tranchait avec l'effervescence naturelle d'Hestia.

Elle a éclaté de rire, puis je l'ai entendue s'excuser auprès de quelqu'un.

—Écoute, je suis en plein tatouage, là... On se retrouve plus tard ? Je finis vers 19 heures, mais on peut toujours aller dîner après ? Ou tu préfères venir chez moi ?

J'ai soudain regretté de ne pas pouvoir annuler mon rendez-vous avec Kyle. J'aurais bien aimé pouvoir pleurer sur mon sort et bitcher sur Cressida avec ma meilleure amie... Mais je lui ai expliqué que ce soir, je n'étais pas libre.

—Bah demain, alors ? a-t-elle proposé, alors que le grésillement du dermographe reprenait. Et si ton *date* est trop chiant, si la fameuse surprise de Kyle, c'est encore un opéra à la con, provoque-toi une migraine et passe chez moi, d'accord ?

—D'acc, ai-je répondu en refoulant une nouvelle montée de larmes. Merci, Hes. Merci. Je savais que tu saurais trouver les mots.

—Écoute, serre les dents pour le moment et attends d'être avec moi pour craquer : tu sais que j'adore faire comme si mon diplôme servait à quelque chose. Je t'aime, Lots. Tu verras, tout va s'arranger. Au pire, je ferai de toi mon esclave et tu m'apporteras des cafés toute la journée.

J'ai émis un petit rire qui ressemblait à un hoquet et j'ai raccroché en lui disant affectueusement d'aller se faire foutre. Me précipitant sur une paire de ballerines d'aspect confortable qui se trouvait être dans ma pointure, je me suis souvenue une fois de plus avec émotion de ma rencontre avec Hestia, rencontre fortuite, mais providentielle, sur le campus de l'université de Bristol. L'un des moments les plus mortifiants et les plus merveilleux de ma vie. Je suis passée en caisse et, mes ballerines au pied, je suis ressortie dans la rue, perdue dans mes souvenirs. À l'époque, mue par le désir désespéré de rencontrer des gens et de m'intégrer, je m'étais laissée persuader d'aider le bureau des étudiants à promouvoir les rapports protégés, durant la semaine d'accueil des premières années.

En bref, je distribuais des capotes sur le campus.

Déguisée en préservatif géant.

À la sortie d'un amphi, Hestia, déjà cheffe de bande, avait tourné à l'angle de la bibliothèque en compagnie de son groupe d'amis. Et comme je n'y voyais pas grand-chose dans mon costume, je n'avais pas tardé à me prendre dans ses pieds. Elle avait trébuché et s'était vautrée sur moi, tandis que les capotes échappées de mon seau retombaient sur nous comme une pluie de confettis.

—Oh, putain… avais-je gémi, pendant que nous tentions tant bien que mal de nous dépêtrer l'une de l'autre, mortifiée par les rires des étudiants qui s'arrêtaient pour contempler la scène.

Je ne savais plus où me mettre. Ma seule once de réconfort, c'était l'anonymat que me conférait mon déguisement.

Au bout d'un moment, Hestia s'était assise par terre et s'était tournée vers moi en secouant sa longue chevelure noire d'où dépassaient des mèches « flamingo pink ». Avec ses incroyables yeux pers, sa bouche pulpeuse peinte en noir et les taches de rousseur accentuées au crayon qui parsemaient son nez, on aurait dit une Barbie gothique.

—Coup de bol que tu te sois protégée, avait-elle murmuré avec un amusement à peine dissimulé, ses yeux vifs pétillant d'une façon qui allait à jamais la définir dans mon esprit.

Ç'avait été plus fort que moi : j'avais ronflé de rire tandis que la nullité de sa blague et le ridicule de la situation nous rattrapaient toutes deux.

Secouée à son tour par un fou rire, Hestia m'avait regardée tenter de passer en position assise dans mon déguisement de préservatif. En vain : tout ce que j'avais réussi à faire, c'était une démonstration frénétique de breakdance en me tortillant sur le béton.

—Putain, arrête ! avait-elle hoqueté, les yeux pleins de larmes. J'arrive plus à respirer, je vais me pisser dessus !

Partagée entre une douce hystérie et une totale humiliation, j'avais tenté, une fois de plus, de rouler sur le côté pour me remettre debout.

À cet instant, une voix s'était élevée, celle de l'étudiant responsable de la campagne, m'avait-il semblé :

—Mais c'est quoi, ce bordel ? Je te préviens, si tu as abîmé le déguisement, c'est toi qui le paieras !

Sans cesser de rire, Hestia m'avait fermement agrippée d'une main chaude.

—Allez ! Un, deux… et trois !

Une fois debout, j'avais bien tenté de garder l'équilibre, mais j'avais de nouveau chancelé sous le poids du costume et j'étais retombée sur elle, provoquant un regain d'hilarité autour de nous. Par bonheur, je n'avais toujours rien vu.

—Désolée… avais-je soufflé.

—Tu rigoles ? Désolée de quoi ? La dernière fois que je me suis autant marrée, c'est quand mon chien s'est frotté à la jambe de notre député sur une chaîne nationale.

Elle m'avait mis les deux trous du déguisement en face des yeux pour que je puisse enfin y voir.

—Anecdote véridique ! Au fait, je m'appelle Hestia.

—Lottie, avais-je répondu en rougissant.

Le responsable du BDE s'était approché de nous et nous avait toisées de toute sa hauteur avec une expression de franche exaspération.

—Tu as bu ou quoi ? Enlève ce déguisement et rapporte-le au bureau. J'ai pas que ça à faire, moi.

Mais avant que j'aie pu répondre que, hélas, j'étais tout sauf bourrée, Hestia s'était plantée devant lui, en appui sur une hanche, et l'avait défié du regard.

Alors qu'il la contemplait avec de grands yeux, elle avait ramassé deux ou trois préservatifs et les lui avait fourrés dans la main.

—Tiens, tu m'as l'air d'avoir sacrément besoin de tirer un coup. Mais putain, détends-toi, gros ! C'était un accident, elle aurait pu se faire mal, en plus. Et d'ailleurs… c'est toi qui es responsable de la sécurité des étudiants qui bossent pour le BDE, non ?

—Tu l'as dit, bouffi ! avais-je acquiescé, la voix assourdie par le préservatif géant.

Avant que le mec ait pu répliquer, Hestia lui avait décoché le regard le plus impérieux que j'avais jamais vu.

Puis, elle m'avait passé un bras autour des épaules et m'avait aidée à me traîner jusqu'aux toilettes les plus proches qui, par chance, étaient celles de la bibliothèque.

—Quel con, ce mec ! avait-elle râlé sans prendre la peine de baisser la voix, nous attirant encore plus de regards intrigués.

Je lui avais montré la fermeture Éclair à l'arrière du costume et au bout d'une minute, j'en avais enfin émergé, ébouriffée, en nage et les joues roses.

—Waouh… avait commenté Hestia, tandis que je rajustais mon t-shirt. Putain, l'allure que t'as, même après t'être roulée par terre dans une capote géante !

J'avais froncé les sourcils, son étonnement me poussant à me regarder dans la glace.

—C'est-à-dire ?

Le miroir ne m'avait renvoyé que le reflet d'un désastre humiliant : tignasse en nid d'oiseau et traînées de mascara de la veille au coin des yeux.

Hestia m'avait contemplée d'un air songeur.

—Tu ne serais pas lesbienne, par hasard ? s'était-elle enquise aussi naturellement que si elle m'avait demandé si je prenais du lait dans mon thé.

J'avais esquissé un sourire. Décidément, cette fille m'était de plus en plus sympathique.

—Hélas, non, avais-je répondu en me repeignant avec les doigts, ce qui n'avait fait qu'aggraver l'état de ma coiffure.

Elle avait haussé les épaules en s'arrangeant elle aussi dans le miroir.

—Bah, fallait le tenter, on ne sait jamais. Moi, je suis bi. Jusqu'ici, j'ai surtout eu des mecs, mais…

Son regard avait croisé le mien dans la glace, m'avait jaugée, puis elle m'avait souri.

—Enfin, si tu en es sûre… On n'aura qu'à être amies, alors.

—Au fait, je ne t'ai pas fait mal, au moins ? Tu es sûre que ça va ? m'étais-je inquiétée en ramassant mon satané costume pour l'examiner.

À première vue, il ne présentait aucun accroc. Une chance, vu l'état de mon compte en banque.

—Non, en fait, ça ne va pas du tout, avait répondu Hestia.

Elle m'avait aidée à replier le déguisement, puis nous étions ressorties des toilettes, bras dessus bras dessous.

—J'ai besoin d'un verre et vite ! avait-elle ajouté. Ça ira beaucoup mieux quand on se sera bourré la gueule.

J'avais éclaté de rire, contaminée par son côté désinvolte. Dans la foulée, nous étions allées rendre mon costume au bureau des étudiants, mes vieilles baskets jaunies se calant sur le rythme de ses Doc abîmées.

—D'accord, mais on va dans un bar minable et pas cher, avais-je objecté. Je suis plutôt fauchée, en ce moment. Il faut que je me trouve un petit boulot…

—Tu déconnes ? s'était-elle récriée en me tapotant la main, tandis que nous larguions cérémonieusement le déguisement de capote à l'accueil. Avec la tête et le corps que tu as ? Ils ne nous feront jamais payer.

J'aurais voulu ironiser sur le succès qu'elle nous prédisait, mais vingt minutes après, nous descendions le premier des nombreux verres qui allaient nous être offerts.

Ce soir-là, nous nous étions raconté notre vie, de ma rude semaine d'adaptation à la grande ville à la passion qu'elle avait pour l'art et les tatouages, domaine un tantinet éloigné de son cursus de psycho. Quand je lui avais dit que je faisais des études de commerce, elle m'avait contemplée d'un air intrigué, s'efforçant de faire cadrer l'ex-capote géante et gauche dont elle venait de faire la connaissance, passionnée par les chevaux et les livres, avec l'image d'une fille en tailleur strict plongée dans les feuilles de calcul.

Mais contrairement à nos études, notre amitié naissante était en phase avec notre personnalité respective : de même qu'un seul code sur 40 000 variantes ouvre un cadenas, la combinaison correcte, celle qui produisait le déclic satisfaisant, c'était nous.

Six ans plus tard, force était de constater qu'aucun de mes choix de vie ne m'avait permis de retrouver une sensation d'harmonie similaire.

***

Le reste de la journée s'est déroulé comme dans un brouillard. Je m'étais assigné des tâches censées m'amener minute après minute, heure après heure, jusqu'à mon rendez-vous avec Kyle. Le tout, c'était de m'occuper jusqu'à 17 h 30. Dans un premier temps, j'ai poussé la porte d'une pharmacie et je me suis remis le pied en état. Ensuite, j'ai trouvé un coiffeur qui avait un créneau pour me faire un shampoing et transformer mes boucles désordonnées en un brushing bien lisse. Puis, j'ai flâné dans une librairie, plus longuement que je me l'autorisais d'habitude ; j'ai acheté la dernière romance d'un auteur qui explosait sur les réseaux sociaux et je me suis installée dans un café voisin pour la lire. Il fallait que je tienne jusqu'à l'arrivée de Kyle. Ensuite, je pourrais tout oublier pendant un moment.

Sauf que lorsqu'il a été 17 h 30, j'avais déjà les nerfs à fleur de peau, malgré la douce lumière que ce début de soirée jetait sur les pavés. J'avais fait mon possible pour être à mon avantage, j'avais même répété ce que j'allais lui dire. Mais au moment où sa silhouette élancée est entrée d'un pas décidé dans mon champ de vision et que je l'ai vu ramener en arrière ses cheveux blond cuivré, je me suis dégonflée.

—Ça fait longtemps que tu attends ?

Il s'est penché pour m'embrasser. Le soleil faisait ressortir les reflets verts de ses yeux couleur noisette.

—Ouf, je me suis tiré dès que j'ai pu. Le déjeuner était un peu lourd… si tu vois ce que je veux dire. (Il m'a décoché un clin d'œil.) Tu connais Henry, il siffle le Bollinger comme si c'était de l'eau d'Évian.

J'ai souri, ne sachant plus quoi dire ni faire, écrasée par le poids de la nouvelle que je m'apprêtais à lui annoncer.

À cet instant, il s'est reculé, l'air horrifié.

—Mais c'est quoi, ces chaussures ? Je croyais que tu porterais celles que je t'ai offertes ? Celles-ci ne te mettent pas les jambes en valeur… Et tu sais à quel point j'aime tes jambes.

J'ai voulu m'expliquer, protester – n'importe quoi – mais, me prenant par le coude, il m'a fait entrer dans le bar, en m'empoignant les fesses à pleine main.

—Écoute, j'ai un aveu à te faire, a-t-il commencé avec un sourire penaud qui a fait fondre mon irritation naissante.

Comment se débrouillait-il pour être encore bronzé depuis les vacances de Pâques où il était parti au ski avec ses parents ? Son profil de médaille et son costume à la coupe épurée me faisaient perdre tous mes moyens. Il a aussitôt reconnu mon expression : ses joues se sont creusées de fossettes et une lueur s'est allumée dans son regard. Qu'allait-il donc m'annoncer ? me suis-je demandé, le cœur serré. J'avais eu ma dose de surprises pour la journée…

—On peut tout à fait commander à boire, mais pour la soirée en tête-à-tête, c'est mort : nous avons des invités

« imprévus ». En plus, je me suis fait embringuer pour le dîner avec Henry et les autres. Certains de nos clients américains sont arrivés aujourd'hui et on doit leur faire visiter la ville… la routine, quoi.

—Des invités imprévus ? ai-je demandé sans comprendre.

J'ai regardé autour de moi, sans voir aucune de nos connaissances. Le bar était rempli de gens qui prenaient un verre avant d'aller au spectacle : ce n'était que clameurs enthousiastes, bouchons de champagne qui sautent et tintement de flûtes entrechoquées.

—Papa et maman, s'est empressé de préciser Kyle en se retournant vers le bar pour héler un serveur.

Avant que j'aie pu réagir, il a commandé pour nous deux, à sa manière tatillonne *(Non, pas du Gordon's, voyons… du Hendrick's. Et pas de citron pour elle… Non, dans des verres rafraîchis, juste rafraîchis)*… qui lui a aussitôt valu l'intérêt de la table voisine.

D'ailleurs, les deux femmes ne l'écoutaient déjà plus, elles le reluquaient carrément. Mon moral a encore dégringolé de plusieurs crans. Comment allais-je pouvoir aborder mon licenciement avec lui, maintenant ? C'était impossible. La seule idée que ses parents s'en mêlent m'était encore plus douloureuse que mes satanés talons aiguilles. J'ai donc révisé mes objectifs pour la soirée.

—Bon, ai-je soupiré en m'appuyant au bar. Et quand est-ce qu'ils…

—Chériiii ! a fait une voix perçante.

Kyle, qui me tendait mon martini, s'est retrouvé happé par les bras de sa mère. Marina Montgomery était une… engeance très particulière.

« La vache ! C'est pourtant vrai que le diable s'habille en Prada », m'avait glissé Hestia à l'oreille, le jour où elle l'avait rencontrée. « Tu crois qu'elles naissent avec un balai dans le cul, ces bonnes femmes, ou c'est un phénomène qui se produit post-mariage ? »

Tandis que je déglutissais péniblement une gorgée de martini, la mère de Kyle s'est tournée vers moi.

—Tiens, Charlotte. Quel plaisir…

Je me suis sentie minuscule face à sa svelte silhouette perchée sur de hauts talons. Elle a néanmoins consenti à se pencher légèrement pour embrasser l'air de part et d'autre de mes joues. À moitié suffoquée par un nuage de Chanel N° 5, j'ai senti ses doigts osseux se refermer sur mes bras comme des serres. Une fois de plus, je me suis plaqué un sourire « marketing » sur le visage.

—Quelle bonne surprise ! me suis-je exclamée en saluant son mari avec le même enthousiasme feint.

Regarder Dominic, c'était voir Kyle dans trente ans : les mêmes cheveux, en gris, même si son front commençait à se dégarnir. Son père avait également les mêmes traits séduisants que lui, mais les yeux plissés de pattes-d'oie.

—Tu es très chic, fiston, a-t-il commenté en lui serrant la main.

Il a ensuite fait signe au barman d'un geste identique à celui de son fils.

—C'est vrai, il me plaît beaucoup, ce costume… a renchéri Marina en effleurant de sa french manucure le revers de la veste de Kyle.

Elle se tenait tournée vers lui, faisant écran entre nous comme pour mieux m'exclure.

Kyle m'a adressé un sourire éblouissant.

—C'est Lottie qui l'a choisi.

Il se donnait du mal pour m'intégrer à la conversation, sachant à quel point la présence de ces « invités imprévus » me déplaisait.

Sa mère s'est tournée vers moi pour me sourire, mais ses yeux restaient froids. Je me suis armée de courage.

—Lottie, oui… bien sûr, a-t-elle laissé tomber.

Ses yeux se sont posés sur mon sac avant de revenir sur son fils :

—Elle a l'œil… et des goûts de luxe.

Sa petite plaisanterie les a tous fait ricaner. Le message était clair : j'avais été bien avisée de me dégoter un copain fortuné. Mon sourire était figé, comme si je l'avais fixé à la laque.

—Quoi de plus normal... Après tout, il n'y a rien de mal à viser haut, n'est-ce pas, Charlotte ?

Et pan !

Si les piques assassines étaient une discipline olympique, Marina en serait la championne toutes catégories. En voulant boire une gorgée de mon martini, j'ai malencontreusement vidé mon verre.

—Doucement, ma grande ! s'est esclaffé Dominic. On attaque fort, à ce que je vois. Dure journée au bureau ?

J'ai fait oui de la tête en reposant mon verre sur le bar. Kyle affichait une expression perplexe.

Je me suis tourné vers son père pour esquiver son regard interrogateur.

—Alors, qu'allez-vous entendre, ce soir ?

—Ça, ce n'est pas à moi qu'il faut le demander ! Je me contente de suivre le mouvement. Marina, qu'est-ce que c'est, déjà ? *Carmen* ? De toute façon, je dormirai avant l'entracte.

—*La Traviata,* a rectifié Marina, alors que son fils lui tendait une flûte de champagne. Au Royal Opera House, bien sûr. Tu y es allé récemment, mon chéri ?

Elle s'est tournée vers Kyle et la conversation s'est orientée vers l'opéra que nous étions allés entendre, le mois dernier. Ils se sont mis à passer en revue tous les chanteurs de la distribution, avant de digresser vers certaines personnes de leur connaissance (une histoire de yacht ayant coulé au large de l'Italie). J'en ai profité pour récupérer mon téléphone tout au fond de mon sac et envoyer un texto en douce à Hestia.

Pitié, dis-moi que tu es toujours libre pour manger avec moi, ce soir ?

J'ai attendu quelques secondes, même s'il y avait peu de chances pour qu'elle puisse répondre pendant qu'elle tatouait un client.

—… enfin, tu vois ce que je veux dire. Évidemment, c'est terrible, disait Marina avant de baisser la voix en mode confidentiel. Mais entre nous, c'est franchement m'as-tu-vu de se balader sur ce genre de bateau… tu ne trouves pas ? Si tu veux mon avis, ils l'ont bien cherché.

Kyle a opiné du chef, mais son regard ne me quittait pas, et je percevais sa question muette sur ma « rude journée au bureau » aussi nettement que la haine que me vouait sa mère. Mon crime était et serait toujours de ne pas appartenir à leur milieu, d'être issue d'une famille ordinaire de la classe moyenne, d'avoir fréquenté l'école publique et de ne compter personne de « notable » parmi mes parents et amis.

Tandis que je regardais la mère de Kyle blablater, j'ai vu son visage fusionner avec celui de Cressida. Décidément, le martini m'était monté à la tête.

—Pardon de vous interrompre, mais…

Marina s'est tournée vers moi avec une stupéfaction à peine dissimulée.

—Malheureusement, je vais devoir filer.

Comme Kyle fronçait les sourcils, j'ai ajouté très vite :

—Je dîne avec mon amie, ce soir, ça m'était complètement sorti de la tête.

—Finissez au moins votre verre, a suggéré Dominic en posant un autre martini devant moi. Ce serait dommage de…

Luttant contre la colère, les larmes et le maelstrom d'émotions qui me mettait la tête en vrac, j'ai saisi la fine tige du verre en cristal et j'ai vidé le martini cul sec.

Marina et Kyle en sont restés bouche bée.

—Ça m'a fait très plaisir de vous voir, ai-je lancé à la cantonade et, reposant le verre avec précaution, je me suis levée.

—Lottie ? a fait Kyle en se dégageant des griffes de sa mère. Qu'est-ce que…

—Je t'appelle demain, ai-je répliqué en tournant les talons.

À peine sortie du bar, je me suis mise à courir et j'ai pris la première à gauche, au cas où Kyle serait tenté de me suivre.

Merde, merde, *merde* !

J'ai consulté mon téléphone. Hestia m'avait répondu.

Oui ! Amène-toi tout de suite !

J'en aurais sangloté. J'arrivais au métro.

Je suis avec mon mec canon, là. Tu sais, celui qui bosse dans une start-up de la tech. Je suis en train de lui tatouer la cuisse. Faudrait que je streame ça sur OnlyFans, je me ferais des couilles en or.

J'ai pratiquement couru dans la station de métro. Mais le soulagement de m'être échappée se mêlait à présent à l'angoisse.

À quoi je jouais, bon sang ?

3

À mon arrivée au salon de tatouage d'Hestia, The Inky Hearth, la porte était entrouverte.

— Je peux entrer ? ai-je crié en vérifiant une dernière fois la tête que j'avais dans le miroir de mon poudrier.

Les retouches de maquillage en métro, ce n'était pas mon fort. J'ai frotté une trace d'eyeliner en soupirant.

—Ouaip, on est au fond ! a répondu Hestia.

Le ronronnement du dermographe était à peine audible, noyé par la musique. *Nine Inch Nails*, ai-je pensé, me souvenant de cette chanson qu'elle mettait souvent du temps où nous étions colocataires.

L'intérieur du *tattoo shop* était aussi sombre et intense que la chanson : le profond bleu noir des murs contrastait avec la fresque japonaise qui entourait la fenêtre d'en face de fleurs de cerisier aux roses vibrants. Un train ébranlait la voie ferrée qui passait derrière. Le salon s'intégrait très bien au quartier branché de Shoreditch, à l'opposé de mon univers froid et impassible de La City, fait de tailleurs et de sourires factices. Je ne me sentais à ma place dans aucun des deux, mon propre coin de Londres ne m'ayant pas encore été révélé, si tant est que ça m'arrive un jour. C'était peut-être ma mère qui avait raison, finalement : rat des champs un jour, rat des champs toujours…

Dans l'encadrement de la porte, Hestia a levé les yeux et m'a souri.

—Scott, voici mon amie Lottie, la bombe dont je t'ai parlé, a-t-elle lancé en me faisant un clin d'œil.

J'allais protester, quand je me suis rendu compte qu'elle s'appuyait du bras sur… une fesse. Bien rebondie, bien musclée, moulée dans un boxer.

Le nez dans le cuir noir de la table, Scott a grogné d'une voix assourdie :

—Salut, Lottie la bombe. Ne fais pas attention à mon cul.

—La vache, ai-je marmonné en essayant de regarder tout sauf la table.

Hestia se marrait. Je ne me considérais pas comme une fille particulièrement prude, mais à côté d'elle, j'avais parfois l'impression d'être mère Teresa.

—Paraît que tu as perdu ton job ? m'a dit Scott.

Je me suis rembrunie. Hestia, un sourire aux lèvres, restait concentrée sur l'endroit qu'elle tatouait.

J'ai émis un vague murmure d'assentiment. Je n'avais aucune envie de discuter de ma vie privée avec un parfait inconnu, même doté d'un cul en forme de pêche.

—T'as qu'à venir bosser pour moi, a-t-il proposé en essayant de tourner la tête dans ma direction.

Il avait les cheveux longs, d'un brun presque noir, comme les miens.

—Tu es dans quoi, le marketing ? Une bonne responsable marketing, c'est toujours utile.

—De toute façon, t'emploies que des bombasses, a murmuré Hestia en se concentrant pour fignoler un détail.

Le tatouage représentait un serpent enroulé autour d'une sorte de feuillage.

—N'empêche que Lottie est trop bien pour toi. Carrément sexy, mais carrément pas dans tes moyens.

Scott a reniflé de dépit.

—J'ai fait des procès à des gens pour moins que ça, tu sais, a-t-il répliqué en essayant toujours de se tourner vers moi. Je veux dire par là que… tu as raison, mais n'empêche.

—Et moi, je pourrais bien être tentée de changer ton serpent en cochon, a riposté Hestia en lui donnant un coup de coude.

Elle s'est redressée pour s'étirer le dos, répandant sa chevelure rouge cerise sur ses épaules. Ses yeux pers, soulignés de khôl, ont étincelé.

—Ne bouge pas, je continue un peu et ce sera fini pour aujourd'hui. Il faut que j'emmène Lottie se bourrer la gueule.

Soudain rattrapée par l'épuisement, j'ai agrippé la chaise près de l'autre table de tatouage. Hestia a tourné la tête vers moi et a lu mon visage en un clin d'œil. Le sourire toujours aux lèvres, elle s'est repenchée sur Scott avec concentration. Au bout de quelques instants, elle a relevé le dermographe.

—Voilà, nickel. Le contour est fait : encore une séance et on sera bons.

Elle a rangé son petit matériel et Scott s'est assis sur la table en s'étirant. Comme je regrettais subitement de ne pas être aussi décontractée qu'elle, de ne pas pouvoir être moi-même, y compris au boulot. Mon tailleur d'entreprise m'étouffait comme un carcan et mes cheveux étaient aussi raplapla que mon activité cérébrale.

—Re, m'a dit Scott en levant les yeux vers moi. Hestia avait raison. Tu es très belle, Lottie : enchanté de faire ta connaissance.

Gênée, je me suis efforcée de ne pas rougir.

—Merci. Je, euh… je vais attendre dehors.

Hestia me regardait d'un air goguenard. Ça, ma vieille, tu vas me le payer, me suis-je promis mentalement. Leurs rires, sans être méchants, n'ont fait qu'assombrir encore mon humeur. Mon téléphone a vibré. C'était un texto de Kyle.

Je suis désolé pour ce soir. Je te promets de me faire pardonner. On se fait le *date* du siècle, la semaine prochaine ? Tu es sûre que ça va ?

J'ai contemplé l'écran, le pouce hésitant. Un second texto a immédiatement suivi.

Je t'appelle demain, dors bien. Je t'aime. Bisous.

Hestia est sortie de la pièce d'un pas décidé, Scott sur ses talons.

—Bon, et maintenant, allons te bourrer la gueule ! Non, Scott, tu n'es pas invité. Nous devons discuter de ton cul entre filles.

***

J'ai ressenti une pointe de culpabilité alors qu'Hestia revenait avec une troisième tournée de verres, la langue tirée de concentration. Son t-shirt Kiss déchiré, son short en jean noir, son collant résille et ses Doc Martens argentées collaient parfaitement à ce bar, l'un des derniers authentiquement *grunge* d'une rue engloutie par la gentrification.

—Tu aurais dû me voir avec les parents de Kyle, Hes. J'ai descendu mon martini d'un trait. Je ne l'ai pas siroté élégamment, non… je l'ai bu cul sec, les 20 £ d'un coup ! Marina était au bord de l'AVC.

Hestia a lâché un rire proche d'un aboiement, m'a tendu un grand verre et a trinqué avec moi.

—Bien fait pour sa gueule ! Cette bonne femme rendrait n'importe qui alcoolique. Écoute, Lottie, il faut que tu arrêtes de te flageller parce que tu réagis selon tes émotions : ton attitude est totalement justifiée ! Tu te fais virer malgré tout le travail que tu as fourni, et ensuite cette garce s'incruste à ton *date* et se lance dans un festival passif-agressif. Ce qui me soûle, c'est que tu ne lui aies pas jeté ton Martini à la figure, à cette snobinarde !

Bien sûr, Hestia avait raison, mais j'avais les mains liées. Je ne pouvais pas contrarier Marina sans contrarier Kyle, et depuis son dernier texto, je me sentais de plus en plus nulle de leur avoir faussé compagnie.

—Je n'ai même pas réussi à lui dire pour mon job, ai-je soupiré en buvant mon verre à petites gorgées.

J'ai grimacé. Décapant, ce gin.

—Je me suis complètement dégonflée. Pas seulement parce que ses parents étaient là, mais parce que je n'arrivais même pas à me représenter sa réaction, tu comprends ? En fait, je crois que si Kyle est en couple avec moi, c'est aussi parce que je me suis engagée dans une carrière ambitieuse, comme lui. Enfin, ça, c'était avant que je me fasse virer. Qu'est-ce qu'il va dire quand je vais lui apprendre que je n'ai pas réussi à tenir plus d'un an dans cette boîte ?

Hestia a fait la moue, signe infaillible qu'elle préférait garder son opinion pour elle-même.

—Écoute, Lots. Tu sais que je ne suis pas la plus grande fan de Kyle, a-t-elle commencé prudemment, balayant mon air contrarié du revers de la main, mais ce mec t'a clairement dans la peau, non ? Ça fait quoi… un an que vous êtes ensemble ? Selon toute vraisemblance, il te soutiendra. Tu vois ce que je veux dire… Ces *nepo babies*, c'est tous les mêmes : ils ne connaissent que le piston. Kyle ne va pas te juger, il y a plus de chances pour qu'il te fasse entrer dans la boîte de son père. Tu sais bien que dans ce monde-là, soit on couche avec le boss, soit on couche avec le fils du boss. Ose me dire le contraire.

Elle a haussé les sourcils au-dessus de son verre, me mettant au défi de la contredire. Un éclair venu du *dance-floor* a illuminé le tatouage à son cou, des flammes qui léchaient sa mâchoire, comme si sa passion brûlante avait traversé la chair pour marquer sa peau.

Je ne pouvais pas lutter contre ses arguments. Elle avait raison, comme d'habitude.

Et ça me rendait malade.

J'ai changé de sujet.

—Et Cal ?

Hestia a souri, mais n'a pas saisi ma perche. Les aléas de sa relation intermittente avec son copain et associé auraient pu faire l'objet de toute une semaine de conversation, et je m'en voulais de ne pas m'y être davantage intéressée ces derniers temps, en raison de Kyle et de mon emploi du temps surchargé.

Elle a haussé les épaules avec une moue éloquente. Premier aperçu de ses véritables sentiments pour Cal. Son temps d'hésitation et la lampée de gin qui a suivi n'ont fait que me conforter dans mon impression. Hestia était de loin la personne la plus franche, la plus directe et la plus gentille que je connaisse, mais question sentiments, les plus sérieux en tout cas, elle était très secrète.

—Pff, j'en sais rien… a-t-elle soupiré. Je l'aime, je l'aime vraiment. Ça fait tellement longtemps qu'on est ensemble que c'est un peu le prolongement de moi-même, tu vois ce que je veux dire ? C'est peut-être parce qu'on est associés, qu'on gère le salon à deux, qu'on vit ensemble…

Elle a bu une autre gorgée de son verre, incapable d'exprimer ce qu'elle ressentait.

—Vous vous êtes éloignés de ce qui vous avait rapprochés au départ, c'est ça ? ai-je suggéré.

Elle a soutenu mon regard, le temps de réfléchir, pendant que j'insistais :

—Ce n'est pas très romantique, si ? Bosser ensemble H24, 7 jours sur 7 et être obligé d'avoir plusieurs casquettes avant d'être un couple. Tu as besoin d'une relation plus profonde que ça, Hes.

—Lottie Wright, tu es un vieux sage, a-t-elle répondu au bout d'un moment, d'une voix radoucie. Tu es sûre que tu ne veux pas t'éveiller à la sexualité lesbienne avec moi ?

J'ai éclaté de rire, lui recrachant ma gorgée de gin au visage. Entre nous, c'était un badinage récurrent. Je n'oubliais jamais de lui rappeler qu'elle m'avait pratiquement proposé de coucher avec elle dans les toilettes de la BU alors que j'étais encore à moitié déguisée en préservatif. Depuis, elle réitérait sa proposition au moins une fois par an, en général au moment le plus inopportun, pour un effet maximum.

J'ai levé mon verre en désignant sa poitrine d'un sourire en coin.

—Tes airbags ne me font ni chaud ni froid, meuf. Et pourtant, personne ne t'aimera jamais autant que moi.

Elle a souri, mais elle est vite redevenue sérieuse.

—Comment savoir si on est en couple pour les bonnes raisons ? Ou si on reste ensemble par habitude, tu vois ? s'est-elle interrogée à voix haute en considérant son verre dont elle faisait tournoyer le contenu. Et d'ailleurs, est-ce que c'est possible de savoir si on a rencontré la bonne personne ? Ou si c'est vraiment de l'amour, bordel ? Parfois, j'ai l'impression que Cal et moi, on était tout feu tout flammes, au début, la passion, quoi… C'est vrai ! Le premier mois, on n'arrêtait pas de baiser.

Elle a souri en voyant la tête que je faisais : à l'époque, ma chambre était adjacente à la sienne. Autant dire que j'étais aux premières loges.

—Mais tout est allé si vite. On a fini nos études et… je ne sais pas. Si on s'était rencontrés à un autre moment, si on avait eu moins de pression, si on n'avait pas dû décider tout de suite de notre avenir, peut-être que…

J'ai posé ma main sur la sienne.

—Souviens-toi de ce que tu me dis toujours : ce qui doit arriver arrivera. Tu ne crois pas ? C'est comme cette merde qui m'est arrivée au boulot. Si Cal et toi vous êtes faits pour vivre ensemble, ça se fera. Je suis sûre que quand tu trouveras l'amour, ton double, ton âme sœur… appelle ça comme tu veux, tu le sauras.

J'ai lu dans ses yeux qu'elle venait d'être frappée par la même idée que moi : si ma théorie était vraie, la seule relation à laquelle nous pouvions toutes les deux l'appliquer, c'était la nôtre.

—Et merde… a-t-elle soupiré en tendant son verre vers moi.

Nous avons de nouveau trinqué et bu une bonne lampée de gin.

—Écoute, a-t-elle enchaîné, quelle que soit la façon dont les choses évoluent, tu n'es pas non plus obligée de bosser avec Kyle.

—C'est vrai. Va juste falloir que je postule à tout un tas d'endroits, c'est tout.

Je me suis lamentée intérieurement : tous ces formulaires de candidatures que j'allais devoir remplir… sans parler de mon CV qu'il allait falloir retaper.

—Bah, il reste toujours Scott, m'a-t-elle fait remarquer avec bonne humeur. Joli petit cul, non ?

J'ai tenté de ne pas sourire, en vain.

Hestia m'a serré affectueusement le bras.

—T'inquiète, tout finira par s'arranger. Toi, ton truc, c'est le marketing pur et dur : du coup, cherche peut-être un job dans un domaine plus intéressant que le juridique ? Je ne sais pas moi… (Son regard s'est fait rêveur.) Deviens influenceuse !

Elle a frappé la table du plat de la main, comme sous le coup d'une illumination.

—Mais oui ! Oh purée, Lots ! Je te vois trop là-dedans ! Tu es la fille idéale pour Insta : tu maîtrises ton sujet, tu es toujours impeccable… les marques vont se bousculer pour capitaliser sur ton visage. Fais ça !

Son enthousiasme m'a remonté le moral. Ainsi que son sourire en coin et ses grands yeux.

—Merci, ai-je simplement dit dans un murmure presque noyé par la musique et les conversations au bar. C'est toi, la meilleure.

—Je sais, a-t-elle pouffé en se penchant pour m'embrasser sur la joue. Pourquoi tu ne vas pas chez Kyle ? Tu lui déballes tout et puis tu lui expliques que d'ici l'été tu vas gagner des millions en faisant de la promo pour des produits de beauté. À tous les coups, vous finiriez au lit et franchement, ça ne te ferait pas de mal de t'envoyer en l'air.

Incapable de me retenir plus longtemps, je suis partie d'un rire aviné et j'ai pris appui sur son bras pour me lever.

—C'est bon, c'est bon… arrête, ai-je articulé. J'y vais.

—Bravo !

Hestia m'a agrippée avec une ferveur égale à la mienne et nous nous sommes dirigées d'un pas chancelant vers la porte.

—Kyle n'est pas mon type, a-t-elle ajouté, mais j'ai des yeux pour voir : je suis sûre qu'il est encore mieux sans son costume. Allez, va te détendre un peu.

Sur ces bonnes paroles, nous nous sommes séparées.

Réchauffée par l'alcool, je m'efforçais de marcher à peu près droit dans la rue. Prenant soudain conscience de la longueur du trajet jusqu'à Battersea, quartier où habitait Kyle, je me suis retournée et j'ai esquissé le geste de héler un taxi… avant de laisser retomber mon bras. J'étais chômeuse, désormais : il était temps de me comporter comme telle.

De retour dans le métro, je suis repartie vers l'ouest, doucement engourdie par l'alcool. J'ai vaguement pensé à manger quelque chose, avant de chasser cette pensée. Ce dont j'avais besoin, c'était de soutien, de bras dans lesquels me laisser aller, des bras qui me soulageraient du poids que je me trimballais. Arrivée dans la rue de Kyle, à vingt bonnes minutes de marche de la station de métro, j'avais les pieds en compote et une barre qui commençait à cogner sourdement au-dessus des yeux.

La lumière ambrée du réverbère illuminait la rangée de façades blanches. Les maisons étaient toutes de style édouardien, toutes bien entretenues, mais il n'y en avait pas une qui soit parfaitement identique aux autres. Des arbres taillés à la perfection et des allées joliment dallées menaient à chacune d'entre elles ; la rue était bordée de voitures de luxe, il y en avait pour des millions de livres de chaque côté. En m'approchant de la maison de Kyle, que ses grands-parents lui avaient offerte en cadeau de fin d'études, j'ai tendu le cou pour voir s'il y avait de la lumière à l'intérieur. Non.

Prenant mon courage à deux mains, j'ai poussé le portillon et me suis avancée jusqu'à la porte d'entrée, le cœur lourd. Merde. Kyle n'était pas encore rentré. J'ai regardé mon téléphone : 23 h 43. Que faire ? De toute façon, Kyle disait toujours que passé onze heures du soir, il n'était plus bon à rien, et vu qu'il travaillait le lendemain, il n'allait pas tarder à regagner ses pénates.

Je me suis assise en soupirant sur une marche du perron et j'ai attendu dans la pénombre, en m'efforçant pour la énième fois de ne pas verser dans l'amertume et la paranoïa parce que je n'avais pas la clef de chez lui. C'était un détail, mais qui revêtait pour moi plus d'importance que je voulais bien l'avouer. Tandis que j'attendais, seule dans le froid qui montait lentement, la tête et le cœur en PLS, un souvenir s'est imposé à mon esprit : je me suis revue offrant à Kyle la clef de chez moi. Je m'étais sentie petite et vulnérable quand un éclair de panique avait traversé son regard, même s'il avait tenté de le dissimuler par tous les moyens.

Il s'était expliqué, justifié… les larmes lui étaient même montées aux yeux lorsqu'il m'avait parlé de sa peur de s'engager et de la signification que recouvrait pour lui le fait de me donner sa clef. En fin de compte, pour des raisons enfouies ou reléguées au fin fond de mon esprit, je n'avais pas insisté. Kyle tenait à moi et ça me suffisait : ses cadeaux et ses attentions incessantes en étaient la preuve.

« Oh, putain ! Qu'est-ce qu'il cherche à se faire pardonner, celui-là ? » Voilà tout ce qu'Hestia avait trouvé à dire lorsqu'il avait commencé à me couvrir de présents plus coûteux les uns que les autres : d'abord un sac de haute couture, le premier d'une longue série, puis le bracelet de chez Boodles, d'une extravagance folle.

J'avais levé les yeux au ciel. Hestia et moi ne savions que trop bien d'où lui venaient ses préjugés bien ancrés : une enfance chaotique, une mère tyrannisée et brutalisée par son beau-père. Il n'en fallait pas plus pour affecter sa vision des relations amoureuses, d'autant plus qu'elle était bisexuelle. Pour Hestia, les femmes étaient de loin supérieures aux hommes et elle plaçait les mâles hétérosexuels tout en bas de l'échelle : on ne devait leur faire confiance que dans des circonstances exceptionnelles.

Étouffant un bâillement à me décrocher la mâchoire, j'ai remonté les genoux à ma poitrine et je m'y suis appuyé le menton. Tant de choses avaient changé ces dernières vingt-quatre heures… Kyle allait bientôt rentrer, peut-être était-il déjà dans le taxi qui le ramenait… Bercée par le hurlement lointain des sirènes et les accords de musique qui s'échappaient du pub au bout de la rue, j'ai senti mes paupières se fermer et je me suis assoupie.

***

Un rire a résonné comme un carillon dans le silence. Mon épuisement l'a d'abord nié, mais l'air glacé de la nuit m'a picoté la peau, forçant mes yeux à s'ouvrir. Un violent élancement dans la nuque, conséquence de mon avachissement contre le mur, m'a brutalement ramenée à la réalité.

Jurant sous cape, j'ai consulté mon téléphone.

2 h 45.

Incrédule, j'ai rapproché l'écran en clignant des yeux, comme si les chiffres qui s'affichaient allaient soudain m'apparaître plus logiques. Comment se faisait-il que Kyle ne soit toujours pas rentré à trois heures du matin ?

Un second rire, plus grave celui-là, m'a carrément donné la chair de poule. Bien réveillée à présent, je me suis levée, les jambes flageolantes. Tendant la main vers le mur, je me suis dévissé le cou pour apercevoir la rue.

Et là, j'ai vu Kyle qui marchait vers la maison. Un bras passé nonchalamment autour des épaules d'une femme à la longue chevelure blonde. Il lui a soulevé le menton et s'est penché sur son visage souriant pour l'embrasser.

Mon cœur s'est arrêté de battre. Mes doigts se sont transformés en griffes contre les briques froides. D'instinct, je me suis ruée en avant, loin de la porte d'entrée, et je me suis réfugiée dans l'obscurité de l'étroit passage entre le mur et la haie, au bord du malaise.

Ils arrivaient au niveau de l'allée : leurs paroles et leurs pas se mêlaient, confondus par les battements sourds de mon cœur. Les jambes molles, je me suis accroupie, manquant d'oxygène pour rester debout.

—... je ne sais pas. Oh, non ! Elle est peut-être dans mon autre sac. Mais celui-là, je ne pouvais pas le prendre, ils auraient compris...

La fille avait une voix de velours : une prononciation britannique, mais avec un moelleux accent américain. Kyle a ri de nouveau.

—Tiens, regarde, elle est là, lui a-t-il dit avec une douceur qui m'a fait l'effet d'un coup de poing à l'estomac.

Ç'a été plus fort que moi. Au risque de me faire remarquer, j'ai jeté un coup d'œil, à l'angle de la maison. Ils étaient là, sur le trottoir, profitant de la lumière du réverbère tout proche pour inspecter son sac à main. Kyle en a tiré une clef en souriant d'un air taquin.

Sa clef à elle.

La clef de chez lui.

La fille a secoué la tête d'un air incrédule tandis qu'il l'embrassait sur le nez, et l'intimité de cet instant m'a fait reculer dans l'ombre avec une violence qui m'a surprise.

—Merci, mon chéri, a-t-elle murmuré tandis qu'ils se rapprochaient de la maison.

J'ai entendu le frottement de leurs chaussures sur les marches du perron. La tête vide, je me suis demandé si j'avais laissé des affaires à moi dans la maison, s'ils allaient les voir. Mais était-ce important ?

—Je crois bien que j'ai laissé mon pyjama chez toi, la dernière fois ?

—Un pyjama, pour quoi faire ? a grommelé Kyle en même temps que la clef cliquetait dans la serrure. C'est complètement superflu.

Je le voyais d'ici : il devait lui effleurer les hanches ou la taille, la déshabiller du regard. La fille a pouffé alors que la porte s'ouvrait, la lumière du vestibule se répandant sur l'allée. À cet instant, j'ai perçu le parfum de cette inconnue, aussi nettement que le désir dans la voix de Kyle.

Chanel N° 5.

Le même parfum que sa mère.

Prise d'une incontrôlable envie de rire, j'ai mordu mon poing pour me calmer. Je me suis vue en train de tout raconter à Hestia, je préférais imaginer sa réaction, la tête qu'elle ferait. *Oh, putain ! Ce mec est un cliché freudien sur pattes.* Tout plutôt que d'être cette intruse qui se cachait dans le noir comme un animal apeuré.

La porte d'entrée s'est refermée, me coupant de la scène. De la lumière, de leurs paroles, de ce parfum.

Le poing dans la bouche, j'ai laissé mes larmes couler sans retenue, glisser sur mes doigts et mouiller mon poignet.

Mes genoux protestaient contre ma position accroupie, et c'est finalement la douleur qui a eu raison de tout le reste. Je me suis redressée en enfonçant les ongles dans la brique. Je ne sentais plus le froid. C'était au moins ça. Mais debout dans l'ombre, le regard fixé sur la rue, j'ai soudain été accablée par un sentiment de rejet absolu, pour la seconde fois en moins de vingt-quatre heures. Était-ce la goutte d'eau qui allait me faire craquer ?

—Non, ai-je dit à haute voix, me faisant sursauter dans le silence.

Je refusais d'assimiler tout ça d'un coup, pas maintenant.

Changement de programme : retour à l'alcool.

Accompagné peut-être de poulet frit.

J'ai émergé de l'ombre et traversé l'allée. Kyle devait être bien trop occupé pour regarder par la fenêtre. Au moment de m'engager dans la rue, j'ai marqué une pause, résistant à l'envie de jeter un dernier regard à cette maison dans laquelle je n'avais jamais réellement été admise.

Mon mode « calme glacial » s'est réactivé et j'ai pris le chemin le plus court vers le magasin le plus proche, ouvert vingt-quatre heures sur vingt-quatre. Leur assortiment était insupportablement « Kylesque » : il y avait là les vins que j'avais vus dans son porte-bouteilles, les Bollinger et les Pol Roger derrière le comptoir... jusqu'aux petites bières allemandes, ses préférées. J'ai donc choisi le moins cher, le moins Kylesque que j'ai pu trouver : une petite bouteille de tequila.

J'ai marché lentement dans les rues désertes en buvant de temps en temps une gorgée qui m'incendiait la gorge et me faisait grimacer, assaillie de mises en garde par mon inconscient : tu te balades aux petites heures du matin, alors qu'il n'y a pas âme qui vive... J'ai aperçu un arrêt de bus : celui qui passait devant chez moi allait arriver. Assises sur le banc en plastique, trois jeunes femmes l'attendaient en bavardant gaiement. Cédant à la zone de mon cerveau qui abritait mon bon sens, j'ai marché jusqu'à l'arrêt de bus, la tête basse, et je suis restée en retrait. En quelques secondes, la conversation des trois copines s'est tarie.

—Ça va, ma belle ?

J'ai levé les yeux pile au moment où le bus arrivait. L'une des filles, bomber en soie noire et combinaison en jean, s'est avancée vers moi, le pli barrant son front gâchant son maquillage impeccable. Ses deux amies étaient restées en arrière, mais elles me regardaient d'un air tout aussi préoccupé.

—Euh, oui… ai-je marmonné.

Mon mascara avait coulé ? D'un geste vif, j'ai passé un doigt sous mes yeux et je me suis aperçue que mon visage était tout mouillé : j'avais pleuré sans m'en rendre compte ! Mais le bus arrivait. Les filles ont repris leur discussion et nous sommes montées toutes les quatre, cherchant des sièges pendant que le chauffeur repartait. Assise à quelques rangées devant elles, je sentais leurs regards me brûler la nuque, entre deux bribes de conversation. Le bus serpentait dans le sud de Londres. Lorsqu'il s'est enfin engagé pesamment dans ma rue, j'ai appuyé sur le bouton d'arrêt et je me suis levée en chancelant – pas seulement à cause du bus.

J'ai risqué un regard vers les trois copines. La fille en combinaison avait un léger sourire aux lèvres. Aucun jugement, simplement de l'inquiétude.

J'ai voulu lui rendre son sourire, mais mon visage s'est crispé. Sentant le goût de mes larmes, je suis descendue dans l'obscurité de la rue et le bus est reparti dans un grondement de moteur, tandis que la chaleur de ses gaz d'échappement se dissipait dans le silence. Alors que je traversais la rue pour rentrer à mon appartement, je me suis rendu compte qu'excepté l'amitié d'Hestia, ce sourire était sans doute la première marque de bienveillance gratuite qu'on m'ait adressée depuis des semaines. Non, des mois.

La vie que je croyais m'être construite ici n'existait plus. Ce n'était qu'une coquille vide. Comme mon cœur.

4

Le cracker que j'avais ingurgité une heure plus tôt semblait enfin décidé à rester dans mon estomac, mais ce n'est qu'à ma seconde infusion de menthe poivrée que j'ai trouvé le courage de passer un coup de téléphone.

Pendant que les tonalités s'égrenaient, je me suis massé les tempes, les yeux fermés pour ne pas voir le faible soleil qui filtrait par les stores de la cuisine.

—Oh, bonjour, ma chérie ! s'est exclamée ma mère avec étonnement.

Son doux accent américain, érodé par plus de trente années au Royaume-Uni, me replongeait toujours en enfance.

—Quelle bonne surprise ! Je pensais que tu serais au bureau, aujourd'hui. Tu as pris un jour de congé ?

Je me suis mordu la lèvre. Cela faisait longtemps qu'on ne s'était pas parlé, ma mère et moi. Vraiment parlé, je veux dire.

—Salut, maman… Euh, oui, si on peut dire.

J'ai maudit ma voix chevrotante.

—Qu'est-ce qui se passe, Lottie ? Tu vas bien ?

Je me suis représenté ma mère chez nous, dans notre maison de famille. Elle devait être assise dans le petit canapé à imprimé fleuri de la cuisine-salle à manger, flanquée de sa liseuse Kindle à sa gauche ou d'un journal à sa droite, un café posé sur la vénérable table d'appoint de Grand-mère. La radio devait être allumée… À cette heure-ci, c'était sans doute Radio 4, elle adorait écouter *Woman's Hour*.

—Euh… non, pas vraiment, ai-je murmuré, étranglée par un gros sanglot qui a inondé mes yeux. J'ai été licenciée. Et comme je ne suis pas tenue de travailler pendant mon préavis, je suis chez moi.

—Oh, ma chérie ! Je suis tellement navrée pour toi. Qu'est-ce qui s'est passé ? Écoute, tu veux venir quelque temps à la maison ? Papa est sur le tournoi d'Augusta jusqu'à demain soir, je suis toute seule.

Mon père, arbitre sur le circuit professionnel de golf aux États-Unis, s'absentait souvent pendant de longues périodes. Le sous-entendu de ma mère était clair : mon père ne désirait que mon bonheur, mais rentrer à la maison en son absence m'éviterait d'affronter sa déception et son inévitable jugement. Ma réussite professionnelle était source d'immense fierté pour lui, mais pour moi ça avait un coût. Je me demandais souvent si c'était mon ambition ou la sienne qui m'avait amenée là où j'étais. Comment mes envies et les exigences de mon père avaient-elles fini par converger ? Ça restait un mystère pour moi. En plus, l'idée d'annoncer mes déboires sentimentaux était au-dessus de mes forces. Mes parents s'imaginaient que Kyle sortait de la cuisse (ou plutôt du cul) de Jupiter.

Pff… J'aurais dû réfléchir à tout ça avant d'appeler ma mère. Mais en dehors d'Hestia, qui se levait rarement avant midi, vers qui d'autre aurais-je pu me tourner ? Au cours de l'année dernière, je m'étais éloignée de mon cercle d'amis, chaque heure de ma journée étant monopolisée par mon travail ou par Kyle et ses potes.

—Euh, d'accord… oui, peut-être. Mais… je dois trouver un autre emploi assez vite : mon loyer n'est pas donné, tu comprends, du coup…

—Je sais, je sais, a répondu ma mère, la voix assourdie par le bruit de la bouilloire. Mais tu peux quand même t'accorder un petit répit, histoire de surmonter le choc et d'élaborer un plan d'action. Pourquoi tu ne viendrais pas te reposer quelques jours à la maison ? Archie te remontera le moral.

J'ai essuyé mes larmes en esquissant un faible sourire. Mes parents avaient un épagneul gentiment cinglé qui frétillerait d'enthousiasme en me voyant et passerait le restant de la journée à essayer de dormir sur mes genoux.

—Bon, d'accord. Écoute, maman, laisse-moi régler quelques trucs et je regarderai les horaires de train.

Ma mère m'a encore prodigué quelques paroles d'encouragement, puis nous avons raccroché.

J'ai poussé un gémissement. Dans quoi m'étais-je engagée ? Dans la foulée, j'ai appelé Hestia.

Elle a protesté d'une voix rauque, visiblement dans le gaz.

—Et tu prétends m'aimer… C'est cruel.

J'ai regardé l'écran de mon téléphone. Aurais-je mal lu l'heure ? Mais non, il était 10 h 27.

—Kyle me trompe, ai-je laissé tomber, même si son nom m'arrachait la bouche. Il a ramené une fille chez lui, hier soir : ils étaient collés l'un à l'autre.

—Quoi ??? L'enfoiré ! a-t-elle rugi.

J'ai posé le téléphone sur la table et je me suis appuyée sur les paupières pour bloquer une nouvelle montée de larmes.

—Bon, continuait Hestia. Je fonce le choper à son bureau ! Je vais lui défoncer la gueule, moi, à ce…

J'ai hoqueté un sanglot.

—Écoute-moi bien, Lottie Wright, a repris Hestia plus calmement. Kyle est un sale con, il l'était déjà avant de te connaître et il le restera jusqu'à sa mort. Quant à ton job, tu vas en trouver un autre. C'est un licenciement économique, tes compétences n'ont rien à avoir là-dedans. Bref, dans un cas comme dans l'autre, tu n'y es pour rien, d'accord ? Ça ne détermine pas ce que tu es : ces deux tuiles *ne sont pas* la somme de ton existence. C'est la façon qu'a trouvé l'univers pour te dégager la route, afin que tu trouves ce dont tu as vraiment besoin dans la vie, c'est tout. OK ?

—OK, ai-je répété en mode pilotage automatique. C'est juste que... je ne comprends pas pourquoi. Kyle, je veux dire. Cressida, elle, elle me détestait. Mais Kyle et cette fille... En plus, ils sont ensemble depuis un moment, c'est clair : elle avait la clef de chez lui, putain...

Perdue dans mes bredouillements incohérents, j'ai laissé Hestia fulminer, ses jurons acerbes me mettant un peu de baume au cœur, façon patch antidouleur : d'une efficacité certaine, mais provisoire.

—Et maintenant, ma mère me propose d'aller passer quelques jours à la maison, mais je ne suis pas sûre de pouvoir affronter le jugement de mes parents par-dessus le marché. Ça part d'une bonne intention, mes parents ne veulent que mon bonheur, mais ils se sont tellement investis dans ma réussite...

Ils s'étaient saignés aux quatre veines pour m'envoyer dans un lycée privé, pour payer mes frais d'université, de logement, de nourriture et de transport, tout ça pour que je n'aie pas recours à un prêt étudiant. J'étais déjà écrasée par le poids de tous leurs sacrifices, de toutes leurs attentes, et à l'arrivée... fiasco sur toute la ligne.

—Tes parents se sont investis dans ton parcours parce qu'ils t'aiment, Lots. Ils te soutiendront quoi qu'il arrive, ils l'ont toujours fait… même ton père.

—Mais je les ai déçus, ai-je répondu d'une voix qui s'étiolait sous la pression. Mon job, Kyle… ils étaient si heureux. C'était tout ce dont ils rêvaient pour moi.

—Et toi ? a rétorqué Hestia, ses derniers lambeaux de fatigue se dissolvant dans la colère.

Ses yeux barbouillés du mascara de la veille devaient étinceler.

—De quoi tu rêves, toi ? C'est quoi la réussite, selon tes critères ?

Incapable de répondre, j'ai bu la dernière gorgée de mon thé qui avait refroidi.

—Écoute, Lots, ça te ferait du bien de prendre le temps de faire le point, je trouve. Quitte Londres… Tu sais bien qu'à la campagne, tu te sens quelqu'un d'autre. Un bon bol d'air pur et un vrai changement de décor, voilà ce qu'il te faut : ça t'éclaircira les idées en un rien de temps. Fais des tas de promenades avec Archie et évite tes parents si ça devient trop dur pour toi. Sinon, tu peux venir chez moi quand tu veux, tu le sais, mais Cal sort d'une cuite de trois jours, là, et l'appart ressemble à un trou noir.

Sa description m'a arraché un sourire.

—La vache… ai-je murmuré en imaginant la scène.

Hestia a poussé un juron. Elle venait de trébucher sur quelque chose.

Elle avait beau avoir des problèmes de couple, Cal était un mec super sympa… mais aussi terriblement bordélique. Au propre comme au figuré.

—S'il ne se reprend pas très vite, ça va barder, je te jure ! Je n'ai rien d'une fée du logis, mais il va finir par me transformer en mémère maniaque de la propreté, bordel !

—Maintenant que tu en parles, c'est vrai qu'un petit séjour à la campagne pourrait me faire le plus grand bien, ai-je dit, réprimant un rire alors qu'elle poussait un énième juron. Merci, Hes. Je te promets de ne pas rester une loseuse pathétique trop longtemps.

—Arrête ! a-t-elle aboyé. Quitte Londres et file te mettre au vert ! Tu as besoin de réfléchir au calme. Appelle-moi quand tu seras là-bas, d'accord ? Et arrête de te déprécier. Je te l'interdis, tu entends ?

J'ai acquiescé, mais dès que j'ai eu raccroché, les doutes m'ont rattrapée dans le silence de mon appartement. Est-ce que je fuyais mes problèmes ? Ne valait-il pas mieux rester ici et affronter la situation ? Essayer de parler à Kyle, peut-être ?

L'idée de me retrouver face à lui, de sentir sur moi ses mains qui hier soir effleuraient le visage d'une autre… Reprise par la nausée, j'ai décidé de prendre une bonne douche.

L'écran de mon téléphone s'est allumé.

En fait, papa sera absent plus longtemps que prévu : il s'arrête chez Carrie, en revenant. Mais pas au ranch, c'est Lil qui s'en occupe, maintenant. Carrie est à Denver. Elle fête ses soixante ans, tu te rends compte ? Bref, ça nous laisse encore plus de temps pour nous trois : toi, moi et Archie. Je t'aime, ma puce. Tout va s'arranger. Bisous.

Me sentant infinitésimalement mieux, je me suis efforcée d'ébouillanter la journée de la veille sous le jet de la douche. L'eau m'enveloppait, ruisselait sur moi, lavait mon impression de n'être qu'une coquille vide, purgée aux larmes et à la tequila.

J'ai fermé les yeux sur ma réalité, le texto de ma mère faisant ressurgir un lointain souvenir. Ma cousine Lil et moi, en train de chevaucher le long d'un torrent, près du ranch où elle avait grandi. Dans la famille de notre grand-mère depuis une centaine d'années, le ranch de Diamond Back s'étendait sur plusieurs kilomètres carrés au pied de la chaîne des Tetons, près de Jackson Hole, dans le Wyoming. Avec mes parents, nous y séjournions presque tous les étés et Lil et moi passions nos journées à cheval. Par une froide journée ensoleillée, tandis que nous longions la rivière, nous avions failli foncer dans un grizzly qui pêchait un peu plus en aval. Mon cri avait été noyé par le bruit du cours d'eau dont les vagues blanches d'écume bouillonnaient autour des gros rochers arrondis.

—On fait demi-tour, avait murmuré Lil. Il ne nous a pas encore vues. On est contre le vent.

D'un geste fluide, elle avait pris le fusil qu'elle portait à sa selle, l'avait fait passer dans sa main droite et avait tiré doucement sur les rênes de Penny, sa jument, pour la faire reculer. Le cœur cognant à tout rompre, je me demandais si mon heure était venue. J'avais tout juste onze ans et Lil quinze, mais elle s'était contentée de rire tout bas.

—Quoi ? avais-je sifflé, incrédule.

—Si tu chies sur ma selle neuve, je te file en casse-croûte à cet enfoiré d'ours.

Je l'avais regardée, les yeux écarquillés. Nous avions fait faire lentement demi-tour à nos montures et au bout de quelques pénibles secondes, le temps de tourner à l'angle d'un rocher, nous les avions lancées au petit galop. Comme nous approchions de la prairie qui s'étendait au-delà, Lil s'était retournée sur sa selle pour vérifier que le grizzly ne nous avait pas suivies. Puis elle m'avait fait un grand sourire tandis que nous arrêtions nos chevaux.

—Ça va, cow-girl ? T'as pas fait dans ton froc ?

J'étais trop inondée d'adrénaline pour me vexer.

—Tu n'as pas eu peur, toi ? lui avais-je demandé en caressant l'encolure de Jasper, mon cheval, dont la robe noire luisait de santé et à présent de transpiration.

Jasper tirait sur le mors : il voulait repartir, de toute évidence, ça lui plaisait de se dépenser.

—Oh là, là, ma cocotte ! Il vivait sa vie, cet ours, c'est tout… on le dérangeait pas. Quand même… tu es assez grande pour savoir qu'il y a pire qu'un ours, non ?

Son visage bronzé était parsemé de taches de rousseur et ses cheveux avaient la couleur du miel chaud. Lil n'avait que quatre ans de plus que moi, mais déjà toute une existence de sagesse à son actif. Quand on aidait ses parents à s'occuper d'un ranch, on était plus aux prises avec les réalités de la vie que lorsqu'on fréquentait un petit collège rural d'Angleterre.

—Oui, je crois, avais-je répondu, rouge de honte.

—Hé, je te charrie, avait-elle ajouté en se rapprochant de moi pour me prendre la main affectueusement. Un été ici, et tu seras une cow-girl aguerrie, pas vrai ?

Je l'avais regardée avec un sourire timide et reconnaissant.

—Tu es une fille de la campagne, Lottie. Tu montes à cheval comme si tu avais fait ça toute ta vie. Il faut juste que tu te familiarises avec cette nature.

D'un geste ample, elle avait englobé la ligne découpée de la chaîne aux sommets enneigés, le paysage grandiose qui s'étendait à perte de vue.

—Ici, c'est ça, le personnage principal, tu comprends ? Nous, on est que des seconds rôles.

J'avais opiné du chef. Visiblement soulagée que je ne sois plus prête soit à pleurer soit à bousiller sa selle, Lil avait dirigé Penny vers la gauche et m'avait lancé un regard de défi.

—On fait la course jusqu'à l'écurie ?

Voyant que Penny s'apprêtait à partir au galop, Jasper avait pointé les oreilles en avant et s'était soudain mis à danser sur le côté. Seule la parfaite maîtrise de Lil empêchait sa jument de s'élancer. J'avais ri, luttant moi-même contre l'enthousiasme de Jasper.

—Qu'est-ce que je gagne si j'arrive la première ?

—Mon respect éternel et peut-être une virée en ville, histoire de monter le taureau mécanique du Cow-boy Bar…

Mais j'étais déjà partie au grand galop, savourant la mine surprise de ma cousine qui avait aussitôt lancé Penny à mes trousses. Une main sur mon chapeau, l'autre tenant les rênes, j'avais filé sur la prairie, la chaude empreinte du soleil plaquée dans mon dos. Joie sans mélange, bonheur à l'état pur. Ce jour-là, j'avais ressenti le genre de liberté dont tout le monde rêve, mais que bien peu de personnes ont la chance de connaître un jour. Depuis quand n'avais-je pas éprouvé une telle sensation ? Je ne m'en souvenais même plus. J'ai empoigné mon flacon de shampoing et j'ai commencé à me laver de ces deux derniers jours.

***

Dans un brouillard, j'ai commencé à choisir les rares fringues décontractées que je comptais emporter. La majeure partie de ma garde-robe se composait d'une triste collection de tailleurs bien coupés, déclinés en plusieurs teintes de bleu et de gris : une seule paire de baskets blanches figurait parmi mes chaussures à talons. Mon estomac s'est mis à gargouiller, mais j'ai fait la sourde oreille. Je ne lui faisais pas encore totalement confiance pour oser manger un morceau.

***

J'ai consulté les horaires de train. Si je me grouillais, j'avais le temps d'attraper le 12 h 15 au départ de Paddington. Soudain, au lieu de plier mes vêtements bien comme il faut, je me suis mise à jeter tout et n'importe quoi dans ma petite valise à roulettes. Calculant que ma semaine chez mes parents pourrait bien se transformer en quinze jours d'absence, j'ai rapidement vidé le frigo du peu de choses qu'il contenait et j'ai sorti la poubelle. Enfin, mon sac Dior préféré en bandoulière et ma valise à mes pieds, je me suis plantée devant ma porte d'entrée. Le silence était pesant, à peine interrompu par le sourd ronronnement du frigo. Tandis que je regardais autour de moi, passant en revue les indispensables à ne surtout pas oublier, j'ai été frappée par le côté inhabité de mon appartement. Il y avait bien peu de touches personnelles, bien peu de vie dans ce décor.

Oui, mon intérieur était froid : une boîte, comme beaucoup d'appartements récents. Certaines personnes réussissent à en faire un foyer chaleureux, mais le mien n'était que surfaces dures et couleurs neutres. Reflétait-il vraiment ma personnalité ?

J'ai frissonné, puis j'ai vivement tiré ma valise dans le couloir et j'ai laissé la porte se refermer doucement, jusqu'au déclic du verrou. Alors que j'appelais l'ascenseur, j'ai froncé les sourcils en considérant la moquette. Avait-elle été changée ? Depuis quand était-elle bleu foncé ?

C'est quand j'ai émergé au rez-de-chaussée et que je suis sortie de l'immeuble que j'ai pris conscience de la triste réalité : je ne voyais presque jamais cette moquette de jour. Étant donné que je partais travailler avant le lever du soleil et que je rentrais de nuit, sauf en plein été, je n'avais jamais eu l'occasion de remarquer sa véritable couleur.

J'ai marché lentement vers le métro, gagnée peu à peu par un sentiment de honte. En dépit des baskets et de toute une collection de pansements, chaque pas me faisait souffrir. Mes pieds étaient en charpie : rapetassés, capitonnés, mais toujours à vif. Comme le reste de ma personne, en gros.

Mon téléphone s'est mis à vibrer. Je l'ai sorti de mon sac.

On se fait un resto, samedi soir ? Je dois encore distraire les Américains pendant 2 jours, mais ce week-end, je suis dispo. Comment s'est passé ton dîner, hier soir ? Tu es en gueule de bois ?

Kyle.

Un goût de bile m'a tapissé l'arrière-gorge. Si j'avais encore des doutes sur ma décision de partir, sur le fait de tout arrêter, sur la possibilité d'une mise au point avec lui, ils se sont envolés à cet instant.

Distraire les Américains. Mais bien sûr…

À l'approche de la station de métro, je me suis livrée à un rapide calcul mental. Ces fameux clients américains, depuis quand étaient-ils devenus un sujet récurrent dans sa vie professionnelle ? Trois mois ? Quatre ? J'en avais rencontré deux, deux hommes, en allant boire un verre après le boulot avec des collègues de Kyle, mais il y en avait deux autres.

La coïncidence était trop énorme. Chaque fois qu'ils débarquaient à Londres, Kyle disparaissait durant des jours, répondait tardivement à mes messages et éludait toutes mes tentatives de passer la nuit chez lui. Les larmes aux yeux, j'ai descendu le même escalator qui, la veille à peine, m'avait emportée vers une vie bien différente.

Je me suis obligée à respirer calmement tout en me tamponnant sous les yeux : il fallait que mon maquillage tienne toute cette putain de journée. Submergée par une bouffée de colère, je me suis souvenue des paroles d'Hestia, son flot de jurons se mêlant à mes propres pensées. Pour une fois, le quai était désert ; j'en ai profité pour évacuer ma rage en hurlant dans le rugissement de la rame qui arrivait.

Par chance, la voiture était également vide. Ça m'a permis de passer les premières minutes à faire des exercices de respiration en imaginant les champs qui entouraient la maison de mes parents et le mugissement du vent dans les bois qui coiffaient la colline d'en face. Mais étrangement, la colline s'est peu à peu transformée en chaîne de montagnes. Des montagnes énormes, d'un gris orageux sur le ciel bleu azur, et dont la neige immaculée des cimes brillait au soleil. Les Rocheuses de mon enfance.

Rouvrant brusquement les yeux, je me suis carrée dans mon siège et je me suis concentrée sur le plan du métro affiché en face de moi, près de la vitre. Je connaissais par cœur le trajet jusqu'à Paddington. Mais là, sur la gauche, il y avait Heathrow. Lorsque nous partions pour le Wyoming avec mes parents, nous décollions toujours de Heathrow et une fois arrivés à Denver, nous prenions un avion plus petit pour Jackson Hole.

Comme si je les avais fait apparaître par la seule force de mon esprit, trois personnes sont montées à la station suivante : un homme, une femme et une ado, chacun traînant une grosse valise à roulettes. Tout contents d'avoir une place assise, ils se sont mis à bavarder avec animation.

Oubliant l'étiquette du métro londonien, je gardais les yeux fixés sur eux et c'est là que l'idée a surgi dans ma tête. Un frisson m'a parcourue et mon estomac s'est alors rempli d'une nuée de papillons.

C'était là-bas que je devais retourner. Au Wyoming.

Je suis restée saisie, les mots carillonnant dans mon esprit.

L'adolescente s'est tournée vers moi, gênée sans doute par l'intensité de mon regard. Je lui ai adressé un bref sourire et je me suis reconcentrée sur le plan du métro. Encore deux stations et je pourrais changer pour la ligne de Piccadilly et filer jusqu'à Heathrow.

L'esprit en ébullition, j'ai commencé à raisonner : le billet d'avion, je pouvais me le payer sans trop entamer le pécule que je m'étais prudemment constitué en un an. En plus, j'avais mon passeport sur moi, glissé dans l'étui de voyage que j'emportais toujours. Outre mon passeport, il contenait du liquide, mes cartes d'abonnement pour le train et autres transports en commun, ainsi que divers indispensables pour voyager. Mais serais-je la bienvenue si je débarquais chez Lil sans crier gare ? Je n'avais même pas son numéro de téléphone. Ma mère l'aurait, elle, mais étais-je en état d'envisager une conversation avec l'une ou l'autre ? Pas sûr.

« Ça, c'est le genre de situation où on fait d'abord et où on s'excuse ensuite. »

C'était une expression de Kyle. Peut-être s'appliquait-elle à mon cas, mais ce qui est sûr, c'est qu'elle témoignait d'un cynisme qui collait tristement à la scène que j'avais surprise hier soir.

J'ai fermé les yeux de toutes mes forces, il me fallait raisonner avec logique. Passer une semaine chez mes parents pourrait m'apporter un peu de réconfort. Cela dit, ça risquait aussi d'être stressant. Et une fois cette semaine écoulée… Bah, je retournerais aussi sec à Londres et je reprendrais cahin-caha le cours de ma vie.

Peut-être qu'une période d'éloignement – de réel éloignement – me serait plus profitable, tout compte fait. Ça me laisserait vraiment le temps de réfléchir. En plus, s'occuper d'un ranch était un rude labeur… Je pourrais toujours travailler pour Lil à titre bénévole : des bras supplémentaires, ça ne se refusait pas. Mes talents de cavalière étaient un peu rouillés, vu que j'avais pratiquement abandonné l'équitation en entrant à l'université, mais ça reviendrait vite.

Mon cœur a bondi dans ma poitrine : si ça se trouve, Jasper serait encore là ! Je pourrais peut-être brosser sa robe d'un noir luisant et lui grattouiller l'encolure, comme avant, à l'endroit où ça l'endormait. J'en étais là de mes tergiversations lorsque le métro est arrivé à la station où je devais changer de ligne si je voulais continuer vers Heathrow. La petite famille est descendue et s'est éloignée sur le quai dans un raffut de valise à roulettes.

Et puis merde !

Alors que le bip annonçait la fermeture des portes, j'ai bondi hors de la rame et, galvanisée par une giclée d'adrénaline, j'ai suivi la petite famille jusqu'au quai qui m'intéressait et je suis montée avec elle dans la rame desservant la ligne de Piccadilly. Maintenant que ma décision était prise, je me sentais en paix avec moi-même, comme toujours. À partir de là, il ne s'agissait plus que d'aller jusqu'au bout.

Lorsque le métro a jailli des entrailles de la Terre pour continuer en aérien, j'ai été tentée de chercher tout de suite des vols et de me taper toute la logistique, puis je me suis laissée porter : pour une fois, j'allais lâcher prise et advienne que pourra. De toute façon, pour le moment, il ne servait à rien de planifier quoi que ce soit. Je me suis mis le casque sur les oreilles, j'ai choisi une playlist récente, au hasard, et j'ai appuyé ma tête contre la vitre.

***

Ce n'est que lorsque je suis descendue dans l'agitation de l'immense terminal 2 de Heathrow que la réalité m'a rattrapée. J'ai tiré mon téléphone de ma poche et je me suis mise à chercher des vols pour les États-Unis. Une énorme bouffée de satisfaction m'a envahie : il y en avait deux que j'avais le temps de prendre cet après-midi. Le premier était un vol de la Lufthansa dont les comptoirs se trouvaient presque en face de moi.

Sans trop y croire, je me suis approchée. Allais-je vraiment le faire ?

Vingt minutes après, munie de ma carte d'embarquement, je passais les contrôles de sécurité. J'ai eu l'impression d'émerger de l'autre côté du portique sous une forme légèrement différente, comme si j'avais mué. Je découvrais une nouvelle facette de ma personnalité.

En consultant mes messages, j'ai hésité au-dessus du nom d'Hestia, mais je me suis retenue. Un appel des États-Unis lui ferait bien plus plaisir. Ma mère, en revanche… pff. Que ça me plaise ou non, il fallait que je l'appelle.

—Euh… petit changement de programme, ai-je annoncé d'un air penaud lorsqu'elle a décroché.

Elle a attendu la suite sans rien dire.

—Je, euh… je ne viendrai pas aujourd'hui, finalement. Au dernier moment, je me suis dit que… enfin, bref : j'ai décidé de faire un petit voyage. S'il te plaît, ne dis rien à Carrie ni à Lil, mais…

À ma grande surprise, ma mère a pouffé.

—Oh, mon petit cœur… Je me demandais si tu y penserais, m'a-t-elle dit d'un ton traînant, son accent du Wyoming ressortant plus nettement.

Mon silence sidéré lui a tiré un autre petit rire.

—Ça t'étonne que je ne sois pas plus surprise que ça ? J'ai l'impression que tu t'es enfin décidée à suivre ton instinct, non ? Écoute, tu as beau ne pas rentrer à la maison, celle où tu as grandi, ce ranch, c'est autant chez toi que ça a été chez moi, Lottie : The Diamond Back est notre port d'attache. J'ai bien vu à quel point tu t'y plaisais, à quel point tu t'épanouissais là-bas, comme ces petites fleurs des champs qui s'ouvrent l'été, au Wyoming.

Ma mère a exhalé sa vie, ses responsabilités et son passé dans un même soupir.

—Oui… c'est vrai, ai-je avoué. Mais je… j'ai changé depuis. Je ne sais pas si le ranch me fera le même effet qu'avant. Ce qui est sûr, c'est que là-bas, je serai coupée de Londres et de tous mes problèmes.

Ma mère s'est contentée d'émettre un murmure d'assentiment.

—Et puis, franchement, je ne suis pas sûre de pouvoir affronter la… la déception de papa.

—Oh, ma chérie…

Ma mère a poussé un autre soupir, plus gros celui-là.

—Je ne vais pas te raconter d'histoires, j'imagine déjà sa réaction, moi aussi. Mais écoute, ma chérie, c'est toi que ça concerne. Pas lui. C'est ta vie, pas la sienne, d'accord ? Et puis tu sais, au fond, papa ne veut que ton bonheur, tout comme moi. Simplement, nous l'exprimons chacun à notre manière.

J'ai levé les yeux au ciel. Heureusement que nous n'étions pas face à face, car je n'aurais pas pu cacher mon scepticisme. Sans être psychologue, j'étais presque certaine qu'il existait un terme pour qualifier les gens qui se réalisent à travers la réussite de leur enfant, deux ou trois crans au-dessus du parent simplement « exigeant ».

Consciente que la frontière était ténue entre conversation et dispute larvée, j'ai abrégé :

—Je t'appellerai quand je serai arrivée, d'accord ? Allez, il faut que je me dépêche d'aller à ma porte d'embarquement, maintenant. Il est immense, cet aéroport, tu sais bien.

—D'accord, a répondu ma mère avec douceur. Prends bien soin de toi, ma chérie, et embrasse Lil pour moi. Oh, une dernière chose…

—Oui ? ai-je fait, méfiante.

—N'oublie pas : les cow-boys de Jackson Hole font partie des meilleurs hommes qui soient. Ce sont des gars authentiques, le sel de la terre. Alors, fais bien attention à eux. Sinon, tu risques de prendre du bon temps.

—Oh, maman… ai-je marmonné, réprimant un sourire malgré moi.

—Je sais bien que tu as Kyle, mais tu es une Dean, jusqu'au bout des ongles. Et s'il y a une chose que je sais, c'est que les cow-boys ne résistent pas aux filles Dean… c'est tout ce que j'ai à dire.

—Beurk, maman ! Mais c'est dégoûtant… Bon, maintenant j'y vais. Bisous.

Nous avons raccroché. Le rire de ma mère résonnait encore dans mon esprit quand je me suis rendu compte que pour la première fois depuis vingt-quatre heures, je n'avais pas envie de pleurer. Toujours étourdie par mon coup de tête, je n'avais pas la moindre idée de ce qui m'attendait. Mais aujourd'hui, pour la première fois de ma vie, c'était moi qui tenais les rênes. C'était moi qui maîtrisais le cours de mon existence.

5

Jackson Hole était tout aussi magique que dans mon souvenir. Quatorze heures après avoir quitté Londres, je survolais la vallée à bord d'un second avion, plus petit que le premier. Finalement, tout ça en valait la peine, y compris l'oxygène recyclé et le plateau-repas à la limite du comestible.

L'avion amorçait sa descente. Vue du hublot, l'approche de Jackson était saisissante : un patchwork inégal de neige scintillante drapait les sommets découpés qui s'étendaient à perte de vue. Dans le soleil de cette fin d'après-midi, leur blancheur était d'une luminosité presque insupportable et pourtant, je m'en emplissais les yeux avec avidité. J'ai ensuite fermé les paupières un moment, ce paysage grandiose imprimé sur ma rétine. Tant de souvenirs heureux se nichaient entre ces vallées et ces crêtes ! C'était la carte postale du bonheur à l'état pur, un bonheur presque trop idyllique pour être vrai. J'avais suivi mon instinct, oui, et même si j'ignorais où il allait m'emmener, mon cœur se gonflait déjà de reconnaissance.

Ce qui ne m'empêchait pas d'être nerveuse. À la descente de l'avion, nous avons été accueillis par une bourrasque d'air froid, si vivifiant qu'il laissait comme un goût sucré dans la gorge. Le soleil rasant teintait de toutes les nuances de bleu, de gris et de mauve les montagnes qui dominaient le paysage de leur présence impressionnante.

Je suis passée rapidement devant l'agent de l'immigration, mon passeport américain ayant l'efficacité d'un FastPass dans un parc d'attractions bourré de touristes. En plus, mon absence de bagages enregistrés m'a permis d'arriver la première à la station de taxis. Mon plan était simple, j'avais eu tout le temps d'y réfléchir dans l'avion : j'allais entrer dans Jackson même, peut-être m'acheter un ou deux pulls supplémentaires et ensuite, j'appellerais Lil. J'avais trouvé sans trop de mal le numéro du ranch sur Internet et j'avais eu la surprise de voir que ma cousine proposait des stages d'activités westerns, l'une des granges ayant été convertie en trois sortes de chalets.

Restait à espérer que Lil ne verrait pas d'inconvénient à ce que je débarque chez elle à l'improviste.

La vallée défilait à la vitre du taxi, les différents verts des arbres, des vastes prairies ondoyantes et des versants des collines se fondant en un vif collage printanier. L'atmosphère chauffée de l'habitacle faisait oublier la température extérieure. Ici, la saison n'avait rien à voir avec celle de Londres. Sans nappe de smog pour faire grimper le thermomètre, le Wyoming sortait à peine de l'hiver : même au mois de mai, les chutes de neige étaient toujours possibles et les parkas, indispensables.

Mon léger trench citadin ne ferait pas l'affaire, ici. Ni mes baskets. J'ai soupiré. Une fois de plus, j'étais l'intruse dans l'image.

Les bâtiments sont peu à peu devenus plus nombreux de chaque côté de la route, tandis que la circulation passait de cinq ou six voitures à un flot continu de véhicules. Comme par déférence envers les imposantes montagnes qui s'élevaient à l'horizon, toutes les constructions étaient ramassées, en bois et parfois en pierre. Les éléments les plus hauts du paysage, c'étaient les bouquets d'épicéas qui ponctuaient la rue principale à intervalles réguliers, rappelant en permanence que l'hiver n'était pas encore fini. Une famille nombreuse se tenait devant le Jackson Museum ; une blondinette se faisait prendre en photo dans la pose de Slim, le cow-boy en bronze. J'avais fait la même chose, une éternité auparavant. La photo était désormais rangée à plat dans la pile d'albums géants que chérissait ma mère.

Les souvenirs m'assaillaient à chaque coin de rue quand le taxi est enfin arrivé devant l'énorme arche en bois de wapitis, juste en face du Cow-boy Bar, véritable institution à Jackson. Avec son ambiance Far West et sa musique country, c'était une attraction pour touristes, célèbre pour ses tabourets surmontés de véritables selles. Lil et moi y étions allées, une fois, et nous avions monopolisé le taureau mécanique durant tout l'après-midi. Le lendemain, c'est tout juste si j'arrivais encore à marcher.

J'avais adoré.

Le chauffeur de taxi s'est garé et c'est avec beaucoup de nostalgie que j'ai redécouvert la place principale.

—C'est bon ? m'a-t-il demandé, alors que je réglais ma course, puis nous nous sommes dit au revoir et je suis descendue du taxi.

Tandis qu'il repartait, créant un appel d'air froid, je suis restée plantée là, ma petite valise à mes pieds et mon sac à main à l'épaule. Mon ressenti n'avait rien à voir avec ce que je m'étais imaginé.

Comment m'étais-je débrouillée pour me retrouver dans une telle situation ? Je n'étais pas libre, j'étais seule. Et depuis longtemps, en fait. Refoulant une brusque montée d'émotion, j'ai frissonné. Mon trench ne faisait pas le poids face à l'air glacé de la montagne. Me ressaisissant, j'ai ouvert mon téléphone et composé le numéro que j'avais copié-collé sur le site du ranch. Pendant que les tonalités s'égrenaient, mon angoisse est revenue en force et les papillons se sont remis à voleter follement dans mon estomac. Et si Lil me disait non ?

Salut, vous êtes bien au Diamond Back. On doit être en train d'attraper des vaches au lasso ou de bricoler quelque part derrière. Alors, allez-y, laissez-nous un message. On vous rappellera après le coucher du soleil.

Entendre la voix de ma cousine sur ce message enregistré, teinté de son chaleureux nasillement du Wyoming, m'a rendu le sourire, alors même que le remords me poignardait en plein cœur. J'aurais dû octroyer plus d'espace à Lil dans ma vie, mais mon obsession pour les bons résultats au lycée, à la fac, puis au travail, n'avait laissé de place qu'à mon ambition. Les mots sont restés coincés dans ma gorge. Je ne pouvais pas lui annoncer mon arrivée comme ça, sur sa boîte vocale. J'ai raccroché, en proie au doute.

Le Cow-boy Bar m'a fait signe. J'imaginais d'ici son ambiance chaleureuse et ses visages souriants. Mais il était bourré de touristes qui, à tous les coups, allaient vouloir taper la discute avec moi, m'obligeant inévitablement à expliquer la raison de ma présence ici et… non. D'un autre côté, un petit verre ne me ferait pas de mal. Et si je passais la nuit ici, à Jackson ? Le matin, je prendrais mon courage à deux mains et je rappellerais Lil, ou alors je me pointerais carrément au ranch. Mais pas ce soir. Pas laminée par le décalage horaire et les regrets.

La zone pratique de mon cerveau a pris le relais et je suis allée prendre une chambre au motel situé un peu plus loin, dans la rue principale. Pressentant que j'aurais besoin de faire la grasse matinée, j'ai demandé à pouvoir rendre la clef assez tard le lendemain. La chambre était étonnamment agréable, avec des touches cosy et un grand lit moelleux qui m'attirait irrésistiblement. Mais tout au fond de moi, j'avais trop froid et je me sentais trop seule pour rester dans cette chambre. Je suis donc ressortie pour me diriger vers un petit bar que j'avais repéré, à l'angle de la rue principale. Il n'y avait pas de touristes devant et, en m'asseyant sur l'un des tabourets, je me suis aperçue que j'étais la seule parmi les rares clients à ne pas porter un chapeau et une chemise de cow-boy.

—Un whisky *sour*.

Le barman m'a adressé un simple signe de tête, pas même un bonjour amical, tout en parcourant ma tenue d'un œil fatigué. Je ne sais pas si c'est mon regard londonien, dur et acéré, qui l'a refroidi, mais il n'a fait aucun commentaire et a entrepris de me préparer mon whisky.

Je me suis frotté les yeux et j'ai regardé autour de moi. L'ambiance était feutrée, mais animée, et toutes les tables étaient occupées. Il régnait dans la salle un brouhaha de rires et de conversations ; sur les côtés, de petits groupes de clients jetaient de temps à autre un coup d'œil à la scène où des musiciens étaient en train de s'installer.

Mon verre s'est matérialisé devant moi. J'ai payé ma consommation et le barman s'est éloigné sans un mot. Le soulagement d'avoir coupé aux banalités d'usage m'a été aussi agréable que la première gorgée de ma boisson. Le whisky avait un goût intense et fumé, exactement comme il se doit. Je l'ai longuement fait tournoyer dans mon verre et, fidèle à ma technique de prise de décision je-m'en-foutiste qui m'avait si bien réussi dans le métro, je l'ai bu cul sec.

L'alcool m'a incendié la gorge et m'a fait monter les larmes aux yeux.

—Je vous en sers un autre ?

Le barman me dévisageait à présent avec un certain intérêt tout en essuyant un *tumbler*.

Nous devinions tous les deux où ça allait nous mener.

—Oui, mais pur, cette fois. Avec de la glace.

Le mec assis à ma droite s'est tourné vers moi en plissant les yeux comme s'il avait du mal à me distinguer.

—Dure journée ?

Il avait la voix rocailleuse et le regard vitreux.

—Ouaip, ai-je lâché en regardant le barman qui me versait ma dose de whisky.

—C'est la première fois que vous venez à Jackson ?

—Non, ai-je répondu sur le même mode laconique, en prenant le verre que me tendait le barman.

Le mec et lui ont échangé un regard.

Je me suis ostensiblement tournée vers la scène et, serrant mon verre à deux mains, j'ai regardé les musiciens qui se préparaient à jouer. Une petite bande de mecs, tout près de la scène, a éclaté de rire. Leur chef leur racontait une histoire et vu leur réaction, elle devait être bien bonne. Un seul type ne s'esclaffait pas comme les autres, il se contentait d'afficher un petit sourire. Comme tous les clients du bar, il arborait la panoplie réglementaire du cow-boy : jean *bootcut*, chemise à carreaux écossais et col boutonné, chapeau de cow-boy foncé. Mais il les portait d'une façon… différente des autres. Ce mec-là était canon, un vrai modèle de sexitude. Comme s'il lisait dans mes pensées, il a levé les yeux sur moi, m'offrant à contempler un visage qui n'avait rien à envier au reste.

J'ai détourné la tête, me reconcentrant sur le groupe de musiciens, mais je continuais de sentir son regard sur moi. J'ai vidé mon verre et je me suis retournée vers le bar pour en commander un autre. Soudain, Kyle s'est imposé à mon esprit. Je l'ai revu rentrer chez lui avec cette fille.

Ce soir-là, j'avais eu l'impression que le sol s'ouvrait sous mes pieds, un séisme de désespoir qui avait cédé la place à un vide intersidéral. Et moi j'étais là, planquée dans l'ombre, aveuglée par la vérité : leurs gestes intimes, la clef de chez lui que cette fille avait dans son sac.

—Vous voulez manger quelque chose ? m'a demandé le barman en haussant la voix tandis que le groupe entamait son premier morceau.

Il a poussé un verre d'eau à côté de mon whisky.

J'ai fait non de la tête. La salle s'est mise à tourner doucement. Tout me parvenait de manière atténuée. Les sons, mes pensées… tout était devenu rond, lisse et moelleux. Les gens ont commencé à s'agglutiner devant la scène et j'ai écouté la musique en m'efforçant de me laisser aller à un état de rien. Sauf qu'à chaque chanson qui parlait de chagrin d'amour et de perte de l'être aimé, c'est-à-dire la plupart d'entre elles, un sourd ressentiment enflait en moi. En surface, ma colère était dirigée contre Kyle et les sentiments que j'avais connement éprouvés pour lui, mais petit à petit, elle s'est mise à englober mon job et même mon père qui m'avait poussé avec tant d'acharnement vers la réussite qu'il voulait à tout prix que j'incarne. Mais en réalité, j'étais surtout furieuse contre moi-même, pour avoir échoué sur tous les tableaux. Aussi, lorsque le groupe a fait une pause après le premier *set* et qu'une flopée de nouveaux clients a envahi le bar, je me sentais comme un cobra prêt à frapper la première créature qui s'approcherait de lui.

—Hé, t'es pas d'ici, toi ? Le Cow-boy Bar, c'est juste au coin de la rue.

Un type qui venait d'entrer s'est assis d'un bond sur le tabouret à ma droite. Celui de gauche était toujours libre.

—Sans blague, ai-je répondu en serrant mon verre à deux mains, le regard fixé sur les glaçons.

Le type a gloussé.

—Non, en vrai je déconne, a-t-il ajouté en commandant des whiskies. Dis, il te faudra encore combien de verres avant que t'acceptes de danser avec moi, tout à l'heure ?

Je me suis tournée vers lui, le regard mauvais.

—Tout le whisky de ce putain de bar n'y suffirait pas, ai-je sifflé. Et maintenant, fous-moi la paix.

—Oh là… gaffe à cette fille, les gars. Elle dégaine au quart de tour !

Il s'est mis à rigoler et a donné un coup de coude à son voisin qui s'est joint à son hilarité. J'ai serré les dents. Mon cerveau embrumé cherchait la meilleure attitude à adopter quand une voix à ma gauche a interrompu mes ruminations. C'était une voix plus grave, plus douce, mais empreinte d'une indéniable autorité.

—Laisse-la tranquille, Jim.

Génial. Voilà que j'allais devenir l'enjeu d'un combat de coqs, genre « qui c'est qui pisse le plus loin. » Je me suis tournée pour sauter de mon tabouret. J'avais eu ma dose pour la soirée. Une main s'est posée sur mon bras, douce, mais ferme.

—C'est bon, ne vous sentez pas obligée de partir. Jim allait y aller, de toute façon.

Levant la tête, je me suis retrouvée nez à nez avec le mec super sexy de tout à l'heure. Vu de près, il était encore plus beau, surtout que les vapeurs de whisky me permettaient de le regarder sans ciller.

—Tiens, on dirait que Cole s'est trouvé une poupée pour cette nuit, s'est marré le dénommé Jim.

Mais comme le mec sexy s'avançait encore d'un pas, il s'est laissé glisser du tabouret et s'est éloigné sans demander son reste.

—J'ai pas besoin de garde du corps, putain… ai-je râlé en dégageant mon bras.

Puis je me suis à mon tour laissée glisser du tabouret.

C'était la première fois que je me retrouvais debout depuis mon entrée dans le bar. La salle s'est aussitôt mise à valser à une vitesse inquiétante et avant que j'aie pu comprendre ce qui se passait, un bras puissant m'a rattrapée par la taille.

—Peut-être, a répliqué le beau gosse d'une voix dangereusement proche de mon oreille, en planquant mon flanc contre son torse dur comme un roc. Mais le problème, c'est que tu as l'air de te foutre de ce qui t'arrive.

J'ai tenté de me libérer, de lui et de son odeur, une eau de toilette musquée, entêtante. Il a relâché son étreinte, mais a continué de me soutenir, tandis que de mon côté, je me cramponnais au bar.

—Qu'est-ce que ça peut te faire ? ai-je craché.

Je m'en voulais de m'être mise dans un tel état et en même temps, je mourais d'envie de retourner me blottir contre lui.

En voulant me détourner, j'ai de nouveau chancelé.

—Ça me fait que si tu étais ma sœur, ma cousine, mon amie ou tout ce que tu veux, je n'aimerais pas qu'on te laisse comme ça, a-t-il rétorqué avec un brin de colère. Alors, écoute, si tu tiens à te défouler sur quelqu'un, fais-le sur moi. Ça te soulagera et moi, je saurai que tu ne vas pas échouer avec un mec comme Jim.

Je l'ai contemplé pendant qu'il rajustait son chapeau. Des mèches de cheveux brun foncé rebiquaient sur sa nuque. Il me fixait d'un regard farouche, mais circonspect, et sa solide mâchoire était aussi crispée que la mienne.

—Tu sais ce que je veux ? ai-je lancé, tandis que les dernières larmes qui me restaient s'échappaient de mes yeux. Je veux qu'on arrête de me dire ce que je dois faire, bordel ! Et plus particulièrement les hommes. Les connards comme Jim, c'est que dalle : c'est les mecs canon qui foutent la merde !

Le vacarme du bar a comblé le silence qui s'est fait entre nous tandis que l'écho de mes paroles résonnait dans ma tête. Et que je prenais conscience de ce que je venais de dire.

—C'est moi, le mec canon ? s'est-il enquis avec un sourire en coin.

Sa main s'est mise à me brûler le bras comme si ses doigts me marquaient au fer rouge.

—*Oh, je t'emmerde !*

Et me détournant carrément de lui, j'ai fait le tour du bar pour me diriger vers les toilettes.

J'avais l'intention de m'y planquer.

—Hé, attends ! Attends !

Mais déjà, j'ouvrais rageusement la porte des toilettes avant de prendre à gauche dans le couloir sombre.

—Excuse-moi…

Sa main s'est posée sur mon épaule, avec juste assez de vigueur pour me stopper dans mon élan. Tout s'est remis à tourner autour de moi.

—Écoute, laisse-moi t'aider à rentrer chez toi. Dans l'état où tu es, tu risques de faire une bêtise… traverser la rue sans regarder et finir sous un pick-up, par exemple.

Il me dominait de toute sa hauteur. Dans ce couloir étroit, sa carrure occupait presque tout l'espace. J'aurais dû avoir peur, à tout le moins me méfier, mais enhardie par le whisky, j'ai fait un pas vers lui et j'ai posé la main sur son torse.

—Qu'est-ce que ça peut te faire ? lui ai-je redemandé en scrutant son visage.

Ce mec-là, c'était un inconnu, c'était rien, c'était personne et pourtant, j'avais la main plaquée sur sa poitrine et la tête inclinée en arrière pour tenter de déchiffrer son expression.

—Je n'en sais rien.

Il avait parlé tout bas, d'une voix à peine audible dans le bruit de fond qui nous parvenait de la salle. Je sentais son cœur battre sous mes doigts, il cognait au même rythme que le mien. Alors que son regard se posait sur mes lèvres et que sa main quittait mon épaule pour m'effleurer le dos, j'ai laissé mon intuition décider à ma place. Je me suis mise sur la pointe des pieds, j'ai attiré le visage du cow-boy vers moi et je l'ai embrassé, avec fougue.

Il est d'abord resté tétanisé, sous le coup de la surprise, mais quand je me suis écartée de lui, sans détacher mon regard du sien, c'est lui qui s'est penché sur moi et qui m'a rendu mon baiser en enfouissant sa main dans mes cheveux. Ses lèvres étaient douces, mais son désir brutal.

Même en tenant compte des brumes cumulées du whisky et du décalage horaire (sans parler du maelstrom émotionnel de ces deux derniers jours) j'éprouvais quelque chose d'inconnu. Cet homme, *cet homme* ! C'était la flamme qui s'approchait d'une chandelle et en noircissait la mèche déjà fumante. Le feu avait pris en moi, il grandissait, flamboyait, rugissait comme un brasier.

Je l'ai empoigné par la chemise tout en me laissant plaquer contre le mur et là, écrasée entre son corps torride et la surface froide, je me suis sentie chavirer sous ses baisers passionnés. Nous ne nous interrompions que pour reprendre notre souffle, frustration nécessaire dans la frénésie du désir. Il a effleuré ma taille dénudée entre mon haut et mon jean, ses doigts s'y attardant à peine pour remonter lentement, allant jusqu'à frôler l'attache de mon soutien-gorge que dans mon ardeur j'ai failli dégrafer moi-même. Son toucher m'incendiait la peau avec la même violence que le volcan qui rugissait en moi.

Ce mec me faisait l'effet d'une fièvre qui enflammait chacune des cellules de mon corps. En réaction, j'ai frissonné, hérissée de chair de poule.

—Froid ? a-t-il murmuré, haletant.

J'ai secoué la tête.

—Non, ce n'est pas ce genre de frisson.

Il a incliné la tête sur le côté et un sourire ravageur a éclairé son visage.

Bouleversée par sa beauté, j'ai renversé ma tête contre le mur en gémissant, les yeux fermés.

—J'ai du mal à croire ce que je vais dire, mais il faut que j'y aille, ai-je murmuré.

J'ai senti ses lèvres m'effleurer l'oreille, sa main épousant fermement ma taille dénudée.

—C'est peut-être mieux comme ça... a-t-il répondu. On a pas mal picolé, tous les deux...

Nous étions toujours dans le couloir des toilettes, n'importe qui aurait pu entrer à tout instant et pourtant, fouettée par un regain de désir, je... j'ai lâché prise.

Je l'ai embrassé, sauvagement cette fois. Il a d'abord été surpris, puis son ardeur a répondu à la mienne et notre baiser s'est approfondi. Sa bouche a fini par délaisser la mienne pour aller s'égarer le long de mon cou, sa langue laissant un sillage électrique sur ma peau. Je l'ai empoigné par le ceinturon et j'ai senti contre ma cuisse la preuve tangible de son désir, aussi dure que ses abdos. Je n'avais jamais eu envie d'un homme à ce point-là, pas même dans mes fantasmes les plus débridés de lectrice de romances.

La porte s'est soudain ouverte, la musique a inondé le couloir et nous a arrachés l'un à l'autre.

—Attends, je ne connais même pas ton nom… ai-je murmuré, les doigts pressés contre mes lèvres encore émoustillées par la puissance de son dernier baiser.

Il a ri doucement sans me lâcher la taille.

—Moi, c'est Cole. Et toi ?

—Lottie. Enchantée, Cole.

Il me souriait avec gentillesse, mais ses yeux brûlaient du désir que je venais de sentir sous son jean.

Sa main s'est finalement détachée de ma peau, l'excitation cédant la place à la curiosité.

—Et que fait une Anglaise dans un bar à cow-boys ?

J'ai poussé un soupir. Fin de la parenthèse hors du temps : j'allais devoir éluder les questions.

—C'est une longue histoire. Je ferais mieux d'y aller, maintenant.

Après une seconde d'hésitation, il a hoché la tête et s'est effacé pour m'ouvrir la porte.

Nous avons retraversé le bar et nous sommes sortis dans l'air froid de la nuit.

Je me suis frileusement enserré les épaules.

—Je te raccompagne, a dit Cole.

Devant mon air surpris, il a levé les mains.

—Que tu le croies ou non, j'ai reçu une éducation de gentleman.

J'ai ri. Baissant la tête, il m'a glissé un petit sourire contrit sous le bord du chapeau qui lui cachait à demi le visage.

J'ai désigné le motel à l'angle de la rue.

—J'ai pris une chambre, là-bas. C'est tout près, je n'ai que la rue à traverser et quelques mètres à faire. Ça devrait aller.

—Si tu le dis.

J'ai opiné du chef, hésitante. J'avais encore envie de l'embrasser, mais je me méfiais de moi-même. De son côté, les mains enfoncées dans les poches, Cole semblait livrer une bataille semblable à la mienne, tiraillé par les mêmes émotions.

Le feu est passé au vert.

—Bonne nuit, cow-boy.

Et dégrisée par l'air glacial de la nuit, assez en tout cas pour me tourner sans chanceler, j'ai traversé la rue.

Arrivée devant le motel, j'ai gravi le perron et poussé la porte avant de me retourner. Cole était toujours là. Il a touché le bord de son chapeau et il est reparti vers le bar.

***

Ma nuit a été hachée, le sommeil me fuyant malgré la fatigue qui me brisait les os. Malgré le whisky, mon corps s'obstinait à rester à l'heure anglaise et me ramenait sans cesse dans les bras de ce cow-boy.

Aussi, quand j'ai ouvert un œil, le lendemain, un soleil éclatant inondait la chambre et j'ai constaté, sans grande surprise, qu'il était presque deux heures de l'après-midi. Un violent élancement à la tête m'a arraché un gémissement. J'ai donc attendu un moment avant de me tourner dans le lit et d'attraper mon téléphone pour appeler la réception. Je voulais garder la chambre encore quelques heures. Le montant du supplément m'a fait grimacer, néanmoins j'étais soulagée que le motel ne soit pas complet. La seule idée d'avoir à me lever, faire ma valise et régler ma nuitée dans les dix minutes m'était insupportable.

Lentement, j'ai repris mes esprits en m'appliquant à ne penser qu'aux tâches très prosaïques qui m'attendaient. Après avoir pris successivement une longue douche, plusieurs comprimés d'antidouleurs, un grand café et un sandwich (apportés dans ma chambre), j'ai enfin trouvé le courage de rappeler Lil. Comme la veille, je suis tombée sur le répondeur. J'ai soupiré. Je n'avais aucun message à laisser.

Ayant finalement rendu la clef, j'ai traîné ma valise à roulettes dans la rue, direction la première boutique de fringues. J'en ai émergé un moment plus tard, nantie de bottes, de jeans, de chemises et d'une parka bien chaude. La seule chose que je n'avais pas pu me décider à acheter, c'était un chapeau. De toute façon, si Lil n'était pas très chaude pour que je reste, je n'en aurais pas besoin...

Le jean qui me moulait les fesses et les cuisses s'évasait en une subtile coupe *bootcut* d'où dépassaient mes nouvelles santiags brun roux. Une chemise à carreaux écossais d'un bleu profond, rentrée dans le jean, et une ceinture marron à la sobre boucle argentée complétaient l'ensemble. Finalement, je n'avais pas du tout l'air ridicule. Au contraire, c'était ma tenue londonienne qui me faisait à présent l'effet d'une imposture.

J'ai appelé un taxi que je suis allée attendre sur la place. Est-ce que nous nous ressemblerions toujours, Lil et moi ? Hormis la couleur de nos cheveux, nous avions en commun les taches de rousseur de notre mère respective, de grands yeux bleus et un visage en forme de cœur. Quand je passais mes vacances chez elle, on nous prenait toujours pour des sœurs et pour moi qui étais fille unique, c'était un fantasme très agréable à vivre, même si ça se limitait à quelques semaines par an.

Le taxi a fini par arriver. Au sortir de la ville, alors que l'angoisse me nouait l'estomac, j'ai vu avec exaltation s'ouvrir la vaste étendue du ciel, traversée par des traînées de nuages bas que le soleil déclinant teintait d'orange brûlé. L'immense chaîne des Tetons culminait où que porte le regard, entourée de toutes parts de prairies, d'arbres et d'espace.

Quittant la route principale pour s'engager sur un itinéraire secondaire de plus en plus cahoteux et de plus en plus escarpé, le taxi est passé sous une haute arche en bois tout en haut de laquelle était gravé le nom du ranch : « The Diamond Back ». La piste continuait de grimper en lacets, tandis que les épicéas s'épaississaient de part et d'autre. Soudain, ils se sont interrompus sur la droite pour offrir une vue sur toute la vallée : la maison du ranch se dressait devant mes yeux.

Les deux personnes qui se tenaient près de la porte se sont tournées vers nous. Malgré la distance, et le chapeau de cow-boy qui leur abritait le visage, l'un brun foncé, l'autre noir, j'ai deviné leur expression perplexe.

—Laissez-moi ici, ça ira, ai-je dit au chauffeur qui s'est garé non loin.

Lil était à gauche, je l'avais reconnue, mais je n'osais toujours pas la regarder, même si la vitre teintée du taxi lui dissimulait encore mon identité. J'ai pris une dernière inspiration pour me calmer et j'ai ouvert la portière du taxi. Ma valise et mon sac de fringues ont heurté le sol en premier, suivis par le bruit sourd de mes santiags neuves. J'ai levé la tête. Les yeux bleus de Lil se sont écarquillés en même temps que sa main se plaquait sur sa bouche. Le cow-boy blond qui se tenait à côté d'elle nous regardait tour à tour sous le bord noir de son chapeau.

—Lottie ? a murmuré Lil d'une voix enrouée par l'émotion. C'est…

Craignant que ma propre voix ne se brise, je me suis élancée vers elle, ce qui m'a valu une embrassade à me broyer les os.

—Salut, Lil, ai-je murmuré tandis que le taxi repartait.

Et c'est là que je me suis transformée en épave sanglotante.

6

J'avais treize ans. L'été s'étirait à perte de vue, confondant examens et responsabilités à l'horizon. Visibles, mais hors de portée. Un vague concept aux confins de mon esprit, rien de bien inquiétant pour le moment.

Mais Lil… Je me faisais du souci pour ma cousine. Il régnait une étrange ambiance au ranch, je m'en étais aperçue dès l'arrivée : une tension évidente marquait le visage de ma tante Carrie et mon oncle Bill n'était nulle part.

—Il se passe un truc, m'avait murmuré Lil lorsque nous nous étions éclipsées dans sa chambre en fermant la porte.

Malgré mon inquiétude, j'avais le cœur en fête. La chambre de ma cousine était dominée par le brun des rondins apparents. Hormis les touches caractéristiques d'une adolescente (posters aux murs, fringues éparpillées, bijoux fantaisie et produits de maquillage jonchant toutes les surfaces dans un joyeux bazar), la déco était indéniablement western. Du lit en bois sculpté aux motifs complexes de la courtepointe Shoshone, en passant par la collection croissante de chapeaux de cow-boys, dans mon esprit nous ne pouvions être que dans le Wyoming.

—Mes parents n'arrêtent pas de s'engueuler. Je crois qu'ils vont divorcer.

C'était la seule fois que je l'avais vraiment vu pleurer. La fatigue lui cernait les yeux et ses taches de rousseur étaient ternies sur son teint blafard. Assises au bord de son lit, nous étions dans les bras l'une de l'autre. J'essayais de trouver les mots pour lui mettre du baume au cœur… rien ne me venait.

Je me demandais seulement dans quelle mesure la mésentente de ses parents risquait d'affecter nos séjours ici. J'en avais tellement besoin de ces vacances américaines, je les attendais avec tant d'impatience ! C'était maintenant que je m'en rendais compte. À l'époque, Lil était *de facto* ma grande sœur et ce ranch représentait pour moi un refuge, loin des exigences de la maison.

Aujourd'hui, la nature égoïste de ces pensées me mortifiait.

Ma mauvaise conscience m'a tirée du sommeil, elle cognait contre mon crâne pour attirer mon attention.

J'ai cligné des yeux en gémissant, éblouie par le soleil qui entrait à flots à travers les voilages et pendant quelques secondes, j'ai nagé en pleine confusion. Mais j'étais où, là ? Et puis, comme si une digue s'était rompue en moi, les événements de la veille ont afflué à mon esprit.

Il y avait eu beaucoup de larmes versées, les miennes cette fois. Assise à la table de la cuisine, une main dans celle de Lil, l'autre serrant un mug de café brûlant, j'avais déversé pêle-mêle excuses, explications et le récit des événements qui m'avaient conduite ici.

Lil avait craché des jurons, voué Kyle à la damnation éternelle, mais surtout, elle avait approuvé sans réserve ma décision d'être venue la voir sur un coup de tête. Ouf !

N'empêche, je continuais d'avoir mauvaise conscience, tourmentée par le remords de ne pas avoir été là pour Lil, alors qu'aujourd'hui que j'étais au fond du trou, elle m'accueillait à bras ouverts. Nous nous étions perdues de vue au pire moment de sa vie.

Boum. Boum. Boum.

On frappait à ma porte ou quoi ?

Surprise, je me suis assise dans le lit. Le bruit qui m'avait tirée du sommeil était bien réel, finalement, et il n'avait rien à voir avec mon sentiment de culpabilité. Quelqu'un faisait un raffut de tous les diables, près de ma fenêtre.

J'ai regardé mon téléphone que j'avais réglé à l'heure américaine. 7 heures.

Sérieusement ?

Me laissant retomber sur l'oreiller, j'ai refermé les yeux. Le bruit s'est interrompu et le silence est retombé sur le ranch. J'ai tenté d'apaiser mon esprit.

Boum. Boum. Boum.

De nouveau, je me suis dressée sur mon séant, ma fatigue se muant en irritation. Non, mais, ils avaient vu l'heure ? Il était beaucoup trop tôt ! Le ranch n'hébergeait-il donc pas d'autres hôtes que moi (payants ceux-là !) qui ne devaient que très moyennement apprécier ce boucan ?

Piquée par la curiosité, j'ai ouvert les rideaux et j'ai regardé dehors : rien. Il n'y avait que l'épicéa qui se dressait devant la fenêtre. Comme je retournais vers le lit, le vacarme a repris. Cette fois, c'en était trop ! Carrément furax, je suis sortie de la chambre et j'ai traversé le vestibule d'un pas martial pour aller à la porte de derrière. Aucune trace de Lil, mais les bottes qu'elle portait hier n'étaient pas sur l'étagère où l'on rangeait les chaussures.

J'ai ouvert la porte et l'air froid de la montagne s'est engouffré à l'intérieur, me coupant le souffle. Les bras croisés sur mon fin t-shirt (décidément, ce pyjashort était vraiment très… short), je suis sortie pieds nus, aiguillonnée par une saine indignation.

J'ai traversé la large terrasse en bois de derrière qui s'incurvait à l'angle de la maison. Je me guidais au son pour en trouver la source quand, émergeant dans le grand soleil du matin, j'ai stoppé net dans mon élan.

Devant moi se dressait la petite grange rouge contre laquelle des bûches étaient empilées proprement. Devant le tas de bois, en revanche… les mots m'ont manqué. Quelques instants plus tôt, l'air froid m'avait coupé le souffle, mais là c'est carrément mon cœur qui avait failli s'arrêter de battre.

À quelques mètres de moi, un homme me tournait le dos. Un homme torse nu, dont les longs bras musclés faisaient décrire un arc de cercle à une grosse hache avant de l'abattre sur la bûche posée devant lui.

Crac ! Le bois s'est fendu en deux, chaque moitié retombant de part et d'autre de la souche qui faisait office de billot. J'en suis restée bouche bée, genre poisson hors de l'eau. Hélas, avant que j'aie pu faire demi-tour en vitesse, l'homme s'est tourné vers moi.

Il s'est appuyé sur sa hache, faisant saillir ses muscles longs et durs, luisants de transpiration.

Le jean réglementaire, les bottes de cow-boy noires et le chapeau brun ne pouvaient détourner mon regard de son large torse et de sa carrure impressionnante. Ce mec-là m'aurait soulevée comme un fétu de paille ! À ma grande horreur, je me suis senti rougir. Consciente que j'étais en train de le mater carrément, j'ai tenté de me ressaisir, sauf qu'à ce moment-là, il a tourné la tête vers moi.

Nos regards se sont croisés.

Putain de merde !

Cole.

Le cow-boy du bar.

Il a ouvert des yeux aussi grands que les miens et nous nous sommes contemplés, muets de stupeur.

—Mais… Je… Tu….

C'est tout ce qu'il a réussi à bafouiller, mais c'était suffisant.

Un frisson m'a parcourue, mais de même que la veille, la fraîcheur de l'air n'y était pour rien.

—Tu fais toujours autant de raffut de si bonne heure ? ai-je lancé, mon irritation quelque peu atténuée par le choc de la surprise.

Il est resté impassible, malgré une ombre de sourire et un infime mouvement d'un sourcil.

—Seulement quand je veux peaufiner mon bronzage au soleil du matin.

Ma réplique cinglante s'est évanouie dans ma bouche. Lentement, il m'a parcourue du regard, s'attardant brièvement sur ma poitrine avant de descendre le long de mes jambes.

—On a eu la même idée, apparemment, a-t-il commenté.

J'ai baissé les yeux. Mon léger t-shirt et mon short étaient assez transparents dans le grand soleil, mais il y avait pire : en dépit de mes bras croisés sur ma poitrine, mes seins étaient au garde-à-vous dans l'air glacé.

Meeeerde.

—Tiens, bonjour Lottie ! Tu es réveillée ! Et tu as déjà fait la connaissance de Cole ? C'est le responsable du ranch.

Lil a émergé de la grange en brossant son jean parsemé de brins de paille. Comme nous ne répondions pas, elle m'a regardé de plus près.

—Oh, ma chérie ! Mais tu vas attraper la mort dans ce truc-là ! Va te chercher quelque chose dans ma chambre, prends ce que tu veux. Ça risque d'être un peu grand pour toi, mais c'est mieux que de mourir de froid.

Semblant se remettre de sa surprise, Cole s'est tourné vers Lil d'un air interrogateur.

—Une amie à toi ? a-t-il demandé d'un ton traînant.

Un pouce glissé dans la ceinture de son jean, il était l'incarnation de la tranquille innocence.

J'ai tenté, en vain, de ne pas regarder en dessous de la ceinture en question.

—Non, c'est ma cousine de Londres, a précisé Lil. C'est Cole qui t'a réveillée ? Je suis désolée, ma belle, on commence de bonne heure, en général. Mais tu peux retourner te coucher si tu veux, tu dois être claquée avec le décalage horaire. Sinon, j'allais préparer le petit déjeuner, ça te dit ? Pancakes et plus, si affinités ?

Continuant sur sa lancée, elle a tourné à l'angle de la maison, nous laissant Cole et moi dans ce silence pesant qui commençait à s'éterniser.

Avant de me ridiculiser davantage, j'ai tourné les talons, non sans intercepter un dernier regard de Cole, sous son chapeau. Ses yeux ont transpercé les miens d'une question brûlante. Sans lui laisser le temps de la formuler, je me suis éclipsée dans la maison.

Drapée dans ma dignité en lambeaux, je suis retournée à ma chambre et j'ai commencé à enfiler des vêtements plus chauds avec une agressivité superflue. Ulcérée, le cœur en émoi, l'esprit assiégé par ce cow-boy qui m'avait littéralement déshabillée du regard.

J'ai sorti un des pulls que je m'étais achetés à Jackson, le bleu foncé avec un motif tribal couleur crème. J'ai rentré le devant dans mon jean et j'ai serré ma ceinture. Pour finir, j'ai rassemblé mes boucles en désordre en un chignon bas et je me suis plaqué une expression de neutralité professionnelle sur le visage. Si je devais me retrouver face à lui, ce serait habillée de pied en cap, cette fois ! Et je lui opposerais une imperturbabilité digne de celle de Cressida.

Tandis que je me lamentais sur cette situation horriblement humiliante, mon ego meurtri n'a pas manqué de me rappeler le carnage qu'avait commis le dernier beau gosse à être entré dans ma vie.

J'ai hésité, saisie par l'envie soudaine d'appeler Hestia pour tout lui raconter, à revivre ces dix dernières minutes en paroles et écouter sa réaction. À tous les coups, elle me dirait de coucher avec ce cow-boy, histoire de clore le sujet. Mais ça, c'était impensable. D'abord parce que Cole travaillait pour ma cousine, mais surtout parce qu'il me restait un tout petit souci à régler : larguer Kyle. Je n'avais aucun message de lui sur mon téléphone, mais ça, ça collait parfaitement avec ses façons de faire lorsque sa « cliente » américaine était à Londres. J'ai calculé l'heure qu'il devait être là-bas : quatorze heures passées. Il devait être en plein taf. Ça devrait donc attendre.

Je descendais vers la cuisine-salle à manger en réfléchissant à la façon dont j'allais affronter Kyle, quand des voix et des rires sont parvenus à mes oreilles.

—Tiens, la voilà ! s'est exclamée Lil en brandissant une spatule.

Les cheveux rentrés dans le col de sa chemise, elle trônait devant la grande cuisinière en acier.

—Regarde, assieds-toi là… Jesse, fais-lui une petite place, tu veux ? Lottie… tu as déjà croisé Jesse hier soir et elle, c'est Bailey.

Tous les deux m'ont souri et Bailey s'est levée avec enthousiasme, la main tendue vers moi.

—Ah, Lottie ! Comment ça va ? Enfin ! Ça fait plaisir de rencontrer quelqu'un de la famille de Lil !

C'était une fille de ma taille, un mètre soixante-cinq grand max, mais râblée, contrairement à moi qui était plutôt élancée. Elle avait un corps de gymnaste, mais la poigne d'une culturiste, et un sourire aussi blanc que ses yeux étaient verts. Une épaisse natte auburn reposait sur son épaule.

—Salut, ai-je dit timidement.

Puis, m'adressant à Jesse qui me regardait avec un sourire espiègle :

—En temps normal, je ne suis pas du genre à pleurer, promis. Hier, c'était vraiment une journée pourrie.

Bailey a ri, m'a donné une claque dans le dos et m'a conduite jusqu'au long banc où était assis Jesse, attablé face à un grand buffet rempli de babioles et souvenirs de famille.

—T'inquiète, a-t-il répliqué, j'en ai vu d'autres…

Il m'a considérée avec un sourire radieux. Note à moi-même : il fallait absolument que je demande à Lil comment elle s'était débrouillée pour recruter non pas un, mais deux mecs qui avaient l'air de pouvoir mettre un grizzly au tapis juste avant d'aller faire un *shooting* de haute couture. Jesse me fixait de ses yeux gris orage. Son absence de chapeau révélait des cheveux blond-roux ramenés en arrière et j'ai dû prendre sur moi pour ne pas le mater ostensiblement. Mais il devait avoir l'habitude de se faire reluquer par toutes les filles, car il a enchaîné avec calme :

—J'ai trois sœurs. Alors, je peux te dire que je me suis cogné à peu près toutes les émotions qui existent, d'un bout à l'autre du spectre… parfois toutes en même temps, quand c'est mon jour de chance.

Appuyant ses dires d'un clin d'œil, il a tendu le bras pour piquer un morceau de bacon au moment où Lil faisait glisser une petite pile de pancakes dans chaque assiette. Il restait deux places libres à table : l'une pour elle et l'autre pour…

—Ah, te voilà, a commenté Lil en écartant d'une tape la main de Jesse qui s'apprêtait à piquer un autre morceau de bacon.

L'autre pour Cole.

Cette fois, vêtu d'une chemise boutonnée jusqu'au cou – comme moi –, il est allé accrocher son chapeau à la patère, à côté des trois autres.

—Quelqu'un veut des œufs ? a demandé Lil qui jonglait avec deux autres poêles sur le feu.

—Ouaip ! ont répondu Jesse et Bailey qui se disputaient à présent le café et la crème.

Sans un regard pour la tablée, Cole s'est approché de Lil.

—Je peux t'aider ? s'est-il enquis à voix basse.

Mon cœur (ce traître !) s'est mis à battre la chamade, mais j'ai réussi à conserver une expression neutre. Cela dit, je n'ai pu m'empêcher de couler un regard en direction de son cul rebondi, moulé à la louche par le jean Wrangler.

Lil lui a lancé un regard reconnaissant, mais a fait non de la tête. De nouveau, j'ai remarqué les cernes qui creusaient profondément ses yeux et les mèches folles autour de son visage. Quoiqu'elle n'ait jamais été très élégante, j'avais toujours vu ma cousine impeccable, propre et bien coiffée, assez jolie en tout cas pour faire tourner les têtes sans une once de maquillage. Mais là… elle avait vraiment l'air au bout du rouleau.

N'écoutant que d'une oreille Bailey qui taquinait Jesse, je me suis versé un café et j'en ai bu une gorgée. J'allais aider ma cousine. L'aider vraiment. Je combinerais remise en selle, recherche d'emploi et rupture avec Kyle, mes trois priorités actuelles… mais je donnerais à ma cousine une importance égale. Je lui devais bien ça.

—Ravi de te revoir, Lottie. J'ai failli ne pas te reconnaître, tout habillée.

Le silence s'est fait dans la pièce, on n'entendait plus que le grésillement des œufs en train de frire dans la poêle. Levant le nez de mon mug, j'ai planté mon regard dans celui de Cole. Il affichait son air impassible ; seule une pointe d'amusement lui relevait légèrement un côté de la bouche. Il a pris place à table et a tendu la main vers le jus d'orange.

—Pareillement, ai-je répliqué à mi-voix, réussissant à exprimer en un seul mot l'impression oppressante que j'éprouvais à le voir là : un mélange de gêne, d'agacement et de folle attirance.

À la grande surprise de Jesse et Bailey, Lil s'est mise à rire.

—Cole fendait des bûches près de la réserve, ce matin : ça a réveillé Lottie qui est sortie lui dire sa façon de penser dans son pyjama tout riquiqui de citadine.

Jesse a émis un grognement de mépris.

—Elle me plaît bien, ta cousine, a confié Bailey à Lil avec une certaine admiration. Elle a du caractère, comme toi.

Lil nous a regardés tour à tour, Cole et moi, d'un œil perçant.

—Oh, c'est clair, ne te laisse pas avoir par son accent british. Elle n'a rien de coincé ni de snob, ma petite cousine.

Elle a ri en voyant la tête que je faisais.

—Lottie et moi, on tient ça de nos mères. Ces deux-là, elles n'hésitaient pas à botter le cul aux petits cons qui la ramenaient trop.

Prudent, Cole s'est contenté de me jeter un bref regard intrigué tout en se servant avec lenteur de tout ce qu'il y avait sur la table.

Bailey dévorait ses pancakes.

—Alors comme ça, tu es une fille de la ville ? m'a-t-elle demandé, la bouche pleine. Tu es de Londres, c'est ça ?

—Oui, enfin plus ou moins…

J'ai intercepté un autre regard de Cole, plus froid que le premier.

Un frisson d'angoisse m'a parcourue. Qu'est-ce que j'avais dit de mal ? C'était peut-être moi qui me faisais des films…

Au cas où, j'ai précisé :

—En fait, je ne suis pas de Londres à proprement parler, je m'y suis installée pour le travail.

Lil s'est assise à la table tandis que Jesse et Bailey acquiesçaient d'un signe de tête, trop absorbés par leur petit déjeuner pour parler.

—La campagne, c'est pas assez bien pour toi ? s'est enquis Cole à mi-voix, d'un ton légèrement cassant.

Sa question m'a blessée. Plus que de raison. Ses yeux d'un brun chaud se sont assombris. L'homme qui, l'avant-veille, m'avait embrasée tout entière avait disparu.

J'ai froncé les sourcils, contrariée. Les autres échangeaient des regards entre eux, surpris par sa réaction et curieux de ce qu'allait être la mienne.

—Non, ce n'est pas ça. C'est juste qu'une ville comme Londres offre davantage d'opportunités professionnelles.

Il a haussé les épaules. Me sapant le moral du même coup. Ce qui s'était passé entre nous, l'autre soir… je m'étais fait des idées ou quoi ? Sevrée de véritables sentiments par Kyle, m'étais-je laissée aveugler par le premier beau gosse venu ? Tout ça parce qu'il m'avait embrassée avec un tant soit peu de passion ?

Au bout d'un moment, Lil a commencé à énumérer les travaux et corvées à faire dans la matinée. De mon côté, je mettais les bouchées doubles. J'avais perdu l'habitude de bien manger, voire de manger tout court. Il faut dire que ces douze derniers mois, j'avais eu d'autres priorités que mon alimentation.

—Bon, nous, faut qu'on décolle ! a fini par lancer Bailey. De toute façon, on se croisera à l'écurie à un moment ou à un autre, hein, Lottie ?

—Bien sûr.

Et je lui ai fait un petit sourire en évitant soigneusement de regarder du côté de Cole.

Il s'est levé du banc en même temps que Jesse qui est allé reprendre son chapeau à la patère.

—Bonne continuation, Lottie. J'ai hâte de te montrer les ficelles du métier, m'a-t-il lancé avec un clin d'œil doublé d'un sourire.

Je me suis contentée de hocher la tête. La seule idée que ce cow-boy sexy m'aide à monter en selle suffisait à me troubler… Cole est sorti de la pièce sans dire un mot, planqué sous son chapeau.

—Tu viens dehors avec moi ? m'a proposé Lil en emportant son café. Histoire de prendre cinq minutes, avant que la journée commence vraiment.

Un peu dépitée, je l'ai suivie sur la terrasse que j'avais traversée tout à l'heure et nous nous sommes installées chacune dans un rocking-chair.

Lil a poussé un soupir et a contemplé la vue en agrippant son mug comme si c'était une planche de salut. Le ranch était situé sur une hauteur d'un versant si abrupt qu'on distinguait à peine les cimes des épicéas en contrebas. Rien ne venait masquer la vue panoramique de la vallée qui s'étendait jusqu'à la chaîne des Tetons dont les crêtes dentelées se découpaient sur le ciel bleu saphir.

J'ai ramené les genoux à la poitrine.

—En fait, cet endroit n'a pas bougé, hein ? ai-je murmuré. Les arbres sont peut-être un peu plus hauts, mais les montagnes, la maison, la ville… c'est comme si je n'étais jamais partie d'ici.

—Je vois ça, a commenté Lil en se frottant les yeux. C'est ton point de vue. Mais pour moi, l'endroit a changé, et de bien des façons. Depuis que maman est partie s'installer au Colorado… Peut-être même avant, quand papa nous a quittées. Tu sais, parfois…

Elle a changé de position en grimaçant.

—Je me fais l'effet d'une sale ingrate en disant ça, mais… parfois, je regrette de ne pas avoir laissé ma mère vendre le ranch. J'aurais peut-être pu trouver un job en ville, avoir une vie sociale et de jolies fringues.

J'ai souri avec indulgence.

—Ne dis pas ça… Regarde, tu as à côté de toi la preuve vivante que cette vie-là n'a rien à voir avec le rêve qu'on te vend. Tu es encore moins citadine que moi, Lil. En plus, ce ranch ne peut pas être si nul que ça, si ?

Lil a secoué la tête en s'absorbant de nouveau dans la contemplation des montagnes, comme pour s'y ancrer.

—Non… bien sûr que non. Je suis comme toi, j'adore cet endroit, viscéralement. (Elle m'a jeté un regard tout en buvant une gorgée de café.) C'est juste que… la gestion d'un ranch, ce n'est pas une mince affaire.

Financièrement, c'est compliqué. Maintenant qu'on fait ranch équestre, ça va mieux : entre la location des chalets et les stages d'activité westerns, on arrive à s'en sortir, mais s'occuper d'autant de terres, c'est dur, tu sais. Même en étant aidée.

J'ai soudain pris conscience de la futilité de mes problèmes, comparés aux siens. Toute ma vie tournait autour de moi, de mon job, de mes histoires de mec… alors que Lil, elle, portait sur ses épaules un patrimoine familial, un nom, et faisait vivre trois autres personnes, sans parler des petites entreprises locales qui dépendaient de ranchs tels comme le Diamond Back.

—Et tu n'as personne de… proche, pour t'aider à porter ce fardeau ?

Lil n'avait toujours pas fait allusion à l'existence d'un éventuel copain et j'avoue que ça m'intriguait.

Elle a émis un petit rire ironique.

—Oh, ma belle ! Même si je ne connaissais pas déjà tous les hommes de Jackson, soit depuis le lycée, soit depuis que je gère le ranch, il me faudrait des journées de quarante-huit heures pour avoir une vie amoureuse.

—N'importe quoi !

Et sans tenir compte de son air indigné, j'ai enfoncé le clou.

—Tu veux me faire croire que tu n'as pas le temps de sortir le soir ? De te taper des whiskies en écoutant de la bonne country ? Il doit bien y avoir quelqu'un avec qui tu pourrais prendre du bon temps, non ?

Elle s'est renversée dans le rocking-chair en riant. Ça me faisait du bien de retrouver l'ancienne Lil, celle dont j'avais gardé le souvenir. Je me suis juré de profiter de mon séjour pour lui apporter de la légèreté, la soulager un peu du lourd fardeau qui pesait sur ses épaules.

—Peut-être, ma chérie, peut-être.

Elle m'a considérée un moment.

—On s'est toujours bien marrées, toutes les deux, hein ?

J'ai acquiescé, submergée par les souvenirs.

—Mais tout le monde est vraiment super, ici. C'est vrai, je les connais à peine, mais ils ont l'air de former une bonne équipe, ai-je remarqué à mi-voix, au cas où l'un des cow-boys aurait surgi à l'angle de la maison. Même si… En fait, c'est quoi le souci avec Cole ? Je le trouve un peu… crispé avec moi, non ?

—Oh, ne fais pas attention à lui. C'est sa façon d'être, ça ne veut rien dire. Et s'il a des problèmes, ça ne regarde que lui.

Elle s'est interrompue pour boire une gorgée de café.

—C'est grâce à lui que j'ai gardé la tête hors de l'eau, ces dernières années, une vraie bouée de sauvetage. Cole a ses défauts, mais sans son aide, il y a belle lurette que j'aurais perdu le ranch.

—Je ne me doutais pas que la situation était aussi grave, ai-je glissé doucement. Je voudrais t'aider, Lil. Enfin, je dois retrouver du boulot et aussi remettre de l'ordre dans ma vie, évidemment… mais tant que je suis ici, je tiens vraiment à t'aider, dans la mesure de mes moyens.

—Tu m'as manqué, Princesse, a-t-elle répondu avec un sourire triste.

Princesse… À mon tour, j'ai souri. C'était le surnom que ses parents m'avaient donné, un été. Ils trouvaient que je ressemblais à Kate Middleton en plus jeune.

—« Princesse ? » Tu avais pourtant dit que Lottie était une fille comme tout le monde ! a lancé Jesse.

Il s'est arrêté près de nous, un pied calé contre la terrasse.

—Eh bien, elle a menti, ai-je répliqué sur le ton de la plaisanterie.

Je voulais épargner à Lil l'obligation d'expliquer l'origine de mon surnom, ça lui aurait trop rappelé ses parents, toute une époque révolue.

—En fait, je suis une princesse qui voyage incognito. Je suis venue me cacher dans les montagnes afin d'échapper aux paparazzi.

Jesse a gloussé.

—Dans ce cas, Princesse, et si ça ne dérange pas trop ton altesse, je ne serais pas contre un petit coup de main pour seller les chevaux. Je dois emmener des hôtes en balade et Bailey est occupée ailleurs. Elle doit foncer avec Cole à la pâture de la rivière. Il y a une clôture à réparer.

Lil a poussé un gémissement.

—Oh, non… C'est quoi, cette fois ?

Jesse a haussé les épaules.

—Elle a fait son temps, c'est tout. Il n'y a pas de dégâts à proprement parler, c'est juste le bois qui est pourri.

Ma cousine a pris une mine désabusée et j'ai compris que n'était pas la première fois qu'ils avaient cette conversation.

—Lil m'a dit que tu avais le coup avec les chevaux, a repris Jesse. Alors, tu es partante ?

7

J'ai failli pousser un cri de joie lorsque, quelques minutes après être entré dans l'écurie, Jesse a fait sortir d'un box un cheval noir, grand et longiligne avec des balzanes aux postérieurs reconnaissables entre mille.

—Jasper !

Surpris, Jesse m'a laissé m'avancer vers le cheval qui, au fil de mes séjours ici, m'était devenu aussi cher qu'un membre de ma famille, que ce ranch même. J'ai tendu la main vers ses naseaux, pour le laisser venir à moi. Il a baissé la tête, s'est approché de moi et m'a caressé les doigts de sa lippe veloutée tout en me fixant de ses grands yeux liquides, couleur chocolat.

—Ça alors ! a murmuré Jesse, tandis que Jasper venait se planter tout contre moi.

Je me suis mise à lui caresser l'encolure tout en le grattant à l'arrière de la joue. J'avais passé tant d'heures à panser sa robe lisse et brillante, je lui avais fait tant de grattouilles pendant qu'il s'endormait à moitié, la tête posée sur mon épaule.

—Qui aurait cru ça de cette espèce de bourrique… D'habitude, c'est tout juste s'il est poli, ce vieux grincheux ! Ne serait-ce que la nuit dernière, il a donné un coup de dents à Domino. Il a failli lui arracher un steak comme mon bras…

—Jasper n'est pas grincheux, ai-je dit dans un souffle à peine audible, en souriant au grand animal dont les naseaux frémissaient sourdement de satisfaction. Il a des goûts très arrêtés, en caresses comme en amitié. Mais je n'aurais jamais cru que Lil l'avait encore…

Jesse a gloussé.

—Ça, on peut dire qu'il t'a à la bonne ! Puisque c'est comme ça, pourquoi tu ne le sortirais pas, histoire de le détendre ? Moi, il faut que j'aille harnacher les autres.

—Trois hôtes, donc ? ai-je demandé en remarquant les fins crins blancs qui parsemaient désormais la tête de Jasper.

—Ouaip, trois ! Tu veux venir avec nous ? Je peux te préparer un autre cheval tant que j'y suis.

J'ai hésité. La tentation était grande, mais finalement c'est l'appréhension qui a pris le dessus.

—Non, ça va. Peut-être un autre jour. Il faut que je m'y remette doucement, ça fait des années que je n'ai pas monté, tu sais.

Jesse a haussé les épaules, m'a confié la longe de Jasper et s'est dirigé vers les box du fond en me désignant la sellerie.

—Son nom est écrit au-dessus de ses affaires.

J'ai fait sortir Jasper et je l'ai attaché, sans cesser de lui effleurer l'encolure. Un étrange sentiment d'émerveillement m'a parcourue : huit années s'étaient en quelque sorte télescopées dans ma tête, comme si le temps s'était arrêté depuis mes dernières vacances ici.

Je me suis mise à l'étriller, ma mémoire musculaire prenant peu à peu le relais, mais très vite j'ai commencé à avoir chaud, au point que j'ai dû m'interrompre pour retrousser mes manches. J'avais à peine remarqué les trois autres chevaux que Jesse avait fait sortir de l'écurie et qu'il était en train de préparer. Il m'a coulé un regard par-dessous son chapeau.

—Pourquoi tu as arrêté de monter ? m'a-t-il demandé en sortant deux selles en même temps.

J'ai hésité. Pourquoi me posait-il cette question ? Me préparant à affronter son jugement, j'ai choisi la franchise :

—Mes parents – enfin, mon père – trouvaient que l'équitation me prenait trop de temps, que ça empiétait sur ma scolarité. Il faut dire qu'à l'époque, je passais tout mon temps libre au centre équestre, il n'avait donc pas tout à fait tort, tu vois ? Du moins, il me semble.

—Mouais, a fait Jesse sans cesser de s'occuper des chevaux. Et tu as réussi tes études, finalement ? Ça valait le coup d'arrêter ?

Je me suis sentie agressée. C'était pourtant une question ouverte. Dénuée de malveillance. Décidément, on m'avait conditionnée à la méchanceté, j'étais toujours sur la défensive.

—Oui, je les ai réussies, ai-je dit, en éludant toutefois sa seconde question.

Ça n'a pas échappé à Jesse qui m'a considérée d'un air pensif, mais je feignais de me concentrer sur Jasper et quand j'ai eu fini de le brosser, je suis allée chercher sa selle. Jesse m'a rattrapée.

—Attends, je vais le faire.

Poliment, il a attendu que je m'efface pour attraper la selle de Jasper qui était accrochée en hauteur. Son bras a frôlé le mien, sa chemise tendue sur son biceps saillant.

—C'est en te voyant que je me rends compte à quel point Jasper est grand. À côté de lui, tu es vraiment haute comme trois pommes…

—Haute comme trois pommes ? ai-je répété en imitant son accent traînant.

J'ai été récompensée par un sourire éblouissant, et de nouveau, j'ai failli piquer un fard.

—Bon, d'accord… une princesse haute comme trois pommes, a-t-il rectifié.

Sur ce, il est sorti en pouffant tout seul.

Je me suis un peu attardée dans la sellerie. Je l'aimais bien, ce cow-boy : il était sympa, d'un contact facile. Cependant, il valait mieux que je reste sur mes gardes. Mes déboires avec Kyle m'avaient appris à me méfier des apparences. Quant à Cole… pff, je n'avais pas encore d'opinion sur lui.

Dehors, Jesse ajustait fermement la sangle de Jasper tout en lui marmonnant quelque chose. Jasper, lui, avait l'air prêt à lui arracher un morceau de bras s'il resserrait encore le sanglage.

—Depuis quand tu travailles ici ? ai-je demandé, bien décidée à garder une certaine neutralité dans nos rapports.

—Moi ?

—Oui, toi… et les autres. Je ne pense pas t'avoir croisé à l'époque de tante Cassie et d'oncle Bill, mais en ce temps-là, ils ne faisaient pas encore ranch équestre, ils ne s'occupaient que du bétail.

Jesse est redevenu sérieux.

—Il y a à peine un an que je suis là. Avant ça, j'étais *bull rider*. T'as déjà assisté à un rodéo ?

J'en suis restée bouche bée.

—Sérieusement ? Tu faisais du *bull riding* ? Tu montais ces espèces de taureaux furieux ? Oui, j'ai vu quelques rodéos. Une année, un concurrent s'était fait piétiner, c'était horrible, il y avait du sang partout.

Jesse a fait la moue.

—C'est clair que sur le long terme, ça ne peut que mal finir. Moi, je ne suis pas allé jusque-là, j'ai laissé tomber après la blessure de trop : je m'étais déjà cassé deux fois le dos, les clavicules, les côtes et j'en passe. Alors, j'ai préféré arrêter avant que ça soit le tour de mon crâne. Maintenant, je me cantonne au *roping* : le lasso, c'est moins dangereux. En plus, quand tu es sur le circuit, c'est pas l'idéal pour les relations : passer d'un hôtel à l'autre, c'est lassant à la longue.

—Mais tu as quand même dû bien t'amuser, non ?

Ma petite taquinerie m'a valu un bref sourire.

—Ah, mais carrément ! J'ai pris six… sept années de bon temps, je le reconnais.

Il a secoué la tête, repensant visiblement à certains épisodes mémorables.

—Enfin, c'était bien à part les séjours à l'hosto. Et puis la bringue tous les soirs, les *buckle bunnies*… je t'avoue qu'au bout d'un moment, j'en ai eu ma dose.

—Les *buckle bunnies* ?

J'ai aussitôt regretté ma question en voyant le sourire de Jesse devenir franchement canaille.

Il a émis un petit rire.

—Ah, c'est vrai. C'est juste que tu sembles tellement dans ton élément, ici… On en oublierait presque que tu ne maîtrises pas certains concepts de base. Les *buckles bunnies*, ce sont des… hum, comment dire ça sans passer pour un gros con… Eh bien, en gros ce sont des dames qui traînent sur le circuit du rodéo, en espérant se taper certains concurrents. Et plus particulièrement, les *bull riders* les plus titrés.

Il m'a coulé un regard suggestif tout en passant au cheval suivant. Je caressais la tête de Jasper avec un sourire : ses paupières devenaient de plus en plus lourdes sous l'effet de la détente.

—Et maintenant ? ai-je demandé à Jesse, désireuse de revenir en terrain neutre.

Il aurait été si facile de se laisser entraîner sur une pente savonneuse au fil de la conversation…

—Tu t'es fixé ici ? Fini les *bunnies* ?

Il a éclaté de rire, à moitié caché par son chapeau comme il se baissait pour attraper la sangle.

—Bah, faut jamais dire : fontaine, je ne boirai plus de ton eau. Mais on s'est tellement investis dans le ranch l'année dernière, on s'est tellement démenés pour que Lil reste à flot, que ça ne m'a pas laissé beaucoup de temps pour autre chose. Mais la saison de rodéo va commencer très bientôt… Je vais reprendre la compétition de *roping* et qui sait, peut-être que je rencontrerai quelqu'un ?

Il a haussé les épaules avec une insouciance affichée, mais sa voix avait perdu son ton léger et charmeur.

—Tu recherches une relation un peu plus sérieuse ?

Soudain consciente de l'ambiguïté de ma question, je me suis empressée d'ajouter :

—Non pas que ce soit la situation la plus enviable, ce n'est pas ce que je veux dire ! Je vois très bien les avantages qu'il y a à rester célibataire.

Jesse m'a regardée d'un air plus appuyé et j'ai lu une vraie curiosité dans ses yeux.

—J'aimerais bien me mettre en couple, un jour. Il me faut du temps pour apprendre à connaître quelqu'un, tu comprends ? La fête, les filles, le rodéo… c'est marrant, ça ne tire pas à conséquence, mais ça reste superficiel. Le reste, l'intimité nécessaire à une véritable relation, c'est quelque chose qui se travaille.

Sa franchise toute simple m'a fait l'effet d'un coup de poing à l'estomac. La femme qui partagerait un jour la vie de cet homme-là aurait beaucoup de chance.

J'ai hoché la tête. J'aurais bien aimé me confier à lui avec la même honnêteté, mais il me faudrait un peu plus de temps pour analyser mes sentiments actuels.

—Et les autres ? Tu les connaissais avant de bosser ici ? ai-je demandé, dans l'espoir qu'il saisirait la perche et changerait de sujet.

Comme s'il lisait dans mes pensées, il a acquiescé après une brève hésitation.

—Oui. Bailey, je la connaissais déjà, mais Cole et moi, on était déjà potes depuis des années sur le circuit du rodéo. D'ailleurs, c'est lui qui m'a parlé de ce job.

J'ai hoché la tête, mon esprit butant sur le prénom de son ami.

—Et qu'est-ce qu'il faisait, Cole ? me suis-je enquise d'un ton léger.

J'ai réveillé Jasper en lui passant sa bride. Depuis le temps que nous bavardions, Jesse et moi, il s'était un peu endormi.

—La spécialité de Cole, c'était le *bronc riding*[1] et le *roping* : c'était le meilleur de tout le Wyoming, a répondu Jesse en terminant de seller les deux autres chevaux.

—Et pourquoi il a arrêté ? ai-je demandé, incapable de contenir ma curiosité.

Silence. Jesse a contourné Jasper pour aller jeter un coup d'œil en direction des chalets. Comme personne n'était en vue, il a répliqué :

—Ça, ce n'est pas à moi de le dire. La spécialité de Bailey, c'est le *barrel racing*. Elle continue d'en faire. Elle et Dunkin tournent tellement vite autour des tonneaux que j'attrape un torticolis rien qu'à les regarder.

J'ai réprimé un sourire.

---

1 *Bronc riding* : monte de chevaux sauvages.

—Son cheval s'appelle Dunkin ? Comme…

—Dunkin' Donuts, oui. Me demande pas pourquoi. Écoute, j'ai une idée : et si tu faisais faire quelques tours de corral à Jasper ? Histoire de t'y remettre en douceur. On doit ramener du bétail vers les pâtures d'en bas, ce week-end, et on aurait bien besoin de bras supplémentaires. Tu serais partante ?

De nouveau, j'ai hésité : si j'entrais dans ce jeu-là, j'allais une fois de plus perdre le contrôle de la situation, et c'était une sensation très inconfortable.

—Bien sûr, ai-je répliqué d'un ton faussement assuré.

Après tout, mon but, c'était d'aider ma cousine et pour ça, il fallait que je me réhabitue à monter. Ça serait un bon début. Jasper m'a suivie de bon gré jusqu'au terrain souple du corral, et avant que Jesse ait pu me proposer de son aide, j'ai engagé ma santiag neuve dans l'étrier et je me suis hissée sur la selle en me félicitant intérieurement. Toutes ces heures de *stepping* à la salle me servaient au moins à quelque chose…

—T'as pas l'air si rouillée que ça, finalement ! m'a lancé Jesse, accoudé à la clôture, un pied en appui sur la traverse.

Perchée sur Jasper, la Terre me semblait très basse, mais il restait immobile, attendant patiemment.

—Tu m'as manqué, mon vieux, ai-je murmuré, en rassemblant les rênes.

Je lui ai flatté l'encolure.

—Tu me rappelleras comment on fait ?

D'une légère pression des cuisses, je lui ai intimé l'ordre d'avancer. Il a fait quelques pas, puis s'est mis à trotter. Satisfaite de mon équilibre, je l'ai lancé au petit galop. Oreilles dressées, Jasper était à l'écoute de ma voix et de mon corps. Sans crier gare, les larmes me sont montées aux yeux. Je les ai refoulées de toutes mes forces.

—Alors, comment tu te sens ? m'a interrogée Jesse. Jasper, en tout cas, il se comporte bien !

—Ça va, ai-je répondu, en ramenant Jasper au pas. Exactement comme dans mes souvenirs.

Des voix ont résonné à notre droite. Jesse s'est tourné vers les trois personnes qui s'approchaient, deux adultes et un garçon.

—Salut ! Prêts pour la balade ? Belle matinée, hein ?

Ils ont commencé à bavarder aimablement. De mon côté, j'ai mis pied à terre et j'ai confié Jasper à Jesse.

—Tu es sûre que tu ne veux pas nous accompagner ? m'a-t-il demandé, tandis que la petite famille s'approchait des chevaux. On doit se retrouver en chemin avec Bailey, on monte jusqu'à la corniche, près des sources chaudes.

J'ai secoué la tête.

—Pas cette fois, mais je serai là pour le déplacement du bétail, promis.

Il a acquiescé, puis a aidé la petite famille à monter en selle. Au moment où Jesse enfourchait son cheval, des pas ont résonné derrière moi.

Cole.

Par réflexe, je me suis tournée, l'estomac serré. Il se dirigeait droit sur moi.

—Tu vas te balader ? m'a-t-il lancé, m'obligeant à le regarder.

—Pas aujourd'hui, non, ai-je répondu d'un ton moins affirmé que je l'aurais souhaité.

La vue de ce cow-boy qui me dominait de toute sa hauteur alors qu'il était à deux mètres de moi avait le don de me faire perdre le peu d'assurance qu'il me restait.

—Tu veux quand même te rendre utile, du coup ? m'a demandé Cole avec la pointe d'agressivité que j'avais déjà sentie dans sa voix au petit déjeuner. Aux dires de

Lil, tu te démerdes super bien à cheval, il serait temps que tu le prouves.

Je l'ai regardé avec incrédulité, toute ma réserve polie fondant comme neige au soleil. Le contraste avec le côté sympa et charmeur de Jesse m'a fait l'effet d'une gifle. C'était quoi son problème, à ce mec ?

Jesse s'est avancé avec un petit sourire amusé.

—Ne rentre pas dans son jeu, Princesse. Cole adore la provoc', ça le fait kiffer…

Mais, incapable de dissimuler mon irritation croissante, j'ai ignoré son conseil.

—Très bien, je vais te le prouver. Qu'est-ce que tu veux que je fasse, Cole ?

Réprimant un sourire, Jesse a fait faire demi-tour à son cheval.

—À plus ! Et essayez de pas trop vous bouffer le nez, tous les deux !

—« Princesse » ? a répété Cole d'un ton ironique, réfrénant visiblement son amusement.

J'ai pris une profonde inspiration. Ce mec avait le don de me taper sur les nerfs ! Pour moi qui avais passé des années à maîtriser mes réactions et à conserver une attitude neutre et professionnelle en toutes circonstances, c'était insupportable.

Fais comme si c'était un juriste. Un juriste franchement canon.

Devant mon silence, il a haussé les épaules et s'est dirigé vers l'écurie.

—On a une très jeune pouliche, débourrée de l'an dernier, mais pas encore bien dressée. Tu crois que tu peux t'en occuper ? Moi, j'ai pas le temps, là. Je dois aller chercher du matériel pour réparer la clôture d'en bas et tout apporter à Bailey. Faudrait que tu prennes le relais.

—Très bien, ai-je répondu d'un ton aussi cassant et britannique que possible.

Je l'ai suivi en allongeant le pas afin de ne pas rester en arrière.

Il a fait sortir la pouliche du box. C'était une Pinto de toute beauté, à la robe blanche marquée de grandes taches foncées. Dans un claquement de sabots, elle a dérapé sur le sol dur de l'écurie.

—Oh là, oh là…

Je me suis avancée lentement vers elle. Ses petites oreilles se sont orientées vers l'avant et elle a brusquement renversé l'encolure, signe de nervosité.

—Tout va bien, ma belle, ignore-le. Viens plutôt traîner avec moi.

Cole a fait la moue, mais m'a regardée avec intérêt aller lentement à la rencontre de la pouliche.

—Comment tu t'appelles, ma jolie ?

—Bambi, a murmuré Cole.

Sans lui accorder un seul regard, je lui ai pris les rênes des mains.

—Et qui t'a donné ce nom-là ? ai-je continué sur la même intonation douce et calme tout en lui caressant gentiment l'encolure. Là… Chut, chut…

Elle ronflait nerveusement contre ma chemise.

—C'est Bailey, a répondu Cole d'un ton radouci tandis que Bambi se frottait la tête sur mon bras.

Je n'ai pu m'empêcher de rire tout bas, mais je restais concentrée sur Bambi, craignant le regard de Cole.

—Écoute, ai-je confié à la pouliche. C'est tout de même mieux que Dunkin. Au moins, tu as échappé à Starbucks.

Je l'ai menée hors de l'écurie, tout en continuant à lui murmurer des bêtises, et nous sommes enfin arrivées devant le corral.

—Je peux encore m'habituer à elle quelques minutes avant d'entrer ? ai-je demandé, tournée de trois quarts vers Cole.

Il me regardait d'une drôle de façon, la posture décontractée, mais le visage dur.

—Si c'est absolument nécessaire… Moi, pendant ce temps, je vais chercher Domino.

J'ai levé les yeux au ciel.

—Mais qu'est-ce que je lui ai fait ? Hein, Bambi ?

J'ai enroulé les rênes autour du pommeau de la selle le temps de resserrer son sanglage.

—Moi, je crois que ton cow-boy a quelque chose en travers du gosier. Ou un balai dans le cul.

La pouliche a émis un doux hennissement, comme si elle acquiesçait. Mais dès que je l'ai enfourchée, elle s'est mise à avancer.

—Tout doux, tout doux…

Pas très rassurée, je l'ai fait entrer dans le corral. Allais-je pouvoir gérer ce genre de monture ? Je n'étais pas sûre d'être à la hauteur.

—Écoute, Bambi, on va y aller mollo, d'accord ?

Nous avons fait le tour du corral. Elle était plus dynamique que Jasper, avec une foulée pleine de jeunesse et d'énergie. Au bout de quelques minutes, je l'ai sentie se détendre et j'ai commencé à lui faire travailler les trois allures et les changements de pied. Bambi m'écoutait vraiment. Je lui ai flatté l'encolure, un sourire irrépressible aux lèvres.

—C'est bien, ma grande…

—Eh, c'est pas un concours de dressage ! C'est bien joli de lui faire faire le tour du corral, mais maintenant il faut que tu la montes pour de bon !

Cole.

Il se tenait à l'extérieur du corral. J'ai laissé passer quelques secondes. Pas question de relever sa provocation.

—Tu as tout à fait raison, ai-je répondu, en guidant Bambi vers la barrière du corral. J'aimerais beaucoup que tu me montres ce que tu appelles « monter pour de... »

Clang !

Un coup de vent avait violemment rabattu la barrière que j'avais laissée entrouverte.

J'ai agrippé le pommeau de la selle, mais pas assez vite. Terrifiée, Bambi a fait un bond en arrière. J'avais beau être assise au fond de la selle, bien calée sur les étriers, elle m'a éjecté d'une ruade monumentale et j'ai atterri par terre. Le cul dans la poussière.

—Lottie ! Oh, merde ! Cole ! Mais entre, bon sang !

Lil a accouru de la maison à toute vitesse, manquant de perdre son chapeau. Blessée dans mon orgueil (et ailleurs) pour la seconde fois de la journée, je n'osais pas lever la tête, concentrée sur moi-même. J'ai lentement replié les jambes afin de pouvoir me relever. À l'autre bout du corral, Bambi renâclait nerveusement, toujours effrayée par la barrière.

—Je t'avais prévenue, elle n'est pas encore bien dressée, la petite rosse, a ironisé Cole dans sa barbe alors que Lil s'approchait.

Il a escaladé la clôture et s'est dirigé vers moi en ajoutant :

—Après tout, c'est pour ça qu'on est payé quand on bosse dans un ranch équestre : pour ramasser les gens de la ville qui mordent la poussière, pas vrai ?

J'ai vu rouge.

Je me suis dépêchée de me relever toute seule, en époussetant mon jean neuf, et lorsque Cole m'a tendu la main, j'ai eu un mouvement de recul.

—Ça va, Lottie ? m'a demandé Lil.

Elle a sauté par-dessus la clôture pour aller vers Bambi.

Envolés, les papillons dans mon estomac ! Écumante de rage, je regardais Cole droit dans les yeux, ignorant en bloc sa main tendue et la présence de ma cousine.

—*Primo*, ai-je sifflé en m'avançant d'un pas, je ne suis pas « une fille de la ville ». Et *secundo*, tu ne sais rien de moi, bordel. Que dalle, putain ! N'importe qui aurait pu se faire éjecter dans cette situation. Quant à toi, sans vouloir trop m'avancer, je dirais que tu m'as l'air d'un connard de compète.

Lil a ralenti le pas, visiblement partagée entre l'envie d'aller chercher Bambi et celle d'intervenir.

Car notre petit échange menaçait de dégénérer en règlement de comptes.

Cole a croisé les bras. Ses yeux étincelaient et sa carrure jetait une ombre imposante entre nous.

—S'il y a une chose que je sais sur toi, a-t-il répliqué en avançant de quelques centimètres dans mon espace vital, son regard s'abaissant lentement vers ma bouche. C'est que tu es bien trop grossière pour être une princesse.

J'en ai eu le souffle coupé. Il y avait tellement d'électricité dans l'air que j'avais l'impression de l'entendre grésiller. Nous nous sommes regardés en chiens de faïence, parfaitement immobiles. Enfin, puisant dans mes dernières gouttes de sang-froid, le dos et les fesses endoloris, j'ai laissé tomber d'un air mauvais :

—C'est bon, Lil, je m'occupe de Bambi. Tu as sûrement autre chose à faire.

La tête haute, j'ai tourné le dos à Cole et j'ai fait signe à ma cousine de retourner vaquer à ses occupations.

—Tu es sûre, ma chérie ? Tu as chuté assez lourdement, tu sais, s'est-elle d'abord inquiétée.

Mais, croisant mon regard noir, elle a battu en retraite, en levant les mains en signe de reddition.

—OK, OK… Je constate avec plaisir que l'entêtement des Dean est toujours bien présent en toi.

Sur ce, elle a sauté de nouveau par-dessus la barrière.

Ignorant le petit gloussement de Cole, je me suis approchée à pas lents de Bambi qui avait toujours les yeux écarquillés, les naseaux dilatés. Je me suis mise à lui murmurer des paroles apaisantes. Enfin, elle a incliné la tête, ce qui m'a permis de saisir doucement ses rênes.

—Et voilà, ma belle. Tu es une brave fille, hein ? ai-je continué en la guidant vers la sortie de l'enclos, bien décidée à ne pas accorder un regard à Cole. C'est la barrière qui a fait ce grand bruit, ce n'est rien…

J'ai entendu Cole s'approcher.

—Lottie… Écoute, excuse-moi, a-t-il dit en ouvrant la barrière en grand pour qu'on puisse passer toutes les deux.

Bambi a fait un écart et a relevé violemment la tête.

Je l'ai calmée en lui caressant l'encolure, sans la brusquer. À tous les coups, Cole allait se sentir obligé d'intervenir… Je me suis armée de courage, mais comme il ne bougeait pas, j'ai risqué un bref regard dans sa direction.

Il regardait la scène, les yeux brillants de concentration, mais toute son hostilité semblait s'être envolée.

—Allez, ai-je murmuré à Bambi qui résistait à mon injonction. On va aller te panser à l'écurie, d'accord ?

J'ai entendu la barrière du corral se refermer derrière nous avec un simple cliquetis de pêne s'engageant dans la gâche. J'ai attaché Bambi et j'ai commencé à défaire sa sangle. Je lui ôtais sa selle quand Cole s'est matérialisé devant moi. Je me suis interrompue et, sans un mot, il s'est approché. Lorsque j'ai croisé son regard, nous n'étions plus séparés que par la selle.

Ma colère n'était pas retombée, mais tandis qu'il me soulageait de mon fardeau, nos mains se sont frôlées. Des étincelles ont fusé du bout de mes doigts jusque dans mes épaules et mon cœur s'est emballé, à mon corps défendant.

J'ai désigné la selle.

—C'est bon, je peux faire ça toute seule. C'est encore dans mes capacités, tu sais.

—Oh, je sais. Je pense même que tes capacités ne s'arrêtent pas là, a-t-il répliqué en emportant la selle vers l'écurie d'un pas décidé.

J'ai fermé les yeux un moment, la main sur le garrot de Bambi, m'obligeant à chasser l'impression que m'avait laissée cette petite scène, une émotion proche de la colère et qui menaçait de me déborder.

—Mais c'est qui, ce mec, à la fin ? Hein, ma belle ? ai-je murmuré à Bambi en me penchant vers le plateau couvert de diverses brosses que j'avais repéré près du mur de l'écurie.

J'ai commencé doucement par son dos, attentive à ses réactions, à ses points sensibles, là où le passage de la brosse serait trop pénible pour elle. Mais très vite, elle s'est détendue, inclinant la tête tandis que j'appuyais davantage mes gestes.

Je commençais à évacuer un peu de la frustration de cette dernière demi-heure.

—Tu les comprends, hein ?

Cole, appuyé contre le mur, avait parlé à voix basse.

J'ai ravalé la répartie cinglante qui m'était instantanément venue à l'esprit. Il s'était excusé. Il avait pris sur lui. Le Cole que j'avais rencontré au bar, l'autre soir, m'est alors revenu en mémoire, tout comme la sensation de ses lèvres sur les miennes.

—Oui, enfin… autant que puisse le faire une fille de la ville, ai-je répondu sans m'interrompre.

Le silence est retombé entre nous, à peine troublé par le frottement de l'étrille sur la belle robe de Bambi et par le bruit des autres chevaux dans leurs box.

—OK. Lottie, je…

—Ça ne m'intéresse pas, ai-je menti en passant de l'autre côté, afin que Bambi fasse rempart contre lui. Écoute, Cole, je n'ai pas que ça à faire. Alors, ne me déconcentre pas pendant que je travaille, que je puisse passer à autre chose.

—Qu'est-ce que tu dois faire d'autre ? s'est-il enquis au bout d'un autre silence.

—Chercher un job, envoyer des candidatures. Chez moi, à Londres… tu sais, la grande ville ? Le monde réel, quoi.

J'avais parlé plus durement que je n'en avais l'intention et je n'ai pu m'empêcher de lever les yeux pour voir la tête qu'il faisait. Il affichait toujours son petit sourire en coin et ses yeux brillaient de la même lueur exaspérante : il savait très bien qu'il me tapait sur les nerfs.

—Très bien, a-t-il dit, je ne veux pas te faire perdre de temps. Je suppose que tu n'auras pas besoin d'aide pour la ramener dans son box ? Je vais monter Domino.

J'ai fait non de la tête, de peur que ma voix trahisse mes émotions. Et tandis qu'il s'éloignait, j'ai pris une résolution.

Il était temps que je remette de l'ordre dans ma vie à Londres, avant que les choses virent au désastre ici aussi.

8

Lil a réprimé un bâillement.

— Il faut te rendre justice, tu es arrivée pile au bon moment. On aura besoin de toutes les bonnes volontés pour déplacer le bétail, ce week-end. Tu es sûre que tu es en état de remonter en selle ? De toute façon, je veillerai à ce que Jesse te donne Jasper.

—Mais oui, ça ira très bien, ai-je affirmé, tout en sachant que j'allais devoir retrouver Cole, après avoir passé deux jours à l'éviter.

Lil s'est levée avec un petit sourire.

—Tu as un maillot de bain ? Parce qu'on va monter aux sources chaudes.

Comme je faisais non de la tête, elle m'a considérée d'un œil critique.

—Je pourrais t'en prêter un, mais il faudrait qu'on t'engraisse encore un bon mois pour que tu puisses le remplir. Au fait… tu pars quand ? Tu ne restes pas qu'une semaine, hein ?

—Non, deux…

Devant son expression déconfite, j'ai ajouté :

—Tout dépend de ma recherche d'emploi. J'ai envoyé un paquet de candidatures, mais je ne sais pas combien de temps il me faudra pour décrocher un entretien d'embauche.

Afin d'éviter Cole, j'avais passé mon temps à prospecter et à postuler en ligne, épluchant les annonces sur LinkedIn jusqu'à me faire saigner les yeux. Quand j'en avais eu marre, j'avais entrepris de ranger le bureau de Lil. Une tâche herculéenne. Mais ça me démangeait de m'attaquer à son « classement » sans queue ni tête pour l'organiser en quelque chose de clair, pratique et bien ordonné.

—Je crois que ce bureau n'a jamais été aussi bien rangé, avait-elle avoué dans un souffle, en promenant sur la pièce un regard plein d'une admiration sincère. Il faut dire que papa était aussi bordélique que moi. Maman le taquinait toujours là-dessus.

Je lui ai serré le bras avec compassion.

—Qu'est-ce qu'ils deviennent ?

Lil a levé les yeux au ciel.

—Écoute, ils s'adressent de nouveau la parole, c'est déjà ça. Mais entre les hôtes et le ranch, je n'ai même pas pu me rendre à l'anniversaire de maman, cette semaine. Je lui avais bien proposé de venir ici, histoire de revoir de vieux amis, mais bon… (Elle s'est mordu la lèvre.) C'est encore trop douloureux pour elle, je crois. Tu sais, sur la fin, c'était vraiment horrible entre eux. Je suis bien contente que tu n'aies pas vu ça.

Je l'ai serrée très fort dans mes bras et elle m'a rendu mon étreinte.

—Je suis tellement désolée que tu te sois retrouvée seule pour t'occuper du ranch, ai-je murmuré.

—J'avais Cole. C'est grâce à lui que j'ai tenu.

Mon cœur est devenu lourd comme une pierre, alors qu'il n'en avait pas le droit.

—Attends… Cole et toi… tu le connaissais déjà à l'époque, alors ? Vous étiez en couple ?

Lil s'est mise à pouffer comme une gamine.

—Cole et moi ? Mais jamais de la vie ! Enfin si, bien sûr, au début j'y ai pensé… comme n'importe qui, pas vrai ? Mais Cole est un ami, rien de plus. Mon meilleur ami. Même s'il ne se montre pas toujours sous son meilleur jour…

Elle m'a regardée d'un air taquin.

—Mais Cole n'est pas un connard, tu sais. Au contraire. À la limite, il aurait plutôt tendance à me surprotéger, tu vois, il en fait trop pour m'épargner des soucis. Le ranch équestre, c'est beaucoup de boulot et faire le plein de réservations à l'année, c'est encore plus dur. Et puis Cole a des circonstances atténuantes. Je ne veux pas être indiscrète, mais franchement, s'il se conduit comme ça… Ça n'a rien à voir avec toi, Lottie, je te jure.

J'ai hoché la tête en m'appliquant à rester impassible. De toute évidence, Cole s'était bien gardé de lui parler de notre baiser alcoolisé… Étrangement, je ne savais pas si je devais en être soulagée ou déçue.

J'ai souri à ma cousine.

—En tout cas, je suis bien contente que tu aies pu compter sur lui, ai-je conclu pour la réconforter un peu. Tu mérites d'avoir quelqu'un là pour toi.

***

Nous en étions restées là, chacune avec ses non-dits. Le week-end était enfin arrivé et comme le beau temps se maintenait, nous nous apprêtions à déplacer le bétail. Avant de partir, cependant, j'avais tenu à m'acquitter d'une dernière chose.

—Tu as fait *quoi* ? avait rugi Hestia.

Le téléphone déformait un peu ses cris de joie et ses rires.

—Yesss, Lottie ! Oh putain, c'est énorme ! *Oh my God*, raconte-moi tout… La vache, j'en reviens pas que t'aies fait ça !

Je lui avais donc fait le récit de ces derniers jours, tout en repoussant étrangement le moment de lui parler de Cole. J'avais du mal à définir mes sentiments à son égard, surtout après ma conversation avec Lil et le portrait qu'elle m'avait brossé de son meilleur ami. Cole… Sexy et attentionné dans le bar où je l'avais rencontré, un homme dont les baisers et les caresses m'avaient fait éprouver plus de sensations en une minute qu'en toute une vie… et ici, un connard qui n'arrêtait pas de me chercher.

—Ne reviens pas à Londres avant d'avoir fait une vraie pause, d'accord ? Et tape-toi donc quelques cow-boys tant que tu y es. Comment on dit, déjà ? Ménage ta monture, chevauche un cow-boy ?

J'avais ri en rentrant ma chemise dans mon jean.

—Tu me manques, Hes.

—Toi aussi, Lots. À ce propos, je me ferais bien un cow-boy, ou une cow-girl. Cal se comporte comme le dernier des cons, en ce moment.

Nous avions encore parlé de son copain et à la fin de notre conversation, l'idée m'était venue d'inviter Hestia afin qu'elle puisse elle aussi faire une pause. Elle s'intégrerait à merveille dans le petit monde du Diamond Back. Mais, en y réfléchissant, je m'étais dit qu'au premier regard, elle comprendrait ce qui s'était passé entre Cole et moi. En plus, elle ne se gênerait pas pour lui tomber dessus si jamais il se montrait à elle sous son jour « connard ». J'ai souri en imaginant la scène. Face à Hestia, Cole n'aurait aucune chance.

Voilà. À présent, il ne me restait plus qu'une dernière chose à faire, la plus difficile de toutes.

Trop trouillarde pour appeler Kyle, mais refusant de m'abaisser à lui envoyer un message sur WhatsApp (ce n'est pas parce que c'était un enfoiré que je devais me conduire comme lui), je me suis décidée pour un e-mail. J'ai mis environ une demi-heure à le rédiger en m'appliquant à garder un ton plus prosaïque qu'en colère. Je voulais qu'il sache que je l'avais vu avec cette fille et que par conséquent, toute dispute ou conversation entre nous était exclue, car inutile. J'ai volontairement omis de l'informer de mon départ de Londres, ne voulant pas lui donner la satisfaction de savoir qu'il m'avait assez détruite pour que j'aille me réfugier dans un autre pays.

Néanmoins, ayant ignoré ses deux messages de la veille (**Tu es bien silencieuse, tout va bien ?** Puis : **Le Claridge, vendredi, ça te dit ? Bisous**), je ne pouvais plus repousser cette corvée. Mon doigt a hésité au-dessus de la touche Envoi, puis j'ai fermé les yeux et j'ai cliqué. C'était fait.

Laissant mon téléphone sur le lit, j'ai attrapé le petit sac de voyage que m'avait prêté Lil pour le week-end et je suis sortie de la maison, la main en visière pour protéger mes yeux du soleil. Le déplacement du bétail était une opération d'envergure, qui nécessitait l'aide de cow-boys venus d'autres ranchs. Jesse et Lil bavardaient avec eux pendant qu'on faisait descendre leurs chevaux de deux grands vans. Bailey était en train de harnacher nos montures. Comme, par chance, Cole n'était pas en vue, je suis allée droit vers elle.

—Tiens ! Salut, Lottie ! C'est super que tu nous accompagnes, tu vas dormir avec moi, ce soir.

Elle m'a fait un clin d'œil tandis que je m'approchais de Jasper. J'ai vérifié sa sangle et je lui ai accordé une rapide grattouille.

—Tu ronfles ? ai-je demandé à Bailey, ce qui m'a valu un signe véhément de dénégation.

—Ronfler, moi ? Jamais de la vie ! a-t-elle répliqué avec une mine faussement offensée.

Elle a enfourché son cheval et j'ai fait de même, notant avec un coup au cœur que Cole avait rejoint le petit groupe qui discutait près des vans. Apparemment, c'était lui qui orchestrait toute l'opération. Il menait une grande jument large de dos, à la robe grise parsemée de taches noires.

À son tour, il est monté en selle.

Je tentais de me concentrer sur sa jument, sans succès.

—C'est une Appaloosa ? ai-je demandé à Bailey.

À cet instant, quelqu'un a fait sourire Cole dont le visage s'est illuminé, alors que d'une pression de ses cuisses puissantes, il faisait avancer sa monture.

—Bien sûr… elle est belle, hein ?

Le déclic s'est fait dans ma tête.

—Attends, mais… c'est elle, Domino ? Jesse m'en a parlé. Apparemment, Jasper ne la porte pas dans son cœur.

Bailey s'est mise à rire.

—On peut dire ça comme ça ! Mademoiselle est un peu imbue de sa personne et Jasper n'a pas de temps à perdre avec ce genre de filles. Dunkin, lui, il s'entend avec tout le monde, pas vrai, mon beau ?

Elle a flatté l'encolure de son cheval et lui a fait opérer un demi-tour vers la prairie.

—Il faudra que tu me dises d'où tu sors ces noms de chevaux, lui ai-je dit en lui emboîtant le pas.

—Tu me le rappelleras plus tard, ma belle. Là, on est en première ligne. Allez, Dunkin ! *Yipeeee !* Ne traîne pas, cow-girl !

Jasper ne se l'est pas fait dire deux fois. Quelques secondes après, nous filions sur l'herbe. La prairie qui se déroulait devant nous était toute en longueur, plate et apparemment infinie. L'allure de Jasper était toujours aussi souple, mais tandis que je m'alignais sur les cheveux roux de Bailey qui flottaient au vent, je me suis rendu compte qu'il était plus lent, qu'il n'arrivait plus à allonger sa foulée comme avant.

***

Au bout d'une chevauchée alternant temps lents et plus rapides, nous avons finalement été rejointes par les autres cow-boys, alors que nous approchions du coude que faisait la rivière. Le troupeau s'étendait sur les deux vastes pâtures au-delà ; les veaux gambadaient autour des vaches, tandis que de la vapeur s'élevait des deux bassins rocheux sur lesquels tombait le crépuscule. Tout autour du parc de Yellowstone, on trouvait des lacs plus ou moins grands, alimentés par des sources souterraines. Ces deux bassins avaient toujours été très utilisés par notre famille. On pouvait contenir à six dans le premier et le second, beaucoup plus petit, convenait parfaitement pour une ou deux personnes.

Nous avons établi notre campement alors que la nuit commençait à envahir le ciel. Je continuais d'ignorer Cole avec application, me concentrant sur les consignes de Bailey pour monter la tente. À un moment, je l'ai aperçu du coin de l'œil. Il nous regardait. Mais à ce moment-là, quelqu'un l'a appelé et il s'est éloigné.

Un peu plus tard, Lil a émergé des arbres plongés dans l'obscurité.

—Tiens, Lottie, j'ai quelque chose pour toi. Je comptais te le donner avant de partir, mais Bailey t'a embarquée si vite que je me suis dit qu'il valait mieux attendre qu'on soit arrivés.

Sa tente était un peu en retrait des autres, près de celle de Cole et de Jesse qui étaient assis devant, en pleine conversation. Un peu plus haut, à quelques mètres de là, les autres cow-boys étaient regroupés autour de deux feux de camp dont les flammes vacillantes lançaient des étincelles dans la nuit noire. Lil m'a tendu un chapeau de cow-boy camel clair, entouré d'une bande de cuir brun foncé.

Je l'ai tout de suite adoré.

—Vraiment ? ai-je murmuré, un peu intimidée. Tu es sûre ?

Elle s'est contentée de me sourire et m'a invitée à l'essayer. J'ai détaché mes cheveux, laissant crouler mes boucles brunes, et je me suis coiffée du chapeau. Il m'allait à la perfection. Pas trop serré, mais juste assez pour rester en place et empêcher mes cheveux de partir dans tous les sens.

—Qu'est-ce qu'il te va bien, ma Lottie ! Tu es vraiment trop mignonne comme ça !

Je lui ai donné un coup de coude tout en caressant le doux bord en feutre de mon chapeau neuf.

—Je l'adore… Merci, Lil.

Elle a touché son propre chapeau et est repartie vers le feu de camp en me lançant par-dessus son épaule :

—Tu as mangé quelque chose ? Viens te chercher un truc, on va bientôt aller roupiller. On part horriblement tôt, demain.

—D'acc, j'arrive !

J'ai réessayé mon chapeau, puis j'ai tourné sur moi-même pour m'assurer que je ne risquais pas de le perdre.

—Elle a raison, t'as vraiment l'air d'une jolie cow-girl, comme ça.

Surprise, j'ai jeté un regard sur ma gauche. Jesse et Cole me regardaient. Jesse arborait un grand sourire.

—Fais gaffe à ce qu'on te le pique pas, hein ? Tu sais ce qu'on dit...

J'ai fait quelques pas vers eux, un peu sur mes gardes. Cole, dans l'ombre, affichait un visage impassible, mais je distinguais mal ses traits. Mon cœur s'est emballé.

—Non, mais je suis sûre que tu vas me le dire ?

Cole a changé de position et a enfin levé les yeux sur moi, un vague sourire aux lèvres.

—Si tu prends le chapeau, Princesse, tu prends le cow-boy... ou la cow-girl.

Il soutenait mon regard comme s'il exigeait une réaction de ma part. Par bonheur, l'obscurité masquait la rougeur que je sentais envahir mes joues. Jesse était hilare.

—En effet, j'ai intérêt à faire gaffe, alors, ai-je répliqué en retournant lentement vers le feu de camp.

Pour finir, quand tout le monde a été couché, j'ai découvert que Bailey était une sacrée menteuse. J'ai eu beau la secouer trois ou quatre fois, ses ronflements soulevaient la toile de tente.

Immobile, je fixais l'obscurité, quand mes pensées se sont égarées vers Kyle. Comment allait-il réagir à mon message ? Exprimerait-il des regrets ? Me promettrait-il de changer ? Il faudrait bien que je l'affronte à un moment ou à un autre, à mon retour à Londres. Je me suis renfoncée en soupirant dans le sac de couchage pour me réchauffer et j'ai arrangé la serviette roulée que j'avais mise sous ma tête en guise d'oreiller. Après ma chute, j'avais encore les cuisses et le dos tout endoloris, ce à quoi s'ajoutaient les courbatures de la chevauchée. La journée du lendemain s'annonçait éprouvante.

Soudain, j'ai eu une idée.

Les sources chaudes.

Avant de me raviser, je me suis glissée hors de la tente. J'ai allumé la petite lampe torche que Bailey avait emportée pour louvoyer entre les arbres. Afin d'éviter tout risque d'incendie, les feux avaient été soigneusement éteints dans la soirée, aussi ne pouvais-je m'orienter qu'à la lumière de la lune. Par chance, elle était presque pleine. Elle jetait un reflet d'argent sur la rivière en éclairant les fines volutes de vapeur qui s'élevaient des bassins.

Ma serviette coincée sous le bras, j'ai escaladé les rochers du bord.

Et je me suis figée.

—Tu es venu me présenter tes excuses ?

J'ai failli m'en étouffer. Cole !

Installé dans le bassin le plus petit, les bras étendus sur le bord rocheux, son torse musclé luisant au clair de lune, il avait un air de propriétaire, comme s'il possédait cet endroit. Comme s'il ne faisait qu'un avec cette nature indomptée.

—Mes excuses ? Et pour quoi ? ai-je sifflé en me retenant tout juste de me mettre les mains sur les hanches.

—Pour m'avoir traité de connard, peut-être ?

Il a ramené ses cheveux en arrière.

—Mais tu… Je ne t'ai pas vraiment traité de connard. J'ai dit que tes *a priori* sur moi me laissaient présupposer que tu étais un connard.

Si l'année que j'avais passée dans un cabinet juridique m'avait appris une chose, c'était de choisir mes mots avec soin et de jouer sur leurs différentes acceptions.

—D'accord, a-t-il répliqué. Ça revient au même. Et donc, tu viens dans l'eau ou tu comptes mourir de froid ?

J'ai hésité. En théorie, ce ranch appartenait à ma famille : rien ne lui donnait le droit de monopoliser nos sources chaudes. D'un autre côté… Je l'ai regardé à la dérobée : un visage empreint de curiosité, un torse aux muscles bien dessinés et sous l'eau… Pour ça, je ne pouvais que faire appel à mon imagination.

J'ai commencé à reculer.

—Bah, je ne peux pas me baigner. Je ne vais quand même pas me déshabiller devant toi. Si tu étais un gentleman, tu sortirais de l'eau et tu me laisserais la place.

J'ai tourné les talons.

—Attends, attends ! a-t-il lancé à mi-voix. Bon excuse-moi… je te taquinais, c'est tout. Et si je me tourne et que je ne regarde pas ? Une fois que tu seras dans l'eau, c'est toi qui me diras quand je pourrai me retourner.

Mes courbatures aux cuisses me suppliaient de revenir vers l'eau bien chaude de la source et j'avoue que la sincérité que je lisais dans le regard de Cole m'y encourageait.

Encore un peu méfiante, je suis revenue sur mes pas et je lui ai intimé l'ordre de se retourner. Il m'a aussitôt présenté un dos si musclé que je n'ai pu m'empêcher de le contempler quelques longues secondes avant de me reprendre et de commencer à me déshabiller. J'ai hésité : est-ce que je devais garder mes sous-vêtements ? Mais comme je n'avais pas envie de les trimballer tout mouillés dans mon sac, ils ont rejoint le reste.

Je me suis avancée en me dissimulant derrière ma serviette.

—Comment ça se fait que tu ne dormes pas ? ai-je demandé, en enjambant le bord du plus large des bassins qui n'était séparé de l'autre que par quelques rochers.

—Jesse ronfle, a répondu Cole alors que je me débarrassais de la serviette pour entrer dans la source.

La chaleur de l'eau m'a donné la chair de poule. La température idéale pour un bain ! Je me suis laissée glisser dans l'eau en relevant mes cheveux en torsade pour ne pas trop les mouiller.

—Et puis j'aime bien rester dans l'eau, au calme. Ça… détend. Et au moins, j'ai la paix. D'habitude.

J'ai levé les yeux au ciel.

—C'est bon, tu peux te retourner.

Je m'étais installée dans la même position que lui, les bras en croix sur les rochers, tout en veillant à ce que mes seins restent immergés.

Le regard de Cole s'est attardé quelques secondes de trop sur mon visage avant de descendre le long de mon cou, jusqu'à l'endroit où mon corps disparaissait sous l'eau. Le silence s'est fait. Les doux bruits de la rivière, des chevaux et du bétail se sont estompés et un étrange sentiment m'a envahie. J'ai regardé Cole sans ciller, tandis qu'une tension se propageait douloureusement dans mes cuisses, une tension qui n'avait rien à voir avec mes courbatures.

Il a toussoté et s'est renversé la tête contre le rocher pour contempler la lune. Les battements de mon cœur bourdonnaient à mes oreilles. Pouvait-il me voir sous la surface de l'eau ? Que se passerait-il s'il lui prenait l'envie de me rejoindre dans cette source ? Une fois de plus, mon esprit m'a ramené au soir de mon arrivée, à ses mains sur mon corps. Quel effet me feraient-elles sur ma peau nue ? Vers où s'égareraient-elles, débarrassées de la barrière des vêtements ?

Cole a lentement tourné la tête vers moi. La lune se reflétait dans ses yeux.

—Mais si tu n'es pas une fille de la ville, qu'est-ce que fiche une fille de la campagne à Londres ?

Tiens, Monsieur reconnaissait donc avoir eu des préjugés sur moi… Une demi-douzaine de répliques sardoniques me sont venues à l'esprit, en même temps que d'autres réponses, plus factuelles. Mais, pour être tout à fait honnête, vis-à-vis de lui comme de moi, aucune ne me convenait.

—J'ai tenté de réussir ma vie... (J'ai haussé les épaules.) Franchement, je n'en sais rien.

L'avouer à voix haute m'était pénible, surtout face à quelqu'un d'aussi indéchiffrable que Cole dont les réactions restaient pour moi imprévisibles.

Fermant les yeux, je me suis laissée aller en arrière dans l'attente de sa prochaine provocation. Allait-il chercher à me faire réagir ? À m'énerver jusqu'à ce que, dans un mouvement de colère, je me dresse hors de l'eau en oubliant que j'étais toute nue ? Et moi, pouvais-je le pousser à faire de même ? En avais-je seulement envie ?

—Ma mère était une fille de la campagne qui a choisi de vivre à la ville, a-t-il dit presque dans un murmure, m'arrachant à mes pensées. Pour... les mêmes raisons que toi, je crois.

Troublée, j'ai rouvert les yeux. Il avait la mâchoire crispée. Je voyais bien que pour lui aussi, c'était un aveu pénible. Voire douloureux.

—Et ça lui a réussi ? me suis-je enquise avec douceur, désireuse de le remercier pour sa franchise et pour la bouffée d'empathie qu'il éveillait en moi.

Cole a laissé passer quelques secondes avant de croiser mon regard. Nous nous sommes fixés un moment, jusqu'à ce que la chair de poule envahisse mes bras, me forçant à les immerger dans l'eau chaude.

—Je ne sais pas, a-t-il enfin répondu dans un murmure teinté d'amertume, en baissant un peu la tête. Elle est partie de la maison et après... elle ne venait pas souvent nous voir, mon frère et moi. Aux dernières nouvelles, elle dirigeait une entreprise de la tech à San Francisco, elle s'est fait une nouvelle famille, là-bas.

La douleur de l'abandon se lisait ouvertement sur son visage, à présent. Bouleversée, je me suis retenue à grand-peine de lui tendre la main, de lui effleurer le bras, pour lui exprimer la tristesse que j'éprouvais pour lui. Je comprenais mieux ses sarcasmes sur les filles de la ville, à présent : ils traduisaient un chagrin encore à vif.

—Merde… je suis désolée, Cole. Pas étonnant que tu ne sois pas fan des citadins. J'étais loin de me douter…

Il m'a fait un petit sourire triste, accompagné d'un haussement d'épaules pas assez décontracté pour être réellement convaincant.

—Tu ne pouvais pas savoir. Mais ça va, maintenant. Enfin, non… ça ne va pas. Mais je suis un grand garçon, aujourd'hui, a-t-il soupiré. Il faut que je pense à moi, que je me détache de toute cette merde, tu comprends ?

J'ai gardé le silence, immobile, consciente qu'il me laissait entrevoir toute sa vulnérabilité. Dans ses confidences, j'entendais des excuses sincères pour la façon dont il m'avait traitée ces jours-ci : ce n'étaient pas quelques mots superficiels, mais une vérité extirpée de ses tripes, aussi douloureuse soit-elle. Ça me rappelait un peu la façon d'être d'Hestia, cette vraie générosité d'âme qui transparaissait par moments.

—Tu peux aussi vivre avec, ai-je suggéré. En prenant du recul. Rien ne t'oblige à agir comme ta mère.

Je me suis interrompue, le considérant à présent sous un nouveau jour.

—D'après Lil, tu as plutôt pris le contrepied. Elle m'a raconté tout ce que tu avais fait pour elle, au ranch. Moi, j'ai l'impression que tu es tout sauf égoïste.

Malgré la retenue que je m'imposais, j'ai senti que mes paroles faisaient mouche. Cole est resté un moment silencieux, sans me quitter des yeux, amadoué.

—Et toi, alors ? Qu'est-ce que tu veux faire de ta vie ? a-t-il fini par me demander en changeant de position.

Dans le remous, j'ai entrevu ses abdos. Je me suis forcée à détourner le regard.

—Moi, je veux simplement bien faire mon travail, quel qu'il soit. Et si je pouvais bosser loin de la ville, alors… ça serait le rêve. Mais c'est en ville qu'on a toutes les opportunités.

Je me suis interrompue. Voilà que je me mettais à parler comme mon père…

—C'est peut-être temporaire comme situation, ai-je ajouté dans un murmure. Je ne sais pas si je pourrai vivre toute ma vie entourée de béton.

J'ai senti sur moi le regard de Cole, aigu, perspicace.

—En fait, vous vous ressemblez assez, Lil et toi… m'a-t-il fait remarquer d'une voix changée.

Il s'est déplacé pour se rapprocher du bord qui touchait le mien.

—Ça complique les choses.

J'ai levé les yeux, troublée. Son expression avait changé et son regard me faisait fondre jusqu'au plus profond de moi.

—Quelles choses ?

J'ai maudit ma voix essoufflée, ridicule, comme le soir où il m'avait embrassée dans le bar.

Je repensais à la façon dont ses lèvres avaient parcouru mon cou, à la sensation de sa bouche frôlant mon oreille.

Il m'a souri et a baissé les yeux.

—Lil, c'est comme ma sœur…

Ses mains ont émergé de l'eau pour prendre appui sur les rochers.

—… mais quand je pense à toi, ça n'a rien de fraternel.

Je suis restée sous le choc.

Cole a émis un petit rire et sans préavis, il s'est propulsé hors de l'eau. J'ai vivement détourné la tête, mais j'ai eu le temps d'apercevoir… tout.

—Putain, Cole !

Trop tard. L'image de son cul musclé, de ses jambes longues et puissantes, et… de tout le reste s'était imprimée sur ma rétine, enflammant mon corps, ce crétin.

Il a rigolé.

—Je sais, c'est ce qu'elles disent toutes.

Et avant que j'aie pu m'indigner, il a ajouté :

—Bref, tout ça pour dire… sans rancune, Princesse. Le sujet est clos. De toute façon, je n'ai aucun problème avec toi, je n'en ai jamais eu.

J'ai entendu la friction de la serviette sur sa peau et il a conclu :

—Mon seul problème, c'est quoi *faire* avec toi.

Muette de saisissement, je me suis agrippée à la roche pendant qu'il s'éloignait.

—Ne traîne pas trop ici… Les autres cow-boys vont bientôt se lever et je n'ai pas envie de commencer la journée en distribuant des pains.

Toujours abasourdie, je me suis retournée et je l'ai regardé se fondre lentement dans l'obscurité, tel un fantasme issu de mon imagination.

9

Lil avait raison. Le départ a eu lieu horriblement tôt.

Après avoir enfilé mes santiags, je me suis dirigée vers les feux de camp qui avaient été rallumés afin de faire chauffer de l'eau potable. Londres m'a soudain paru à des années-lumière… Les mains enfoncées dans les poches pour les tenir au chaud, je me suis tournée vers la rivière : à l'horizon, les premières lueurs de l'aube transperçaient les nuages de leur éclat corail, illuminant l'imposante chaîne des Tetons.

—Madame…

J'ai fait un bond.

Cole. Il me tendait un mug de café fumant.

Je lui ai fait un petit sourire.

—Quel gentleman…

—Il y a du lait et du sucre là-bas, a-t-il précisé en soulignant ses paroles d'un signe de tête.

—Je le bois noir.

Il a esquissé un sourire, a semblé vouloir répliquer, mais s'est finalement contenté d'opiner du chef avant de repartir vers le feu de camp.

Quelque chose avait changé entre nous.

J'ai bu mon café seule, les yeux rivés au panorama, n'osant pas me retourner vers l'autre « spectacle », celui qui soutiendrait sans doute mon regard sans ciller. Je me sentais au bord d'un gouffre d'emmerdements d'une tout autre dimension, et je ne pouvais pas me permettre d'y tomber. Dans une semaine, je rentrerais à Londres. J'avais déjà bien trop de problèmes à régler là-bas pour que je m'en crée d'autres ici.

Nous avons levé le camp et le vrai boulot a commencé. Lil et moi chevauchions à la gauche du troupeau pendant que Cole et trois autres cow-boys les guidaient à l'arrière. Bailey, elle, restait à l'avant avec Jesse et deux autres cow-boys à droite.

La progression était lente, régulière, parfois difficile lorsqu'un veau était séparé de sa mère, mais au bout de quelques heures, à force de galoper à bride abattue pour ramener des groupes de vaches dans le troupeau, j'avais l'impression que Jasper était le prolongement de mes cuisses et de mes pensées. Plusieurs fois, nous avons dû piler net pour changer de direction. Lorsque nous revenions au trot vers le troupeau, Lil poussait de grands cris de joie, le visage illuminé par un large sourire.

—Bon sang, ce cheval t'adore ! m'a-t-elle hurlé par-dessus le vacarme. Tu es sûre que tu ne peux pas revenir à chaque déplacement de bétail ?

—Peut-être !

J'aurais adoré ça, mais je n'osais pas l'avouer à Lil. À l'approche d'une pente abrupte, j'ai fait ralentir Jasper et je me suis penchée en arrière pour lui faciliter la descente.

À la fin de la journée, les cuisses en feu, le corps entièrement recouvert de poussière, nous avons émergé des arbres pour aborder en sens inverse la longue pâture qui s'étendait devant le Diamond Back.

—Qu'est-ce qui t'a poussée à faire ranch équestre ? ai-je demandé à Lil, alors que notre chevauchée tirait à sa fin.

Elle a fait la moue.

—L'argent. Vivre d'un ranch, c'est dur. Les coûts n'arrêtent pas d'augmenter et c'est de plus en plus difficile de faire des bénéfices. C'est pour ça que maman est partie. Elle voulait vendre et on lui en avait offert un bon prix, d'ailleurs. Mais moi, je ne pouvais pas. Moralement, je ne trouvais pas ça correct.

L'idée que le ranch disparaisse, que Jasper soit vendu et que Jesse, Bailey… et Cole soient dispersés, je trouvais ça moche, moi aussi.

—Mais les activités westerns, ça rapporte ? ai-je demandé en espérant que Lil abonde dans mon sens.

Elle a haussé les épaules.

—Ça me permet de ne pas être dans le rouge, mais c'est limite. Tu sais ce que c'est, il y a tellement de ranchs, d'hôtels et de motels à Jackson Hole… la concurrence est rude. Les clients sont exigeants et moi, tu sais bien, l'hôtellerie, le tourisme… c'est pas trop mon truc. Donne-moi un troupeau de vaches à marquer, je suis dans mon élément. Mais choisir des parures de lit ou fabriquer des corbeilles de bienvenue… C'est très éloigné de ma zone de confort.

J'ai souri en imaginant Lil en train de choisir des dessus de lit chez Bed Bath & Beyond.

—Pourquoi tu ne me laisses pas te donner un coup de main ? ai-je répliqué. Pendant que je suis là. Le marketing, c'est mon rayon, je te rappelle. La valorisation de la marque, l'esthétique… tout ça, quoi.

Lil m'a tendu la main en souriant.

—Je regrette que tu doives retourner à Londres.

—Je ne pars pas tout de suite…

Je ne voulais pas penser au départ, pas déjà.

—Mais avant ça, on doit respecter une vieille tradition !

Lil m'a regardée sans comprendre. Elle allait me demander ce que je voulais dire par là. Pour y couper court, j'ai mis un petit coup de talons en rallongeant les rênes. Les oreilles pointées en avant, bien reposé par cette longue période au pas, Jasper s'est élancé avec le même enthousiasme et la même bonne volonté qu'avant, ses longues jambes avalant la distance.

—Cinquante dollars que je peux encore te battre ! ai-je crié par-dessus mon épaule.

Lil s'est illuminée. Penny a fait quelques pas de côté avant de se lancer à ma poursuite.

J'ai entendu les cow-boys pousser des acclamations à ma droite, tandis que des sifflets et des rires fusaient dans mon dos. La main plaquée sur mon chapeau, je laissais Jasper filer à bride abattue, comme avant. Avant l'argent, les hommes et autres complications. Et le vent sifflant à mes oreilles, les yeux larmoyants dans l'air froid, j'ai enfin retrouvé cette sensation. Comme un coup de poing à l'estomac, un rappel du passé.

Je me suis sentie libre.

***

Les deux jours suivants ont été plus calmes et les cow-boys venus nous aider sont rentrés chez eux les uns après les autres après nous avoir abreuvées, Lil et moi, de compliments et de suggestions, entre autres celle de m'inscrire à l'épreuve de *barrel racing* du prochain rodéo. Bailey s'était même proposée pour m'entraîner ! Mais j'avais décliné la proposition. Après être restée si longtemps en selle, j'avais du mal à marcher. Un tel effort physique avait eu raison de mes jambes de Londonienne.

Dans le silence de ma chambre, alors que je m'étirais avec précautions pour soulager mon corps perclus de courbatures, mon téléphone s'est chargé de me ramener à la réalité. Le Wyoming ne représentait qu'une parenthèse dans mon existence. Une kyrielle de notifications s'était affichée durant le week-end : mon autre vie, celle qui continuait par-delà l'Atlantique, se rappelait à mon bon souvenir.

Avec un soupir, j'ai ouvert mon téléphone. À part un message d'Hestia qui voulait savoir si j'avais chevauché beaucoup de cow-boys, tous les autres étaient de Kyle.

Lottie, il faut qu'on parle. Je passerai après le travail.

Lottie, où es-tu ? Il est 21 h… tu es toujours au bureau ?

C'est ridicule, ce n'est pas ce que tu crois. S'il te plaît, ne fais pas l'enfant. Il faut qu'on parle.

J'ai fermé ma messagerie, ivre de rage.

L'enfoiré !

Ses e-mails ne valaient pas mieux. En tout, il y en avait quatre, tous du même tonneau, quatre misérables tentatives de *gaslighting*. Mais j'avais deux autres messages, deux propositions d'entretien consécutives aux candidatures que j'avais déposées dans la semaine. Fait intéressant, les entretiens devaient tous les deux se faire en visio : l'un juste avant mon départ du ranch, l'autre le lendemain de mon retour à Londres. Les deux concernaient des postes semblables à mon ancien job, au service marketing d'une banque et d'un cabinet juridique.

J'ai soufflé bruyamment pour évacuer toute ma tension. J'avais l'esprit en ébullition. Il fallait que je me prépare… mais avant tout, que je digère les messages de Kyle.

J'en étais là de mes réflexions quand on a frappé à la porte de ma chambre. La tête de Bailey est passée par l'entrebâillement.

—C'est Lil qui m'envoie pour t'aider à t'habiller pour aller au rodéo. Je ne suis pas très féminine, mais tu peux toujours venir piocher dans ma garde-robe, si nécessaire ? Parce que tu ne dois pas avoir apporté beaucoup d'affaires, si ?

J'ai pensé aux fringues que j'avais entassées à la va-vite dans le lave-linge, la veille, et que j'avais dû relaver ce matin, à cause de la poussière qui s'était incrustée dans les moindres fibres. Il ne me restait plus que des tenues de ville, mais si je me souvenais bien des rodéos auxquels j'avais assisté petite, ça ne ferait pas l'affaire.

—Je m'en remets entièrement à toi.

Poussant un soupir, j'ai resserré la ceinture de mon peignoir et j'ai balancé mon téléphone sur le lit.

Mais il continuait de peser dans ma main, et dans ma tête.

—Ça va ? s'est inquiétée Bailey en m'ouvrant la porte en grand.

—Oui, ai-je menti. Des histoires chez moi, rien d'intéressant.

Elle m'a scrutée de son regard limpide, perspicace.

—Si tu le dis, ma belle. Mais si tu veux mon avis, la meilleure chose à faire dans ces cas-là, c'est de te bourrer la gueule et de te dégoter un gentil cow-boy, histoire de passer le temps.

J'ai étouffé un petit rire, mais avec un pincement au cœur.

—Tu t'entendrais bien avec ma meilleure amie. (Hestia me manquait plus que jamais.) Et en effet, tu as peut-être raison.

La chambre de Bailey était étonnamment bien rangée. Les portes de sa penderie étaient déjà grandes ouvertes.

—Vu que le beau temps se maintient, je pense qu'on peut faire un mix, a-t-elle déclaré en considérant mes jambes avec un sourire.

Une demi-heure plus tard, quelque peu excitées d'avoir essayé la moitié de la garde-robe de Bailey, nous avons finalement opté pour une robe bain de soleil bleu ciel, presque assortie à la couleur de mes yeux. Je n'avais rien porté d'aussi court depuis la fac. Elle dévoilait mes jambes et aussi mon décolleté, ce dont je n'avais plus trop l'habitude après avoir passé un an à me boutonner jusqu'en haut.

—Tu es sûre que ce n'est pas *too much* ? J'ai un peu l'impression d'être toute nue…

J'étais partagée entre une certaine gêne et le plaisir que j'éprouvais à voir mon reflet dans la glace.

Bailey s'est contentée de pouffer.

—Moi, je te trouve très bien comme ça. Je te parie que la moitié du rodéo va se bousculer pour t'offrir un verre, a-t-elle affirmé en me faisant sortir de la chambre.

Elle m'a emmenée à la porte de derrière où elle a rapidement enfilé ses bottes.

—Je dois aller préparer Dunkin. T'as qu'à venir avec moi si tu veux me donner un petit coup de main.

En sortant de la maison, malgré mon chapeau, mes santiags et la veste en jean *cropped* que m'avait prêtée Lil, je me sentais encore toute nue. Surtout quand je me suis fait siffler par Jesse. Un lasso à la main, il était dans le corral avec Cole, à quelques mètres d'une tête de vache en plastique accrochée à des bottes de foin.

—Qu'est-ce que je t'avais dit ! lui a lancé Bailey en partant vers l'écurie. Concentre-toi sur ta cible, cow-boy ! On te paie pas pour attraper les filles au lasso !

—Qu'est-ce que tu lui as dit ? lui ai-je crié, n'osant pas regarder en direction de Cole.

—Que tu serais bien plus sexy en robe d'été que toutes ces *buckle bunnies* ! a-t-elle répondu en entrant dans l'écurie. T'as intérêt à faire gaffe !

Ne sachant trop si elle plaisantait, j'ai adressé un sourire plein d'appréhension à Jesse qui s'approchait de la clôture.

—Tu t'es déjà essayée au lasso, Lottie ? m'a-t-il demandé avec un sourire polisson.

Il avait revêtu la panoplie complète du rodéo, des jambières en cuir à la chemise au nom de Diamond Back.

—Quand j'étais petite, ai-je avoué timidement.

Par prudence, je n'ai jeté qu'un bref regard à Cole qui n'avait pas décollé des bottes de foin. Il affichait une expression neutre, mais il avait les bras croisés sur la poitrine dans une attitude monolithique.

—Bah, viens tenter ta chance ! m'a proposé Jesse. Si tu es aussi douée avec un lasso que sur un cheval, c'est que tu as ça dans le sang.

Il m'a invitée à escalader la clôture. Il se fichait de moi, ou quoi ? J'ai baissé les yeux sur ma robe courte, ce qui a eu le don de les réjouir tous les deux, et je me suis dirigée dignement vers la barrière du corral.

—Ça vaut le coup d'essayer, m'a dit Jesse en rassemblant son lasso.

Cole restait à l'écart, présent, mais distant, attentif aux moindres gestes de son ami.

Ma première tentative a été calamiteuse : j'ai loupé la tête de vache d'un kilomètre.

—Le geste était bon ! m'a encouragé Jesse, rayonnant. Il faut juste que tu vises mieux. Ah, zut ! faut que j'aille faire monter les chevaux dans les vans… Cole va me remplacer. Ancien champion du Wyoming ! Il était même meilleur que moi. Je sais, on a du mal à le croire quand on le voit…

Les bras toujours croisés sur la poitrine, Cole a regardé son pote d'un air incrédule.

—C'est bon, tu n'es pas obligé, lui ai-je dit en essayant maladroitement d'enrouler le lasso comme Jesse.

Tandis que ce dernier s'éloignait à grands pas vers l'écurie, Cole s'est approché lentement de moi et a enfin décroisé les bras.

—Ça ne me dérange pas, a-t-il répondu aimablement en m'invitant à lui donner le lasso.

Alors que je le lui tendais sans un mot, nos doigts se sont frôlés. J'ai vu le choc se refléter dans ses yeux. Il s'est figé, mais n'a pas retiré sa main. De mon côté, je restais muette, privée de la parole par son regard, le même que celui qu'il m'avait adressé l'autre nuit, ce regard rempli d'une promesse : Cole était prêt à reprendre là où nous en étions restés dans le bar, si jamais l'occasion se présentait.

—Tu vises un peu trop bas, a-t-il fini par me dire, me sortant de ma transe. Cherche plutôt l'espace au-dessus des cornes.

Il s'est reculé et a fait tourner brièvement le lasso au-dessus de sa tête, puis, d'un petit coup de poignet, il l'a lancé au-dessus de la cible, le tout en un mouvement fluide. Sauf que je ne regardais pas le lasso, je le regardais lui, me souvenant de ce que j'avais vu lorsqu'il était sorti de l'eau, cette fameuse nuit. Cette même vision qui depuis repassait en boucle dans mon esprit, accompagné par cette question lancinante : qu'est-ce qui se serait passé si je l'avais attiré dans la source où j'étais ? Ou si j'étais sortie de l'eau en même temps que lui ?

—Lottie ?

Il s'était rapproché de moi. J'ai levé les yeux.

—Tu n'y arriveras jamais si tu ne regardes pas la cible.

Prise en flagrant délit. Décidément, j'avais vraiment l'esprit mal tourné !

—OK, OK… ai-je bafouillé. Le lasso. Viser plus haut.

Je le lui ai repris des mains, ignorant son sourire sous le chapeau. Il savait à quoi je pensais, tout comme je devinais ce qu'il avait en tête.

J'ai tâché d'imiter sa posture, en espérant ne pas avoir l'air trop gauche.

Cole continuait de me guider.

—Voilà, et maintenant, forme une boucle plus large sans quitter les cornes des yeux. Encore un peu plus haut… oui, c'est ça. C'est pas mal du tout.

J'ai pris une inspiration et j'ai lancé le lasso en priant pour que ça marche et que je ne me tape pas trop la honte. Par je ne sais quel miracle, la boucle a attrapé l'une des cornes de la vache.

—C'est magnifique, même.

Rien que sa voix menaçait de me faire perdre mes moyens. Et dire que j'allais passer toute la soirée avec lui… Je n'étais pas sûre de tenir le coup.

—Non, ce n'est pas magnifique, ai-je répliqué en haussant les épaules tandis qu'il allait décrocher le lasso. Mais c'est mieux. Ça doit être la chance du débutant.

Cole a incliné la tête sur le côté, moqueur, attendant que j'affronte son regard.

—Non, je voulais dire…

D'un bref aller-retour de la main, il a désigné ma tenue.

— Ça, c'est magnifique. Mais ton maniement du lasso n'est pas mal non plus.

J'ai piqué un fard (ça devenait une habitude) en regardant le bout de mes santiags. Ne sachant quelle contenance adopter, j'ai choisi de continuer à le faire parler, de continuer à lui parler.

—Qu'est-ce qui t'a amené au lasso ? lui ai-je demandé tandis qu'il revenait vers moi d'un pas lent et mesuré.

—J'en ai toujours fait, depuis que je suis petit. C'est mon père qui nous a enseigné la technique, à mon frère et à moi, dès qu'on a eu l'âge de tenir un lasso.

Il s'est arrêté à un mètre de moi, aussi déterminé que je l'étais à garder ses distances.

—Ma famille a un petit ranch, de l'autre côté de Jackson, pile sur la frontière. Rien à voir avec ici, mais il y a quand même pas mal de choses à gérer. C'est mon frère qui est en train de prendre la relève, maintenant qu'il va se marier.

—Et le *bronc riding* ? Tu as commencé tout jeune, aussi ?

Ma question a jeté un froid. Cole a froncé les sourcils, le poing refermé sur le lasso. Je me serais mis des baffes ! Je me souvenais maintenant de ce que m'avait dit Jesse, c'était un sujet sensible pour lui.

J'ai avancé d'un pas, hésitante.

—Excuse-moi, je suis peut-être trop curieuse. Tu n'es pas obligé de me répondre.

J'étais très près de lui, maintenant. Il m'a dévisagée d'un regard limpide, avec la même franchise que lorsqu'il m'avait parlé de sa mère, l'autre nuit.

Il s'est passé la main sur la nuque.

—Non, c'est bon. Je n'en parle pas souvent, c'est vrai, parce que ça reste douloureux, mais j'ai peut-être tort.

Il a paru prendre sur lui et avant que j'aie pu lui renouveler mes excuses, il s'est lancé :

—J'ai commencé le *bronc riding* très jeune et je suis entrée sur le circuit vers quinze ou seize ans. Mais il y a trois ans, j'ai vu mon meilleur ami, Seth, se tuer lors d'une épreuve et j'ai décidé d'arrêter la compétition.

Ma gorge s'est serrée sous l'effet d'une violente empathie. Le souffle presque coupé par l'émotion, je me suis plaqué la main sur la bouche. La seule idée que… qu'une telle chose puisse arriver à Hestia…

—Oh, putain, ai-je soufflé, me sentant coupable d'avoir amené ce chagrin dans ses yeux. C'est… affreux. Je suis désolée de t'avoir obligé à en parler. Je ne peux même pas imaginer ce que tu…

Il a balayé mes excuses d'un signe de tête.

—Tu ne pouvais pas savoir.

Il a observé ma détresse avec intérêt.

—Et puis ça me fait du bien de penser à lui de temps en temps, tu sais ? Sans évoquer l'accident, mais en me rappelant tous les chouettes moments qu'on a eus ensemble. Il avait un sacré sens de l'humour, une répartie de fou, il n'arrêtait pas de se foutre de ma gueule.

Je n'ai pu m'empêcher de sourire, mais à mon grand soulagement, j'ai vu son visage s'éclairer.

—Il avait l'air super, ai-je commenté doucement.

—Je suis sûr qu'il t'aurait bien aimée. En tout cas, il aurait eu beaucoup de choses à dire sur… sur ta tenue.

Ce passage du coq à l'âne m'a prise de court. Mais le temps que je baisse les yeux sur ma robe, Cole avait fait un dernier pas vers moi et a effleuré ma nuque. Son beau visage était assez proche pour que je distingue l'ombre de barbe noire sur sa mâchoire et une tout autre émotion au fond de ses yeux.

—Cole, je…

Il a lâché le lasso qui est tombé à mes pieds.

—Dis-moi que tu ne veux pas qu'on reprenne là où on en était restés au bar, a-t-il murmuré, sa main se promenant sur mon décolleté, juste à la naissance de mes seins. C'est pour me torturer que tu as mis cette putain de robe, hein ?

Une fois de plus, je suis restée muette de saisissement. Et ma dernière goutte de sang-froid s'est évaporée lorsque ses doigts sont remontés jusqu'à ma bouche et ont caressé mes lèvres jusqu'à les entrouvrir. J'avais envie qu'il supprime l'espace entre nous.

—Cole !

C'était la voix de Bailey.

—Cole, tu peux me filer un coup de main ? Cette saleté de rampe s'est coincée.

Nous nous sommes écartés d'un bond et Cole est immédiatement parti vers l'écurie. Restée seule, j'ai tenté de reprendre une respiration normale. Éprouvant le besoin d'occuper mes mains tremblantes, j'ai ramassé le lasso et je l'ai enroulé en une sorte de grande boucle.

À ce moment-là, Jesse est passé devant le corral avec son cheval. Il se dirigeait vers le van accroché à un énorme pick-up Dodge rouge.

—Viens, Lottie, et prends le lasso ! m'a-t-il lancé. Tu fais le trajet avec moi, ma jolie.

10

Le rodéo était en tout point conforme à mes lointains souvenirs.

Par-delà les gradins, des traînées dorées et abricot s'étiraient sur les cimes enneigées et tandis que le jour se fondait dans la nuit, l'ambiance s'est modifiée sous la lumière des projecteurs. On aurait dit que toute la ville avait débarqué, les gens du coin et les touristes se mêlant dans un vacarme de conversations, de musique country et d'annonces au micro.

—C'est le premier rodéo de la saison, m'a dit Lil alors que nous entrions. Allons chercher à boire avant que ça commence. C'est Bailey qui passe en premier, je crois, il faut qu'on se trouve de bonnes places sur le devant.

Nous avons fendu la foule de plus en plus nombreuse pour aller vers la buvette et les stands moins animés du fond. Je me laissais guider par Lil. J'avais perdu Jesse de vue depuis qu'il m'avait déposée à l'entrée, Bailey et Cole avaient eux aussi été engloutis par la foule. Ils devaient être en train de préparer Dunkin, quelque part. De mon côté, je faisais semblant de ne pas chercher Cole du regard, de ne pas guetter sa grande silhouette baraquée dans la foule.

—Je sais bien que c'est avant tout un divertissement, ai-je dit afin de repousser le souvenir de ses doigts s'égarant sur ma poitrine. Mais est-ce qu'il y a une autre raison pour que tous tes cow-boys fassent du rodéo ? D'accord, le vainqueur reçoit de l'argent, mais tu ne feras pas croire que c'est ça qui les motive, alors qu'ils risquent de se faire fracasser le crâne par un taureau ?

Lil m'a souri. Nous étions arrivées à la buvette. Elle a pris une bière et m'a laissée choisir ma boisson.

—D'un point de vue commercial, ça nous fait de la pub, a-t-elle répondu en désignant le nom du ranch qui était brodé au dos de sa veste. Mais ça va plus loin. Bailey, Jesse… tous les cow-boys bossent sacrément dur. Ça leur permet de décompresser, d'être reconnus pour leurs compétences et de mettre un peu de beurre dans les épinards. Mais surtout, c'est une tradition, chez nous : c'est pour ça qu'on est là.

Elle m'a désigné les places qu'elle convoitait.

—Qu'est-ce qu'il y a comme touristes ! me suis-je exclamée.

Autour de nous, les gens rayonnaient d'enthousiasme et faisaient selfie sur selfie à côté du panneau « Jackson Hole Rodéo ».

—Le ranch est sur les réseaux sociaux ?

—Tu rigoles ?

Lil a éclaté de rire, pendant que nous nous glissions entre les sièges pour nous asseoir sur les premiers gradins.

—Tu as vu les semaines qu'on se tape au ranch : à quel moment tu crois qu'on aurait le temps de faire ça ?

J'ai haussé les épaules.

—Ce n'est pas si compliqué que ça, une fois que tu as créé un compte. Et il y a presque trop de photos et de vidéos à faire, ici.

Mes pensées se sont de nouveau orientées vers Cole : la tempête que provoquerait une vidéo de lui barbotant dans une source chaude si on la postait sur les réseaux sociaux… La façon dont son regard avait soutenu le mien à travers la vapeur d'eau, les gouttes qui dégoulinaient sur son torse nu et glissaient sur ses abdos jusqu'à s…

—Ça va, Lottie ? Tu m'as l'air un peu ailleurs depuis qu'on a déplacé le bétail.

Troublée, j'ai inspiré à fond, puis j'ai pris une longue gorgée de bière.

Haussant les épaules avec une fausse désinvolture, je me suis mise à lui parler de mes entretiens d'embauche et de la diatribe de Kyle qui n'avait rien trouvé de mieux que de recourir au bon vieux *gaslighting*.

—C'est un vrai serpent, ce type… a commenté Lil, incrédule.

Autour de nous, les gradins se remplissaient ; l'excitation des spectateurs faisait vibrer l'arène d'une énergie palpable.

—Bailey m'a conseillé, je cite : « de me bourrer la gueule et de me dégoter un cow-boy », ai-je dit en jetant à Lil un coup d'œil interrogateur.

Elle m'a regardée d'un air amusé.

—Tu me demandes la permission ou quoi ?

J'ai dégluti. *Pas tant ta permission que ton pardon.*

Le *speaker* de l'événement m'a évité d'avoir à répondre et le spectacle a commencé. Un cavalier a lancé la soirée par un tour de l'arène, en brandissant un énorme drapeau américain qui ondoyait dans les lumières des projecteurs. Une musique atrocement forte cognait dans les gradins. Les concurrentes du *barrel racing* sont entrées les premières : Bailey était la troisième de la douzaine de filles.

Bouche bée, je l'ai vue débouler à fond de train sur la terre battue, les cheveux libres pour une fois. La robe dorée de Dunkin chatoyait sous la lumière des projecteurs. Comme une traînée de feu, ils ont foncé vers les trois tonneaux disposés en triangle, prenant les virages aussi serrés que possible pour décrire des figures en forme de trèfle. Les angles qu'ils trouvaient défiaient toutes les lois de la physique.

—La vache ! ai-je sifflé, admirative. Comment elle fait ça ?

Lil a ri et vidé sa bière.

—Ils sont magiques, ces deux-là. Comme toi et Jasper. Mais avec les longues jambes qu'il a, celui-là, tu ne pourras jamais le faire tourner autour de ces tonneaux, y a rien à faire !

J'ai éclaté de rire. Je voyais ça d'ici ! Jasper était trop grand pour prendre des virages aussi serrés. Sa foulée longue et élégante était à des kilomètres de l'impétuosité tonique de Dunkin dont la morphologie ramassée et l'équilibre sans défaut donnaient une impression de facilité à cette épreuve redoutable.

—Tu as impressionné Cole, tu sais, m'a confié Lil au bout d'un moment.

J'ai failli en avaler ma bière de travers.

—Quand on a déplacé le bétail. Tu as campé sans faire de chichis et au retour, Jasper et toi, vous vous êtes vraiment bien débrouillés du côté gauche. C'est bien simple, je n'ai presque rien fait, moi, j'avais l'impression d'être en vacances.

—Je crois que ça s'est bien passé, oui… ai-je répondu, n'osant pas m'aventurer au-delà.

—Cole n'est pas très fan des filles de la ville, t'as bien vu, alors c'est que tu as assuré.

J'ai hoché lentement la tête.

—Oui, Cole a l'air… d'un mec bien.

Lil s'est tournée vers moi d'un air interrogateur.

Je me suis mise à bredouiller :

—Je veux dire que… qu'il t'a sans doute dit ça parce que je suis ta cousine.

Réponse vaseuse qui n'a pas abusé Lil.

—Cole est le meilleur de tous, a-t-elle déclaré lentement, en me dévisageant avec sérieux.

J'ai baissé la tête pour me planquer sous le bord de mon chapeau. Et merde.

—Tu sais, je l'aime bien, sans plus, ai-je déclaré en lui coulant un regard. En ce moment, ma vie à Londres est beaucoup trop compliquée pour laisser de la place à autre chose. Je ne sais même plus où j'en suis avec Kyle… La semaine dernière, c'est tout mon univers qui a été chamboulé, tu comprends ?

Le regard inquisiteur de Lil s'est radouci.

—Mais tu ne vas pas te remettre en couple avec lui, pas vrai ? Pas après ce qu'il t'a fait. Quant à ton nouveau job… ma foi, rien n'est encore signé, si ?

Ne sachant trop quoi répondre, j'ai froncé les sourcils tandis que les dernières *barrel racers* déboulaient dans l'arène.

—Moi, tout ce que j'en dis, c'est : fous-toi un peu la paix, a poursuivi Lil. Essaie de te laisser porter au lieu de vouloir forcer les choses.

Son discours, d'une logique irréfutable, sonnait juste à mes oreilles.

À ce moment-là, le *speaker* a annoncé le classement provisoire : Bailey occupait la première place, mais la dernière concurrente n'était pas encore passée.

Lil et moi nous sommes agrippées par la main et, le cou tendu, nous avons suivi le parcours de la dernière cavalière, ses virages soulevant de la poussière et arrachant des cris et des acclamations de joie à la foule.

Quand elle a franchi la ligne d'arrivée, le *speaker* a annoncé son chrono.

Son temps était inférieur d'une seconde à celui de Bailey !

Lil et moi avons bondi de nos sièges en hurlant comme des folles et en nous étreignant dans des éclaboussures de bière. Autour de nous, des gens se sont mis à interpeller chaleureusement Lil. Un groupe d'hommes et de femmes à notre gauche l'ont embrassée tout en lançant des sifflets en direction de l'arène où Bailey et Dunkin, triomphantes, faisaient leur tour d'honneur.

***

Entre deux épreuves, nous sommes allées voir la cage de contention de l'épreuve de *roping*. Jesse était en train de se préparer. Non loin de là, Cole bavardait avec un groupe de cow-boys, le pied calé sur l'une des traverses de la cage, un sourire détendu aux lèvres.

Mon ventre s'est liquéfié. J'ai bu une gorgée de ma bière, histoire de me donner une contenance, mais je n'ai pas détourné la tête assez vite et nos yeux se sont croisés. Le cow-boy à qui il parlait s'est tourné vers moi, mais je regardais ostensiblement en direction de l'arène. C'est alors qu'une bande de mecs s'est approchée de nous.

—Zut, a murmuré Lil.

Jesse s'est redressé et son sourire s'est crispé. Il est aussitôt allé au-devant d'eux, soudain très imposant.

—C'est qui, ces gens ? ai-je demandé à Lil, consciente que pour qu'ils hérissent Jesse à ce point, ça ne devait pas être des enfants de chœur.

—Des connards du ranch d'Elk Creek. Viens, Lottie, on se tire. Cole et Jesse vont s'occuper d'eux.

J'ai regardé par-dessus mon épaule. Cole avait emboîté le pas de son pote, suivi par deux autres cow-boys. Arrivé devant la bande d'Elk Creek, il s'est campé devant eux d'un air menaçant et dominateur.

—Il faut qu'on appelle quelqu'un ? Les gars de la sécurité ? me suis-je vaguement affolée.

—Mais ma cocotte, c'est eux les gars de la sécurité ! a répliqué Lil dans un petit rire, le regard dur.

Elle a vidé sa bière.

—On est au Wyoming, je te rappelle, la police, c'est une denrée rare, dans le coin. Le maintien de l'ordre, on s'en occupe nous-mêmes.

***

Le reste du rodéo est passé vite. L'épreuve de *roping* touchait à sa fin. Dans sa tenue western immaculée, Jesse a jailli dans l'arène avec son lasso et en un clin d'œil, il a attrapé la vache et l'a immobilisée.

Mais Lil restait crispée, le regard fixé sur les cow-boys d'Elk Creek assis en dessous de nous.

—Qu'est-ce qui se passe entre toi et ces mecs-là ? l'ai-je interrogée à voix basse au cas où l'une de leurs connaissances ait été assise près de nous.

—Ce sont eux qui ont voulu acheter le ranch à ma mère. Ils ont recouru aux pires coups bas pour la faire céder. Leurs terres jouxtent les nôtres, en bas, près de la route. Mais tu comprends, c'est nous qui avons les meilleures pâtures, les itinéraires les plus pittoresques, les couchers de soleil, les sources d'eau thermale… Et tout ça, ils le veulent. Ça fait cinq ans maintenant que je fais ranch équestre et ça commence à bien marcher.

Je me suis mordu la lèvre. Ça m'ennuyait de voir que ça l'affectait autant.

—Est-ce qu'ils cherchent toujours à acheter le ranch ? ai-je demandé.

Mon estomac s'est noué lorsqu'elle a acquiescé. Nous avons suivi les exploits des autres *ropers* en silence, laissant les acclamations des spectateurs remplir tout l'espace. Le cerveau en surrégime, je repensais à tout ce que m'avait dit Lil, et aussi à tout ce qu'elle m'avait tu. Ça devait être tentant de se débarrasser de l'inquiétude et du stress perpétuel qu'engendrait la gestion du ranch pour pouvoir mener une vie plus classique. À seulement vingt-huit ans, Lil devait assumer les responsabilités d'une personne de dix ans de plus.

Je me suis soudain sentie minable. Que mes problèmes étaient futiles, comparés aux siens ! Et que dire de l'immaturité de ma conduite… Moi qui, au premier obstacle, m'étais enfuie.

Lil a bondi de son siège.

—Oui, Jesse ! Putain, il l'a fait, Lottie !

Nous nous sommes de nouveau embrassées et j'ai suivi ma cousine qui s'était précipitée au bas des gradins pour féliciter son cow-boy. Je suis restée un peu en arrière, trop absorbée par mes réflexions pour avoir une énergie égale à la sienne.

***

À peine une heure plus tard, j'étais à Jackson. Ayant ramené les chevaux au ranch, Bailey était restée là-bas pour panser Dunkin après leur victoire, mais Lil m'avait quasiment traînée jusqu'à un bar à l'extrémité ouest de la ville, où nous devions retrouver Jesse et Cole.

—La première tournée est pour moi, a-t-elle annoncé comme nous entrions.

Le bar était rempli de gens qui sortaient du rodéo. Après le calme endormi de la rue, la musique et le brouhaha m'ont aussitôt agressé les oreilles.

—Allez, Lottie, arrête de ruminer je ne sais quoi ! Ça fait un bail qu'on n'a pas eu de raison de faire la fête.

Lil m'a regardée avec insistance, jusqu'à ce que je lève les yeux au ciel avec un sourire.

—Il te faut quelque chose de plus costaud qu'une bière, a-t-elle décrété.

Et sans me laisser le temps de protester, elle a braillé notre commande en direction du comptoir. En la reconnaissant, les employés l'ont félicitée pour les résultats du ranch et certains habitués, accoudés au zinc, ont fait de même. Pour ma part, je faisais l'objet de nombreux regards inquisiteurs. Était-ce en raison de ma robe ou de ma ressemblance avec Lil ? Je n'aurais pas su le dire.

On m'a mis un petit verre dans la main.

—Des *shots* ? ai-je gémi tandis que Lil trinquait avec moi et me faisait signe de boire cul sec.

J'ai porté le verre à mes lèvres et fermant les yeux, j'ai obéi. J'ai fait la grimace.

C'était de la tequila.

D'un seul coup, je me suis retrouvée à Londres, parcourue par la même chaleur acide que lorsque j'avais cautérisé à l'alcool la morsure de la trahison.

—Tiens ! Bois ça, maintenant.

J'ai considéré le verre que me tendait Lil. Un whisky *on the rocks*. Hum, voilà qui me rappelait un souvenir bien différent…

—Hé, pas si vite ! a protesté Jesse en s'approchant de Lil. Dis donc, patronne, tu te soûles sans nous ?

Machinalement, j'ai regardé autour de moi, à la recherche de Cole.

À cet instant, des lèvres ont effleuré mon oreille. J'ai sursauté, mais quand j'ai voulu me retourner, un bras puissant s'est refermé sur ma taille, et je me suis retrouvée plaquée contre un corps très chaud et très ferme.

—Je suis là, Princesse.

Mais avant que les autres aient pu remarquer quoi que ce soit, il s'était déjà déplacé et remerciait Lil d'un signe de tête pour le verre. Comme si de rien n'était. Il a de nouveau croisé mon regard tandis que Jesse nous conduisait tous vers la scène où un groupe de country mettait l'ambiance. Les gens dansaient depuis déjà un bon moment, les litres de bière bus durant le rodéo ayant très tôt donné le coup d'envoi de la soirée.

J'ai compris que j'allais devoir faire un choix. Soit vivre l'instant présent, lâcher prise et m'amuser avec les autres, soit écouter la voix de la raison, me conduire de manière sensée et ne pas reproduire les ennuis qui m'attendaient encore outre-Atlantique.

Lil a pris la décision à ma place. Elle apportait une nouvelle tournée de whisky.

—J'arrive avec du renfort ! m'a-t-elle crié par-dessus la musique. Allez, montre-moi de quoi tu es capable, espèce de British !

J'ai regardé Cole à la dérobée. Qu'est-ce que je savais de lui, en fait ? Pas grand-chose. Mais qu'est-ce que je savais de Kyle, avant qu'on se mette en couple ? Pas grand-chose non plus… En fait, c'était peut-être ça, mon problème. J'avais tendance à me précipiter, à foncer tête baissée dans une relation. Ou alors, à l'époque où j'avais rencontré Kyle, je n'avais pas encore assez de plomb dans la cervelle. Mais Cole, lui, n'avait rien à voir avec Kyle. Preuve en était la façon dont il avait soutenu ma cousine dans la tempête.

J'ai vidé mon second whisky d'un trait et je me suis laissée entraîner parmi les gens qui dansaient. Le groupe était bon : ils faisaient de la country tendance rock, enchaînant les morceaux vifs et enlevés, et de toute évidence, Lil était fan. Elle rayonnait de plaisir. Son enthousiasme était si contagieux qu'oubliant mes soucis et mes prises de tête, je me suis laissée aller à la musique. Cinq ou six chansons plus tard, nous dansions toujours, désinhibées par le second whisky, quand une main s'est posée sur ma hanche.

—Vous faites sensation, toutes les deux…

J'ai fait volte-face.

À ma droite, sous un chapeau de cow-boy foncé se tenait un homme au visage dur et à la barbe sombre, en broussaille.

—Moi, c'est Eli. Je suis d'Elk Creek, a-t-il précisé face à mon air troublé.

J'ai reculé en attrapant la main de Lil.

—Qu'est-ce que tu veux ? ai-je demandé en m'armant de courage.

J'avais senti ma cousine se raidir.

Le type a souri.

—Je vois qu'elle t'a déjà mise au courant de la situation. Mais je ne suis pas venu pour parler de ça… Ça, c'est le business. Ce soir, je suis venu pour m'amuser et j'aimerais bien t'offrir un verre.

J'ai secoué la tête.

—Non, merci.

—Allez, ma jolie, j'ai l'impression tu aimerais bien qu'on te fasse voir un peu de pays.

Insidieusement, ses mains sont descendues vers mes hanches.

—Eli, si tu veux garder l'usage de tes sales pattes, va falloir que tu les ôtes de là.

La chaleur de Cole, que je commençais à bien connaître maintenant, s'est propagée dans mon dos alors que son ombre tombait sur le cow-boy d'Elk Creek, plus petit que lui.

—Ça va, ça va… on se calme, a dit Eli en s'écartant de moi.

Lil a retenu Cole par le bras.

—C'est bon, tu ne vas pas commencer…

—Ce n'est pas moi qui ai commencé… a-t-il répliqué d'une voix grondante.

Il continuait de fixer Eli d'un regard mauvais. J'ai senti son bras m'enserrer la taille et sa main se caler sur ma hanche.

—… mais s'il n'arrête pas de regarder ta cousine comme ça, c'est moi qui le finirai.

J'avais du mal à respirer. Enveloppée par son corps, par son odeur, par la sensation de ses doigts… même à travers le fin tissu de ma robe, ça me faisait le même effet que ce premier soir, dans l'autre bar. C'était une sensation irrésistible. Complètement enivrante. Kyle ne m'avait jamais fait cet effet-là. Personne, d'ailleurs. Un bref moment passionné dans un bar, suivi d'une dizaine de jours de flirt, m'avait davantage fait vibrer que plus d'une année auprès de l'homme dont je croyais être amoureuse.

Frappée de plein fouet par cette réalité, j'ai porté la main à ma gorge, suffoquée. Comment avais-je pu être amoureuse de Kyle ? Comment une telle chose avait-elle été possible alors que le simple contact de Cole suffisait à me faire tout oublier, à éveiller en moi tant de sensations inconnues ?

Tandis qu'Eli battait en retraite parmi la foule, Lil a menacé Cole du regard et elle est partie vers le bar, nous laissant seuls tous les deux.

—Ça va ? s'est-il enquis d'un ton bourru.

J'ai fait oui de la tête, n'osant même pas parler. Mon regard s'est égaré vers sa bouche, avant de revenir vers le brun chaud de ses yeux. Mais il avait l'esprit ailleurs.

— Il continue de nous regarder, ce con… a-t-il marmonné en se pinçant la base du nez. Lil va me tuer si je lui casse la gueule.

— Alors, ne le fais pas. Il y a d'autres façons de lui mettre les points sur les I.

Cole m'a dévisagée sans comprendre.

Cette fois, c'est moi qui ai posé ma main sur sa hanche, tandis que de l'autre, je lui effleurais les doigts. Il les a aussitôt refermés sur les miens, l'air faussement inquisiteur.

— Qu'est-ce que tu as derrière la tête, Princesse ?

— Donne-moi une seule raison de ne pas te toucher, ai-je murmuré.

Ses yeux se sont allumés de désir et il m'a pris la joue en coupe. Nos lèvres se sont épousées précipitamment, douces et pressantes à la fois. Au milieu des danseurs qui nous bousculaient, nous étions seuls au monde, consumés par les sensations. Plaquée contre son torse, je ne pensais qu'à une chose : trouver un endroit calme pour arracher tout ce qui séparait ma peau de la sienne.

Nous nous embrassions comme si nous avions enfin trouvé quelque chose que nous recherchions désespérément. Ses doigts ont réussi à s'échapper des miens pour aller dessiner le contour de mes seins. Je l'ai encore attiré à moi, le souffle court. Nos caresses devenaient trop sensuelles pour continuer devant tout le monde. À cet instant, quelqu'un a poussé un sifflement mi-canaille, mi-admiratif, et nous avons interrompu notre baiser pour reprendre notre respiration.

— Je n'ai pensé qu'à ça toute la journée, a-t-il murmuré contre mes lèvres. Toute cette putain de semaine, même. Et il y a encore beaucoup d'autres choses que j'aimerais te faire, mais pour ça, faudrait un endroit plus intime qu'un bar… ou qu'un couloir.

Je me suis légèrement reculée en souriant.

—J'aimerais bien, mais…

Il a poussé un soupir, les bras toujours noués autour de moi.

—Je sais.

Il s'est écarté de moi à contrecœur et, baissant les yeux, il m'a demandé d'une voix hésitante :

—Tu repars quand en Angleterre ?

J'ai eu l'impression de recevoir un seau d'eau glacée sur la tête.

Jesse est soudain apparu à ma gauche, suivi par Lil. Il apportait une autre tournée de whisky.

—Qu'est-ce qui s'est passé ? Eli a cherché la bagarre ?

—Il a tout fait pour, oui, a répliqué Cole.

Et sans me quitter des yeux, il a pris le verre que lui tendait Jesse. Il a froncé les sourcils en voyant que je changeais de visage.

—Ah non, ne me dis pas que tu t'es battu ! a rouspété Lil. Je viens de jurer à Bill qu'il n'y aurait pas de grabuge ce soir. Je te préviens, Cole, je n'ai pas de quoi payer la casse.

Jesse et elle le regardaient d'un air sévère.

Je me suis interposée.

—Tout va bien ! Cole a fait semblant d'être avec moi, du coup Eli a lâché l'affaire et il est parti.

Devant l'air abasourdi de Jesse, j'ai haussé les épaules avec désinvolture.

—Ça a marché.

Tandis que Jesse tapait dans la main de Cole avec un sourire penaud, Lil me regardait d'un air suspicieux. Une fois de plus, j'ai haussé les épaules, mais son expression demeurait tendue.

—Je me méfie d'eux, a-t-elle dit en jetant un coup d'œil en direction du bar où s'étaient agglutinés les cow-boys d'Elk Creek. Allez, on se tire : ces connards cherchent la bagarre, j'en suis sûre.

Cole a acquiescé et s'est effacé pour les laisser passer, elle et Jesse. J'allais les suivre vers la sortie quand il m'a pris la main au passage.

Il a repoussé le bord de son chapeau.

—Pour ton info, je ne faisais pas semblant, tout à l'heure. Je sais que tu repars bientôt, et que peut-être tu ne t'attendais pas à ça en venant voir ta cousine… mais un baiser comme celui-là, ça n'arrive pas deux fois dans la vie. Moi, en tout cas, je n'ai jamais rencontré quelqu'un comme toi, Lottie.

J'ai scruté son visage : je voulais tout emporter avec moi, graver chacun de ses traits dans ma mémoire pour pouvoir m'en souvenir quand je serais rentrée en Angleterre.

—Moi non plus, Cole, je n'ai jamais rencontré quelqu'un comme toi.

J'étais incapable de lui dissimuler ma tristesse, et d'ailleurs je n'essayais même pas.

—Je… je n'ai pas envie de repartir à Londres. Je… Je ne veux pas me priver de tout ça.

Il m'a caressé la paume du pouce.

—Alors, ne repars pas. *Fuck* Londres !

Comme si c'était aussi simple ! Mais le whisky m'a donné l'audace de prononcer les mots qui s'étaient formés immédiatement dans ma tête.

—Et *fuck me*, du coup ?

Il a ouvert de grands yeux, incrédule.

—Décidément ! Quels vilains mots dans une si jolie bouche… a-t-il murmuré en me poussant à avancer à la suite des autres.

Il me tenait la main, mais ça ne se voyait pas, dans la foule.

—Si tu savais ce que j'ai envie de lui faire à cette bouche…

Je me suis retournée pour lui dire que je l'imaginais très bien, quand il a soudain changé de physionomie. Il fixait la porte d'un air dur.

—Reste là, a-t-il dit en me lâchant la main, non sans l'avoir serrée doucement.

Et d'un pas décidé, il s'est dirigé vers les cow-boys d'Elk Creek qui s'étaient massés autour de ma cousine.

—… pourras pas repousser indéfiniment, Lil. Pas avec le nouvel investisseur qu'on a. Il a des poches plus profondes que la vallée et toute une équipe qui est derrière nous. Je te garantis que d'ici Noël, t'auras dégagé de ce ranch.

Cole s'est planté à cinquante centimètres du dénommé Eli.

—Je le redis, enfoiré, t'approche pas d'elle… Ni de nous ni du ranch. Combien de fois va falloir que je te casse la gueule pour que tu piges, putain ?

Il écrasait le type de sa hauteur, Jesse en renfort à ses côtés.

—Du calme, Miller. Je suis que le messager, moi. Mais tu peux galocher toutes les jolies filles que tu veux… Ça t'empêchera pas d'être SDF au printemps.

Cole a laissé passer quelques secondes. Tétanisée, je m'attendais à ce qu'il lui expédie son poing dans la figure… mais non, il a continué vers la porte, flanqué de Lil et de Jesse. Je n'ai eu que le temps de lui emboîter le pas et nous sommes sortis dans la nuit froide.

11

Les trois chalets étaient un modèle de chic campagnard. J'ai ouvert les fenêtres pour aérer, selon les consignes que Lil m'avait balancées la veille, quand j'avais accepté de lui donner un coup de main pour accueillir les hôtes. Ils ne devaient pas arriver avant le jour suivant, mais j'avais besoin de me changer les idées. Terriblement besoin.

À une heure du matin, j'avais laissé Lil, Jesse et Cole en train de jouer aux cartes dans la cuisine. Après les menaces proférées par les cow-boys d'Elk Creek, Cole et moi avions rendossé nos rôles respectifs de responsable de ranch et de cousine pour réconforter Lil en tentant de lui proposer des solutions.

Nous faisions de notre mieux pour que nos regards ne se croisent pas.

J'ai soupiré, puis éternué en retapant avec énergie les coussins du vaste canapé. Ma cervelle en gueule de bois essayait tant bien que mal de se rallumer. Il devait bien y avoir un moyen d'aider réellement Lil, de la débarrasser de ces salauds d'Elk Creek ! Et qu'est-ce qu'ils avaient après Cole, exactement ? J'aurais bien aimé le savoir…

Je me suis assise un moment sur le canapé, les bras chargés de parures de lit propres. Des particules de poussière tourbillonnaient dans le rai de lumière qui frappait le tapis ethnique, juste en face du poêle à bois qui trônait dans le coin. Si nous avions pu nous enfermer ici à double tour, Cole et moi, la chaleur du feu rendant tout vêtement superflu…

Stop ! Il fallait que je me reprenne, que je réfléchisse à ce que ça impliquait d'un point de vue pratique, avant de me lancer tête baissée dans… dans quoi, d'ailleurs ? Une brève aventure avec un mec pansement ? Il me restait cinq jours à passer ici dont trois seraient consacrés à la préparation de mon entretien d'embauche. Ça ne me laissait pas de temps pour une aventure sans lendemain.

Je n'ai jamais rencontré quelqu'un comme toi… Fuck *Londres !* Les paroles de Cole résonnaient dans mon esprit. Une bouffée de frustration m'a envahie. Pourquoi fallait-il que je rencontre quelqu'un comme lui maintenant, au moment le plus incertain de ma vie ? En plus, pour une fois, appeler Hestia ne réglerait rien. Elle me dirait d'écouter mon cœur et… ça ne marcherait pas. Si ?

Me forçant à me lever du canapé, j'ai respiré profondément, deux ou trois fois, et je me suis remise au travail. J'ai fait le lit et j'ai récuré la salle de bains comme si on attendait la famille royale. Lil avait apporté quelques touches de déco, çà et là : deux vases anciens sur la cheminée, un beau miroir en bois flotté au-dessus d'un buffet. Mais l'ensemble donnait une impression de… d'austérité. Comme si l'on avait pioché des objets au petit bonheur la chance, au lieu d'essayer de créer une véritable atmosphère.

À mes yeux, le Wyoming représentait la famille (biologique, mais aussi de cœur), les vacances et un havre de paix. Mais le Wyoming, c'était aussi l'État des cow-boys, avec ses paysages spectaculaires et son ciel infini. Or ces chalets ne reflétaient rien de tout ça.

Je me suis figée, sous le coup d'une subite inspiration. Les coussins de ma chambre ! Ils s'assortiraient à merveille au tapis et donneraient au lit un côté encore plus douillet. Et le pêle-mêle en étain avec sa collection de cartes postales du Wyoming d'antan ! Il se marierait parfaitement avec les couleurs de la salle de bains.

Le ménage terminé, j'ai ôté mes gants et je suis sortie. J'ai pris le chemin qui menait à l'entrée du second chalet, à gauche. Dans une petite platebande, de délicates fleurs jaunes se balançaient au gré de la brise, devant de longues graminées à plumeau. J'en ai cueilli quelques-unes, pas trop pour ne pas gâcher le côté prairie sauvage et je suis retournée dans le premier chalet pour arranger le bouquet dans l'un des vases anciens. Je l'ai rempli d'eau et je l'ai posé sur le buffet, sous le miroir en bois flotté. Et voilà. La première chose qu'on verrait en entrant, ce serait un instantané vivant et lumineux du ranch.

Galvanisée par cette petite victoire, j'ai trottiné jusqu'à la maison, balayant du regard la descente qui menait à l'écurie et au corral. Aucun signe de vie. Je n'avais toujours pas vu Cole, aujourd'hui… Comment allions-nous rebondir après la soirée d'hier ? Que les autres aient gobé ou non notre histoire de baiser factice, il fallait qu'on mette les choses au point, lui et moi. Qu'on réfléchisse à ce qui nous arrivait. Si tant est qu'il y ait matière à réfléchir.

Je suis allée droit à ma chambre, sans prendre la peine d'enlever mes santiags. J'arrivais à la porte quand le téléphone s'est mis à sonner dans le bureau de Lil, à l'autre bout du couloir. J'ai hésité, l'oreille aux aguets. Était-elle dans la maison ou fallait-il que j'aille décrocher ?

Mais le répondeur s'est enclenché. J'ai entendu un bip, suivi d'un silence et…

—Bonjour, je m'appelle Jenna.

Je me suis rapprochée à pas de loup pour écouter.

—J'étais au rodéo hier soir avec mes parents. J'appelle parce qu'on cherche un ranch pour organiser une grande réunion familiale, cet été. L'endroit qu'on a l'habitude de louer est déjà pris et il se trouve qu'on a, euh… qu'on a… remarqué le cow-boy de chez vous qui a remporté l'épreuve de *roping*… Jesse, c'est ça ?

Elle a pouffé et repris d'un ton plus léger :

—Enfin, on a repéré le nom du ranch sur sa veste et on vous a cherché sur Google. J'avoue que je ne connaissais pas du tout le Diamond Back… mais les chalets ont l'air très sympas et puis c'est tellement proche de Jackson que… Bref, j'appelais pour savoir si vous avez des disponibilités au mois de juillet…

J'ai ouvert la porte du bureau et je suis allée décrocher.

—Bonjour, me suis-je entendue dire. Moi, c'est Lottie, je fais partie de l'équipe du Diamond Back. Je vous remercie beaucoup de votre message, mais je n'en ai entendu qu'une petite partie… c'est bien une semaine que vous voudriez réserver en juillet ? Je suis sûre qu'on va pouvoir vous trouver ça…

J'avais le cerveau qui turbinait à cent à l'heure. Tout en parlant, je farfouillais dans le PC de Lil, à la recherche de son logiciel de réservations… en vain. Mon regard s'est alors posé sur son agenda. Bingo ! Elle notait tout là-dedans, à l'ancienne. Quelques réservations au printemps y étaient griffonnées d'une écriture de chat, mais il n'y avait rien du tout pour l'été, ai-je constaté avec inquiétude.

Après avoir réservé les trois chalets sur une semaine fin juillet pour Jenna et sa famille, j'ai raccroché, l'esprit toujours en effervescence. Si ces personnes avaient choisi de dépenser plusieurs milliers de dollars pour passer une semaine au Diamond Back, c'était pour trois raisons. Les deux premières ne dépendaient pas de nous : Jackson

Hole était un lieu magnifique et la destination préférée d'une tonne de touristes. Résultat, il fallait s'y prendre des mois à l'avance pour espérer trouver une location. La troisième raison, en revanche – la plus importante, car nous avions la main dessus –, c'était que Jesse avait attiré le regard d'une potentielle cliente et retenu son attention assez longtemps pour lui vendre le ranch tout entier.

Et si je tenais là le moyen de venir en aide à Lil, concrètement ? Et si je parvenais à repousser les assauts d'Elk Creek une bonne fois pour toutes en faisant du Diamond Back une destination touristique à part entière ?

Une idée germait déjà dans mon esprit, accompagnée par une farandole de *green flags* et de pouces levés. C'était une sensation d'évidence, pas d'éventualité. La même que j'avais ressentie en embrassant Cole, hier soir.

Je suis ressortie comme une flèche de la maison. Au diable les coussins ! Je m'en occuperais plus tard.

—Lil ?

Certaine d'avoir entendu sa voix dehors, j'ai foncé du côté de l'écurie, les cheveux au vent. Mes boucles devaient être en bataille, mais pour une fois, je m'en fichais. Tout ce qui comptait, c'était ce que j'allais annoncer à ma cousine. J'ai fait le tour de l'écurie en courant, je suis entrée et… j'ai stoppé net.

Lil et Cole se tenaient dans un coin. Il avait un bras passé autour de ses épaules, elle pleurait à chaudes larmes contre sa poitrine. Ils ont levé les yeux ensemble et Lil s'est aussitôt écartée de lui en s'essuyant les joues.

J'ai soudain ressenti un grand vide, comme si un gouffre s'était ouvert en moi. Cole, les bras ballants, me regardait d'un air grave et inquiet.

J'ai voulu dire quelque chose, mais l'image de Kyle rentrant chez lui avec son Américaine s'est imposée à mon esprit : j'ai revu la façon dont il lui enlaçait les épaules, ce geste d'intimité auquel je n'avais jamais eu droit, moi, ni de sa part ni de celle d'un autre homme.

—Ça va, Lil ?

J'ignorais ce qui se passait, mais je ne pouvais pas supporter de voir ma cousine dans une telle détresse.

—Ah, euh… tu es là. Euh… oui, ça va, ça va… a-t-elle bredouillé d'une voix enrouée en s'avançant vers moi.

Devant mon mouvement de recul, elle s'est arrêtée.

—Désolée, Lottie, je… C'est toute cette histoire avec Elk Creek, ça m'a un peu…

—C'est bon, t'inquiète, ai-je répondu d'une voix sans timbre.

Et si j'avais mal compris ? Et si Lil avait vraiment des sentiments pour Cole, mais qu'elle refusait de me l'avouer ou de se l'avouer à elle-même ? Et si le fait de nous voir nous embrasser hier soir avait tout fait remonter à la surface ?

—Lottie… a dit Cole, mais j'ai secoué la tête en gardant les yeux fixés sur ma cousine.

—Je venais juste te dire que j'ai répondu à ta place au téléphone. C'était une dame qui a remarqué Jesse au rodéo, hier, et qui est allée voir le site du ranch en ligne. Elle a réservé les trois chalets pour une semaine en juillet.

Lil a ouvert de grands yeux et s'est tournée vers Cole. Celui-ci continuait de me dévisager, mais je persistais à l'ignorer.

—Alors ça, c'est… la vache, Lottie, c'est vrai ? Tous les trois ? a répété Lil d'une voix plus claire.

J'ai acquiescé.

—Et tu sais, j'ai une idée. Je vais mettre le ranch sur les réseaux sociaux, si tu es d'accord, bien sûr. Je me suis dit que… (Je me suis interrompue, une boule dans la gorge.) Je me suis dit que je pourrais peut-être prolonger mon séjour ici, histoire de t'aider à faire décoller tout ça. Enfin, si tu veux. Je pense que la clef pour rentabiliser le ranch, c'est de lui donner une vraie visibilité. Il faut que les gens se familiarisent avec chacun des cow-boys, qu'ils découvrent les coulisses du métier… le but, c'est qu'à l'arrivée ils voient le Diamond Back avec nos yeux.

Je n'ai pu m'empêcher de jeter un coup d'œil à Cole. Il avait les traits tendus, mais le regard très doux. Implorant.

Lil s'est avancée pour m'étreindre de toutes ses forces.

—Oh, ma chérie, ça me ferait tellement plaisir que tu restes ! Tu crois vraiment que toutes ces histoires de réseaux sociaux pourraient nous aider ? Ça ne serait pas beaucoup de travail pour toi ? Et puis, je croyais que tu avais des entretiens d'embauche à Londres ?

Je lui ai rendu son étreinte, le soulagement de la voir heureuse surpassant temporairement ma crainte qu'il puisse y avoir quelque chose entre elle et Cole. Je lui ai fait part du plan d'action que j'avais élaboré avant de venir la trouver.

—Oui, c'est vrai, j'ai des entretiens. Mais ils sont tous les deux en visio, du coup je peux les passer d'ici. Quant aux réseaux sociaux, aucun souci, c'est dans mes cordes.

Lil m'a dévisagée, les sourcils froncés.

—Si tu le dis… Mais, tu te sens bien, Lottie ? Je te trouve un peu pâlotte.

J'ai fait oui de la tête en coulant un regard en direction de Cole. Dès que nos yeux se sont croisés, la tension est revenue entre nous. Une force magnétique nous attirait l'un vers l'autre, nous animait de l'envie folle de nous toucher, de nous étreindre.

—Non, tout va bien, j'ai un peu trop bu hier soir, c'est tout, ai-je affirmé d'un ton rassurant. Bon, alors, si tu es partante, il faudrait que j'aille voir Jesse. Vu que son charme a déjà fait ses preuves, ce sera ma première victime.

Lil a levé les yeux au ciel, amusée, et a séché ses dernières larmes.

—Il sera ravi. En tout cas, merci, ma chérie. Ça change tout pour moi.

J'ai souri en baissant la tête pour ne pas croiser le regard de Cole. Si Lil avait des sentiments pour lui, nous devions tout de suite arrêter. Non que notre histoire ait réellement eu l'occasion de commencer… Néanmoins, je ne voulais pas faire de peine à ma cousine. Cole me procurait des sensations inédites, OK, mais ma loyauté allait à ma famille et ma famille, c'était Lil.

Je lui ai serré affectueusement le bras avant de tourner les talons.

—Tu restes combien de temps, finalement ?

Cole avait posé sa question d'une voix calme, mais j'ai bien perçu l'intention qu'il y avait derrière. C'était la même qu'hier soir, lourde de désir et de sens.

—Le temps qu'il faudra, ai-je affirmé. Ou jusqu'à ce que je sois obligée de partir. On verra bien.

J'ai adressé un dernier sourire à Lil avant de m'éloigner ; tournée vers Cole, elle tentait de déchiffrer son expression. En sortant de l'écurie, j'ai exhalé un soupir contraint et je suis repartie vers la maison. Ma décision était prise : ce qui s'était passé dans ce bar resterait dans ce bar. Il était hors de question que je devienne une source d'inquiétude supplémentaire pour Lil. En outre, j'avais besoin de tous mes neurones pour réaliser mon plan marketing pour le ranch.

Coup de bol, j'ai trouvé Jesse à l'endroit où je l'avais laissé, près du bûcher. Il travaillait en fredonnant en même temps que la radio.

—Saluuuut, Jesse… ai-je fait timidement.

Penché sur un établi de fortune, un mètre mesureur à la main et un crayon à papier entre les dents, il déplaçait des morceaux de bois.

Il a levé les yeux et m'a adressé son grand sourire.

—Tiens, salut Princesse ! En quoi puis-je aider celle dont toute la ville parle ?

Prise de court, je me suis figée.

—Quoi ?

Jesse a gloussé en me considérant d'un air goguenard.

—Les nouvelles vont vite, tu sais… Tout Jackson est au courant que tu as éconduit Eli hier soir, puis que tu lui as fait voir ce qu'il loupait avec Cole. C'est une petite ville, les gens adorent cancaner.

—Oh, mais je… je ne voulais pas que Cole se bagarre, c'est tout. Sur le moment, ça m'a paru une option plus, euh… pacifique.

Jesse a éclaté de rire et, posant ses outils sur l'établi, il s'est tourné vers moi.

—Décidément, tu me plais beaucoup, Lottie.

Il a rajusté son chapeau en me décochant son sourire éblouissant : la pose idéale pour un mannequin…

—Je suis sûr que Cole a beaucoup apprécié ton petit stratagème, a-t-il ajouté.

J'ai tenté de dissimuler le sourire qui m'était venu spontanément aux lèvres, sans succès.

—L'essentiel, c'est qu'Eli était furax. Le reste… ai-je dit en haussant les épaules. Mais j'ai quelque chose à te demander, Jesse. Voilà, j'aurais besoin de ton aide.

Il a haussé les sourcils, mais son étonnement a aussitôt cédé la place à une expression plus suggestive.

J'ai rougi. Comment rester de marbre face au charme irrésistible de ce cow-boy ? Ce n'était pas un hasard si la dame qui avait réservé un séjour au ranch s'était décidée à appeler après l'avoir vu hier soir au rodéo. Jesse possédait une beauté classique. Oui, avec sa voix rocailleuse, sa solide mâchoire et ses beaux yeux gris, il personnifiait le gentleman-cow-boy. Mais c'était surtout sa chaleur naturelle et sa joie de vivre qui transparaissaient chez lui. Ça devait être très facile de tomber amoureuse de Jesse, et tout aussi simple d'accueillir son amour franc et sincère en retour.

—Dans tes rêves, ai-je répliqué en imitant son accent traînant, ce qui a accentué son sourire. Non, je voudrais faire une vidéo de toi pour la poster sur les réseaux sociaux.

Surpris, il a ôté son chapeau pour se passer la main dans les cheveux.

—Tu veux me filmer ? Mais ça va beaucoup plus loin qu'un baiser pour de faux dans un bar, non ?

J'ai éclaté de rire.

—Mais non ! Je vais faire la promo du ranch sur les réseaux sociaux, pour essayer de booster les réservations. Une fois que les gens vous connaîtront mieux, toi et les autres, on fera le plein, j'en suis sûre. On a juste besoin de mettre en avant quelque chose… d'attirant pour éveiller leur curiosité.

Jesse a secoué la tête en souriant.

—Je suis tout à vous, Madame… Faites de moi ce que vous voulez.

Sous la légèreté du ton, le sous-entendu était manifeste.

—Mais en échange, j'aurais besoin que tu me rendes un petit service, a-t-il ajouté.

J'ai croisé les bras sur ma poitrine comme pour me blinder contre son charme.

—D'accord… ai-je répondu, non sans méfiance.

—Elk Creek organise une sorte de journée portes ouvertes, cet après-midi… Apparemment, ce serait en lien avec leur nouveau partenaire financier. Alors, ce que je te propose, c'est d'y aller, de se mêler à la foule, bref de fouiner un peu et de faire notre petit compte-rendu à Lil. Si on y va tous les deux, ils ne chercheront pas la bagarre ? Et puis, si jamais Eli se montre un peu trop pressant avec toi, je suis sûr de pouvoir faire aussi bien que Cole hier soir. Voire mieux.

—Lil est au courant de ton plan ?

Je voyais bien l'idée : aller espionner ses rivaux, c'est logique. Mais comment Cole allait-il réagir si j'allais là-bas avec son pote ? Je me suis sermonnée. En réalité, tout ça n'avait plus aucune importance, maintenant.

Jesse a opiné du chef, remis son chapeau et s'est retourné vers l'établi.

—Ça commence à deux heures. Je finis ça et on va à Elk Creek, d'accord ?

J'ai acquiescé et je suis repartie vers la maison.

J'ai passé l'heure suivante à tout organiser : j'ai créé des comptes pour le ranch sur différents réseaux sociaux, pris des notes et planifié quelques étapes sur mon téléphone. C'est un coup de klaxon qui m'a soudain fait prendre conscience de l'heure qu'il était. J'ai raflé mon chapeau et je suis sortie en courant.

Jesse m'attendait au volant de son pick-up. J'ai grimpé sur le siège passager et nous nous sommes engagés sur le chemin. Comme nous passions devant l'écurie, Jesse a salué quelqu'un de la main.

Levant les yeux de mon téléphone, j'ai croisé le regard de Cole, mais je me suis ostensiblement concentrée sur la route : si je m'appliquais à l'ignorer, il finirait par détourner les yeux.

12

Euh… Kyle s'est pointé au salon, du coup…

Le texto d'Hestia s'est affiché sur l'écran de mon téléphone alors que nous entrions dans le ranch d'Elk Creek.

Il est furax. Évidemment, je lui ai dit d'aller se faire foutre avant que je lui tatoue « sale trompeur » sur le front, mais il a eu le temps de me dire que jamais il ne renoncerait à toi. Il a parlé d'une énorme erreur… bref, le discours de merde du trompeur typique.

J'en suis restée abasourdie : Kyle à Shoreditch, en personne, et face à Hestia ! C'était tout simplement inimaginable. Ces deux-là s'étaient déjà rencontrés, mais à chaque fois, c'était Kyle qui avait organisé le rendez-vous, dans un lieu où il contrôlait la situation. Hestia était aux antipodes de tout ce qu'il était. D'ailleurs, ça aurait dû éveiller mes soupçons dès le début…

Jesse m'a lancé un coup d'œil tout en marchant.

—Ça va ?

—Plus ou moins. Écoute, il faut que je réponde à un message de chez moi… On peut s'arrêter une minute, le temps de boire un verre ?

Jesse a touché le bord de son chapeau.

—Mais bien sûr, Madame. Qu'est-ce qui te ferait plaisir ? Ils ont toutes sortes de boissons chics ici. Un cocktail ? Un verre de vin ?

J'ai contemplé les buffets qui avaient été installés sur la pelouse impeccable. Des centaines de personnes circulaient devant la grande maison neuve. Elk Creek était une exploitation totalement différente du Diamond Back : une exploitation avec de gros moyens.

—Merci, je prendrai juste de l'eau, je suis en service, ai-je répondu avec un bref sourire.

Jesse m'a regardée d'un air intrigué, mais il a hoché la tête et s'est dirigé vers les buffets, s'attirant au passage quantité d'œillades et de murmures appréciateurs, tous féminins.

Merde, je suis vraiment désolée, ai-je répondu à Hestia.

Je m'en voulais que mes emmerdements aient rejailli sur sa vie.

En vrai, c'était plutôt marrant. Surtout quand Cal lui a proposé de lui montrer la sortie.

J'ai souri en imaginant Cal (qui avait plus de tatouages que de peau) en train de raccompagner Kyle.

Méfie-toi, n'empêche, a ajouté Hestia. **Il a dit qu'il allait appeler tes parents pour savoir où tu étais. Je n'ai pas vendu la mèche, bien sûr, mais je t'en supplie, dis-moi que tu t'es dégoté un cow-boy bien baraqué qui va lui démonter sa gueule !**

J'ai hésité. Et si je lui racontais tout ? Mais non, ça ne tiendrait pas dans un seul texto.

Peut-être, oui. Enfin, c'est compliqué…

L'idée que Kyle assiège mes parents me mettait hors de moi.

Tu déconnes ? Je veux tous les détails !

Je t'appellerai : trop de choses à te raconter, ça ne tiendrait pas dans un texto. Encore désolée pour Kyle, j'espère qu'il ne reviendra pas. Quel con, ce mec !

Trop de choses pour un texto ? Et une photo, ça ferait le job ?!

Je me suis mise à rire. Mais Jesse revenait avec une bière et une petite bouteille d'eau.

Je verrai ce que je peux faire. Je t'aime, Hes. Bisous.

RHAAA ! Ça me soûle que tu sois si loin ! Mais je t'aime quand même. Londres, ça craint trop sans toi. Bisous.

—Et une bouteille d'eau minérale pour la jolie demoiselle avec le chapeau brun ! a annoncé Jesse en venant se poster près de moi. C'est *open-bar*, en plus : ils ont vraiment mis le paquet.

—J'étais loin d'imaginer qu'Elk Creek était si grand, ai-je remarqué en glissant mon téléphone dans la poche de mon jean. Excuse-moi, Jesse… je donnais des nouvelles à Hestia, ma meilleure amie.

Jesse m'a dévisagée avec insistance.

—Et elle te ressemble, cette Hestia ? s'est-il enquis en s'asseyant à côté de moi.

J'ai éclaté de rire. Qu'est-ce qu'il aurait pensé s'il nous avait vues côte à côte, Hestia et moi !

—De l'extérieur, non. Plus extravertie, y a pas. Mais derrière les apparences, oui.

À cet instant, une dame âgée a traversé la pelouse, très raide et élégante, au bras d'un homme de haute stature. Il portait un costume assez tape-à-l'œil qui devait avoir coûté fort cher et un chapeau de cow-boy gris qui n'avait jamais servi que pour la galerie.

—Il me semble que je la connais, cette femme… ai-je murmuré.

J'ai plissé les yeux dans le soleil, la main en visière.

—C'est qui ? ai-je demandé à Jesse.

—Elle ? C'est la femme la plus culottée de tout le Wyoming, après ta grand-mère, bien sûr. Dotty Sinclair : la propriétaire de ce ranch. Et le gros con à côté d'elle, c'est son fils aîné, Zach.

Mais oui, je me souvenais d'elle, maintenant… À l'époque, elle avait les cheveux blond doré et un peu plus longs. Aujourd'hui, ils étaient courts et blancs.

—Oh là là… Quand on était petites, Lil et moi, elle nous terrifiait, cette bonne femme ! Je me souviens de la fois où elle avait dit sa façon de penser à mon père, à propos de je ne sais plus quoi. Il n'est pas du genre à se laisser marcher sur les pieds, et pourtant, je peux te dire que ce jour-là, elle l'avait mis plus bas que terre en moins d'une minute.

Jesse a lâché un petit rire et a bu une lampée de sa bière.

—Ouaip, ça lui ressemble bien. C'est une vraie célébrité, à Jackson. Mais tu sais, ça fait cent ans que les Sinclair et les Dean se font la guerre.

Il m'a fait un petit sourire de dérision.

—Même si pour une Anglaise, cent ans, ça ne doit pas faire beaucoup, hein ?

—Pff… ai-je répondu, méprisante. La ville où j'ai grandi a été construite il y a plus de mille ans, alors…

Jesse a poussé un petit sifflement admiratif, tandis que je me reprenais :

—N'empêche que cent ans, ça fait quand même long pour ressasser de vieilles rancunes. Je me demande ce que ma grand-mère aurait pensé de tout ça… du ranch équestre de Lil et des Sinclair qui cherchent à prendre le contrôle du Diamond Back.

Jesse a hoché lentement la tête, pensif.

—Je crois qu'elle aurait davantage de choses à dire sur le fait que tu fasses « ami-ami » avec un de ses cow-boys.

Je lui ai coulé un regard noir, avant de m'esclaffer. Le rire de Jesse était irrésistible.

—Lottie, c'est quoi le *deal* entre Cole et toi ?

Comme je ne répondais pas, il a repris d'un ton plus enjôleur :

—C'est peut-être indiscret de ma part, mais… tu me plais beaucoup, tu sais. J'aimerais bien qu'on s'amuse un peu tous les deux, mais Cole, c'est comme mon frère, tu comprends ? Et je veux pas bousiller ça. Par contre, si entre vous, c'est juste pour déconner…

J'ai poussé un soupir. Je ne souhaitais pas que la conversation prenne un tour aussi sérieux, mais je sentais déjà un poids peser sur mes épaules.

—Je n'en sais rien, Jesse.

J'avais envie de jouer franc-jeu avec lui, mais comment lui expliquer la situation ? En plus, je ne voulais pas ébruiter le fait que Lil puisse avoir des sentiments pour Cole. Jesse s'en doutait peut-être déjà, mais comment le savoir ?

—Le truc, c'est que je ne sais pas combien de temps je vais rester ici, et puis chez moi, à Londres, les choses sont déjà assez… compliquées.

Jesse m'a considérée avec une moue.

—Tu veux dire à cause de ton mec ?

—À cause de mon ex, ai-je rectifié. C'est un sale con. J'ai découvert qu'il me trompait, c'est pour ça que je suis venue ici.

Jesse a pris une gorgée de sa bière.

—L'enfoiré ! Franchement, il y a des mecs qui ne connaissent pas leur chance.

J'ai acquiescé tout en regardant un groupe de cow-boys qui discutaient non loin de là. Eli était parmi eux.

—Tous les hommes ne sont pas comme ça, Lottie.

Je me suis retournée vers Jesse. Son regard brillait d'une flamme aussi intense que chaleureuse.

—Je sais, ai-je murmuré. Et je suis sûre que tu serais tout le contraire de lui.

Les yeux toujours rivés aux miens, il m'a effleuré la joue.

—Tu l'as dit, Princesse, et peut-être même qu'on aura l'occasion de le vérifier, toi et moi.

Mon cœur s'est emballé. Ça serait tellement facile de succomber au charme de Jesse, je le savais, je le sentais. Mais Jesse n'était pas… Cole.

Je lui ai souri.

—Tu es sympa. Mais il faut que je mette au clair toute cette histoire avec Cole avant que ça dégénère.

Il a acquiescé et sa main a quitté ma joue pour se refermer sur sa bière.

—Je comprends, a-t-il dit en regardant les gens qui passaient, puis il m'a donné un petit coup d'épaule : mais si jamais tu changes d'avis, tu sais où me trouver.

—Je sais où te trouver, oui. Mais en attendant, j'aimerais que tu fasses quelque chose pour moi, ai-je répliqué avec un petit sourire.

Il m'a regardé, surpris, tandis que je brandissais mon téléphone.

—Je voudrais te filmer en train de marcher, voire d'enlever ta chemise. Il faut qu'on présente le ranch sur les réseaux sociaux pour avoir un vrai impact sur le public.

Il m'a dévisagé avec un sourire polisson.

—Je veux bien, si tu enlèves la tienne… Cela dit, s'est-il empressé d'ajouter devant ma mine faussement sévère, je ne suis pas sûr que ça plaise à ces braves gens d'Elk Creek. On risque même de se faire jeter…

—Moi, je trouve ça plutôt marrant, ai-je répliqué en ouvrant l'appareil photo de mon téléphone. Imagine, si Dotty intervenait… ça ferait une super vidéo, pour le coup !

Jesse s'est marré et a posé sa bière sur la table la plus proche. Je lui ai donné mes consignes : il devait marcher lentement le long de la clôture, l'air sexy et ténébreux, puis à la fin, ôter sa chemise. Le soleil jetait de longs rayons dorés sur le champ… Ça ferait un éclairage idéal !

—Tu tiens vraiment à ce que j'attende la fin pour l'enlever ? s'est-il enquis. Après tout, si on doit se faire virer, autant faire les choses bien, non ?

Impressionnée par sa confiance en lui, j'ai haussé les épaules en souriant.

Il a commencé à déboutonner sa chemise bleu foncé, dévoilant… un sacré spectacle. J'ai dû prendre sur moi pour ne pas loucher sur ses larges épaules et ses tablettes de chocolat.

Il m'a regardée d'un air amusé tandis que je lui prenais sa chemise.

—Qu'est-ce qu'il y a ? Tu as changé d'avis ?

—Concentre-toi sur ce que tu as à faire, cow-boy ! ai-je lancé en ajustant mon cadre.

J'avais déjà commencé à filmer.

Il a remis son chapeau et a fait quelques pas.

—C'est bien, pas trop vite… comme si tu te baladais. Va jusqu'au bout de la clôture. Jusqu'au drapeau.

Il a incliné le bord de son chapeau d'un air effronté avant de continuer d'un pas nonchalant, un sourire aux lèvres. Le soleil soulignait les contours de ses abdos. J'ai vite dézoomé, espérant saisir la réaction des gens autour de nous, et le moins qu'on puisse dire, c'est que je n'ai pas été déçue ! Un groupe de femmes d'âge mûr le suivait des yeux, littéralement bouche bée. L'une d'elles a même failli en répandre le contenu de son verre sur ses bottes, tandis qu'à côté d'elle, deux jeunes filles s'agrippaient le bras, stupéfaites.

Je suis revenue sur Jesse qui s'approchait du mât du drapeau. Il s'est arrêté et s'est appuyé à la clôture. Son visage était parfaitement éclairé par le soleil et même lorsqu'il a désobéi à la consigne en se tournant vers moi avec un petit air narquois, j'ai su que j'avais réussi mon coup.

J'étais parvenue à le saisir tel qu'il était : sûr de lui et sans complexes, ainsi qu'il aimait le proclamer avec un sourire à faire fondre la neige des sommets.

J'ai arrêté de filmer et je suis allée vers lui en me retenant de sautiller de joie.

—Putain, c'était génial ! me suis-je écriée en repassant la vidéo.

Je lui ai montré l'écran.

—Et tu penses que ça fera venir du monde au ranch ? m'a-t-il interrogée en regardant les femmes qui avaient toujours les yeux rivés sur lui.

Il leur a décoché un clin d'œil tout en reboutonnant lentement sa chemise.

J'ai haussé les épaules.

—Ce qui est sûr, c'est que ça va attirer l'attention. Ça peut prendre un moment avant de créer une communauté de *followers* et de faire suffisamment de vues, mais oui… je pense qu'avec un peu de travail de montage et les bons hashtags… Si on poste des vidéos qui mettent le ranch en valeur… Bien sûr, tu ne peux pas rivaliser avec un coucher de soleil, mais t'es pas loin, tu sais.

Jesse a lâché un petit rire.

—Bon, filons d'ici avant qu'on nous foute dehors. De toute façon, on en a assez vu. Ils sont pétés de thune, c'est tout ce qu'on voulait savoir.

J'ai opiné du chef, mais je ne l'écoutais que d'une oreille. Concentrée sur la vidéo, je commençais déjà à bidouiller un montage.

—Ça te plaît, ce genre de truc, hein ?

Et m'étreignant légèrement l'épaule, il m'a guidée vers le pick-up et m'a ouvert la portière.

—J'aime bien oui, surtout quand le sujet n'est pas désagréable à regarder.

Il a refermé la portière, a fait le tour du véhicule et s'est installé au volant. De mon côté, je découpais les clips, je les mettais en ordre et j'ajoutais une musique country sympa (la chanson de Riley Green qui cartonnait en ce moment) avec en légende « POV : quand un cow-boy oublie de mettre sa chemise. » Comme je revisionnais la vidéo avant de la poster, Jesse a reconnu d'un ton plutôt admiratif :

—Bon, je ne suis pas impartial, mais c'est… pas mal du tout.

—Et… c'est posté ! ai-je lancé en attendant quelques secondes, le temps que la vidéo se télécharge.

Visiblement, Elk Creek possédait de quoi garantir un réseau parfait, même à flanc de montagne.

J'ai éteint mon téléphone et je me suis tournée vers Jesse.

—En tout cas, merci et… désolée. Je dois être la seule fille du coin qui ait repoussé tes avances.

—De rien, Lottie. Mais, au fait… tu pourrais peut-être inviter tes copines à venir ici ? Cette fille, là, Hestia…

J'ai éclaté de rire. Nous sommes sortis du ranch et le pick-up s'est réengagé sur la route. Hestia dans un ranch du Wyoming ! Je la voyais déjà avec un chapeau de cow-boy noir, un jean déchiré… Oui. Ça le ferait, c'est clair… et elle *adorerait* Jesse.

—Tu sais qu'au fond, ce n'est pas une mauvaise idée… Je l'inviterai peut-être au ranch, un de ces quatre.

Jesse m'a glissé un sourire entendu tandis que le pick-up vrombissait sur la route.

—Ça veut dire que tu restes ici ?

J'ai haussé les épaules.

—Au moins pendant quelque temps. Je veux voir si je peux remettre le ranch à flot avec ça, ai-je dit en brandissant mon téléphone. Mais il faut aussi que je retrouve du travail, ça coûte cher de vivre à Londres.

Il a acquiescé en silence et s'est abîmé dans ses pensées.

***

À notre arrivée au ranch, Cole et Bailey étaient accoudés à la clôture du corral où Lil faisait travailler Bambi. Le bruit du pick-up a fait faire un écart à la pouliche, mais elle l'a facilement maîtrisée.

Sans interrompre sa conversation avec Bailey, Cole s'est tourné vers nous pendant que nous descendions du véhicule. Nous nous sommes avancés vers eux.

—Tu veux bien qu'on fasse d'autres vidéos tant qu'il y a du soleil ? ai-je demandé à Jesse. Regarde, le ciel s'assombrit déjà là-bas… On risque de ne bientôt plus avoir assez de lumière.

—Tu veux que j'aille me changer ou on continue de faire ça à poil ? m'a demandé Jesse avec un clin d'œil, pile au moment où nous arrivions à hauteur de Cole et de Bailey.

—Bon sang, mais c'était quoi, votre petite fête à Elk Creek ? s'est étonnée cette dernière.

Elle avait la joue maculée de terre et les jambières et le jean recouverts de poussière.

—C'est Lottie qui est d'humeur folâtre, c'est tout, a plaisanté Jesse en me donnant un coup de coude.

Bailey était hilare.

—Je fais des vidéos de lui pour les poster sur les réseaux sociaux, ai-je expliqué en risquant enfin un regard dans la direction de Cole, mais il s'était retourné vers le corral. Et si tu nous faisais une petite démonstration de lasso, maintenant ?

—Si tu veux, je vais me préparer.

—D'acc', il faut juste que je monte chercher mon chargeur, je n'ai plus de batterie. On se retrouve ici dans dix minutes ?

Une fois dans la maison, j'ai filé récupérer la batterie externe qui se trouvait dans ma chambre et j'y ai branché mon téléphone. L'écran s'est aussitôt allumé : j'avais une douzaine de notifications de plusieurs réseaux sociaux.

J'ai cliqué sur l'une d'elles… et je suis restée scotchée. La vidéo de Jesse avait déjà fait presque cinq cents vues et suscité des tas de commentaires allant du simple émoji aux exclamations enthousiastes. J'ai vite vérifié que le lien vers le site du ranch était correct, puis j'ai éteint l'écran et ressortant en trombe de ma chambre… je me suis cognée dans Cole.

—Oh, pardon ! ai-je dit en m'écartant de lui. J'allais…

—Je ne sais pas si c'est une bonne idée de faire des vidéos, a-t-il déclaré en croisant les bras sur sa poitrine.

Son visage avait beau être impassible, son langage corporel, lui, était on ne peut plus clair.

Je l'ai regardé d'un air étonné, en me campant moi aussi fermement sur mes jambes.

—Tu veux dire faire des vidéos en général ou faire des vidéos de Jesse ?

Il a contracté la mâchoire et son regard s'est durci.

Silence.

La distance qui nous séparait s'est soudain chargée d'électricité. Nous étions beaucoup trop près l'un de l'autre, finalement.

—Il y a quelque chose entre vous ? m'a-t-il demandé tout de go.

J'allais lui dire de se mêler de ses affaires quand son expression m'a stoppée dans mon élan. Il y avait de la tristesse dans son regard.

—Entre Jesse et moi ? Mais non, bien sûr que non. (J'ai haussé les épaules en soupirant.) J'essaie simplement de faire connaître le ranch pour aider Lil. Mais de toute façon, qu'est-ce que ça peut te faire que je fasse des vidéos ou pas ?

Il m'a dévisagée longuement. Mentionner ma cousine remuait en moi les mêmes sentiments que tout à l'heure, dans l'écurie. Je préférais ne pas penser aux complications que pouvait entraîner le simple fait d'être ici avec Cole.

—Bon, il faut que j'y aille.

—Lottie, attends…

J'ai voulu passer, mais Cole m'a posé les mains sur les bras avec douceur. Je me suis figée, le cœur battant la chamade.

—On ne peut pas continuer à se tourner autour comme ça, c'est…

—Non, c'est trop compliqué, Cole. Peu importe ce qu'on ressent l'un pour l'autre, on doit d'abord penser aux autres.

—À qui ?

Il s'est rapproché, me forçant à reculer contre le mur. J'étais incapable de lui répondre. La proximité de son corps réveillait tous mes sens, allumait un désir profond en moi. Par la porte de ma chambre restée ouverte, le lit immense semblait nous faire signe.

—Parce que de mon point de vue, a-t-il ajouté, ça ne regarde que toi et moi.

—Je t'aime beaucoup, Cole, ai-je murmuré, réprimant un gémissement tandis que ses doigts trouvaient les miens et qu'il se rapprochait dangereusement de mon visage. Mais à Londres, je suis dans un merdier pas possible… et puis il y a Lil, je ne veux pas lui faire de peine.

Il m'a scrutée d'un air perplexe.

—Lil ? Qu'est-ce qu'elle a à voir là-dedans ? Et puis tes problèmes, ils sont à Londres, de l'autre côté de l'Atlantique. Tandis que moi, je suis ici.

Ses lèvres ont effleuré mon oreille et glissé le long de mon cou. J'ai étouffé un petit cri.

—Cole…

Le souffle court, j'ai senti ses mains se poser sur ma taille avant de remonter lentement.

—Cole, pas ici.

Il s'est interrompu et a regardé ma chambre. Je me suis mordu la lèvre.

—Notre baiser d'hier, c'était pas anodin pour moi, a-t-il dit en me faisant aller à reculons vers la porte. En règle générale, je suis un mec très patient, mais là, je n'arrive pas à penser à autre chose… Je n'arrive pas à penser à autre chose qu'à toi.

J'ai agrippé sa chemise. À quoi bon faire semblant de vouloir résister ?

—Mais tu me connais à peine…

C'est tout ce que j'ai trouvé à dire d'une voix tremblante, tandis qu'il commençait à déboutonner ma chemise.

—Alors, faisons plus ample connaissance… a-t-il murmuré en continuant à me pousser à l'intérieur de la chambre.

Mes mollets ont touché le bord du lit.

Je me suis assise alors qu'il s'agenouillait devant moi.

—C'est quoi, ta couleur préférée ?

J'ai souri en dépit de l'intensité de son regard, sous le chapeau de cow-boy.

—Ma couleur préférée ? C'est ça que tu veux savoir en premier sur moi ?

Il m'a retourné mon sourire. J'ai caressé ses lèvres, dessinant l'arc de sa bouche, remarquant que ses yeux s'étaient assombris d'un désir sauvage.

—Bon, d'accord, a-t-il grommelé, en enlevant son chapeau avec lenteur.

Il a passé la main dans ses longs cheveux bruns, puis, doucement, avec déférence, il a posé son chapeau sur ma tête. J'ai senti le sang affluer à mes joues.

—Comment tu préfères chevaucher ?

Dans un élan irrésistible, j'ai attiré son visage vers le mien.

—Ça dépend de la monture, mais en général, je préfère ne pas partir au grand galop… (Il a écarté un pan de ma chemise et j'ai senti glisser la bretelle de mon soutien-gorge.) Porte fermée et si possible pendant des heures sans mettre pied à terre.

—Pendant des heures, hein ? a-t-il murmuré en souriant.

Il m'a embrassé l'épaule et ses lèvres se sont aventurées vers mon décolleté.

—Je ne suis pas sûr que ça suffise, Princesse…

J'ai fermé les yeux pour graver cette sensation dans ma mémoire, mais je les ai rouverts aussitôt : sa bouche s'était posée sur la mienne et sa langue me taquinait les lèvres pour les faire s'entrouvrir. Incapable de retenir un gémissement de plaisir, je lui ai offert ma bouche pendant que ses doigts effleuraient mon téton en passant sous mon soutien-gorge.

Tout s'est alors accéléré sous l'urgence de ses lèvres et du désir torride qui nous embrasait. Il m'a ôté le chapeau et m'a pris le visage en coupe. De mon côté, je m'escrimais maladroitement sur les boutons de sa chemise, avant de les abandonner à ses doigts, moins affolés que les miens. À l'instant où j'attrapais la boucle de son ceinturon, la porte d'entrée du ranch a claqué et une voix a résonné dans le vestibule.

—Lottie ?

Lil ! Cole a fait un bond et a filé se planquer derrière la porte avec une agilité surprenante pour un homme de sa taille. Mon regard s'est attardé quelques secondes de trop entre les pans de sa chemise ouverte.

—Oui ! Une minute, je me change ! ai-je lancé en ôtant ma chemise sous le regard appuyé de Cole.

En soutien-gorge, j'ai attrapé la première chemise que j'ai trouvée dans la penderie et, tout en la boutonnant, je me suis précipitée vers la porte afin d'empêcher Lil d'entrer dans la chambre.

Elle s'est encadrée dans l'embrasure en me présentant l'écran de son téléphone.

—Tu ne vas jamais y croire ! Je viens déjà de recevoir un e-mail : on me demande si les chalets sont dispos pour cet hiver ! La personne dit qu'elle nous a vus passer sur les réseaux sociaux.

Concentrée sur mes boutons de chemise, j'espérais que dans son enthousiasme, elle ne remarquerait pas mes joues où l'excitation avait imprimé une traînée de feu.

—Je te l'avais bien dit ! ai-je souri.

J'ai rentré ma chemise dans mon pantalon et je me suis retournée pour récupérer mon chapeau. Malheur ! C'était celui de Cole qui était posé sur le lit ! Sur ma courtepointe toute froissée qui portait encore l'empreinte de nos deux corps.

—J'arrive tout de suite, faut juste que j'aille aux toilettes.

—Hein, oui… oui, bien sûr, a-t-elle marmonné en relisant l'e-mail tout en repartant vers son bureau. Je vais l'appeler tout de suite et vérifier si je n'ai pas d'autres messages.

J'ai refermé la porte. Ouf ! Cole, de son côté, finissait de reboutonner sa chemise.

—Hum, on l'a échappé belle, ai-je constaté avec un sourire, en frottant ma santiag sur le plancher pour me donner une contenance.

Cole m'a considérée tout en rentrant sa chemise, et son regard s'est fixé sur ma lèvre inférieure que je mordais d'excitation. Son jean avait visiblement du mal à tout contenir…

—En fait, on a fait les choses à l'envers, a-t-il constaté à mi-voix. Au lieu de commencer par la fin, on va revenir à la case départ : Lottie, est-ce que je peux t'inviter à dîner, un soir ?

—Un *date* ? ai-je répété, stupéfaite. Après ce qui vient de se passer, tu veux qu'on se fasse un *date* ?

Il a étouffé un petit rire avant de venir se planter devant moi.

—Non, a-t-il répliqué, surveillant de près ses mains impatientes. C'est toi que je veux : sur ce lit, avec rien d'autre que mon chapeau sur ta tête. Je veux te faire tout ce qui m'empêche de dormir la nuit, voire plus.

Il a souri en voyant mon embarras.

—Mais tu as raison, j'aimerais d'abord qu'on apprenne à mieux se connaître, nous deux. Alors, ce que je te propose, c'est de sortir ensemble un soir, quelque part où on ne sera pas interrompus. Un vrai rencard à l'ancienne, bien sage.

J'ai haussé un sourcil. Je mourais d'envie d'accepter, mais il me fallait d'abord en parler à Lil. Je devais découvrir ce qu'il y avait (ou pas) entre eux.

—Même si je dois rentrer à Londres ? ai-je murmuré.

Il s'est rembruni.

—Oui. Je prendrai le temps que tu m'accorderas.

À cet instant, j'ai ressenti un frémissement au plus profond de mon être. Comme si une fissure était apparue dans ma résolution, menaçant de la faire s'écrouler. Je me suis avancée vers lui et, dressée sur la pointe des pieds, je l'ai embrassé. Un baiser tendre, cette fois, contenant une question et une réponse entremêlées. La réaction de ses lèvres a été douce, alanguie et chargée de la promesse que nous nous étions pratiquement faite sur mon lit.

—D'accord pour un rencard à l'ancienne, ai-je dit en m'écartant. Mais à une condition.

Il m'a regardée avec étonnement.

—Pas de whisky. Terrain glissant.

13

Jesse aimait tellement manier le lasso devant l'objectif que Cole, piqué, est lui aussi entré en lice. La vue de ces deux cow-boys en plein effort, c'était presque trop pour moi… et pourtant, ils avaient gardé leur chemise. J'étais repartie vers le ranch sous leurs rires entendus afin de prendre d'autres photos de la maison et de la vue qu'on avait depuis la véranda de derrière. Je voulais également faire des visites filmées des trois chalets. Enfin, après une pause et une douche froide, j'ai commencé le travail de montage. Le résultat m'a paru tout à fait satisfaisant : ce savant mix de photos du ranch et des cow-boys allait enflammer le nombre croissant de nos *followers*.

Depuis quarante-huit heures, Lil croulait sous les demandes de renseignements. Nous tentions de ne pas nous emballer, mais une autre réservation était déjà arrivée pour l'hiver. Parallèlement, j'avais mis au point un système de réservations sur le site du ranch. Deux publications supplémentaires (l'une montrant Jesse maniant le lasso au ralenti, l'autre de la vue face à la longue pâture où les fleurs des champs avaient éclos) avaient encore amplifié le *buzz* sur les différents réseaux sociaux, nous amenant un nombre de vues qui auraient laissé pantois mes anciens collègues de Londres.

Toute cette effervescence m'aidait à ne pas trop penser à mon « rencard à l'ancienne ». C'était ce soir que Cole devait m'emmener dîner, jour qui aurait dû être mon dernier au Diamond Back. Lil n'était encore au courant de rien et j'allais devoir trouver les mots pour lui expliquer la vitesse à laquelle mes sentiments s'étaient précisés pour le responsable de son ranch. Cole m'avait promis de rester sage, mais c'était moi qui n'étais pas sûre de parvenir à repousser l'inéluctable, vu la façon dont les choses semblaient s'accélérer entre nous.

Ignorant les tiraillements de ma conscience, j'avais reporté de quinze jours la date de mes vols de retour, ce qui devrait me laisser le temps de mettre mon plan marketing sur les rails. Mes économies me permettraient de payer mon loyer et mes factures pendant encore quelques mois, mais je préférais ne pas me démunir complètement, si possible. L'entretien d'embauche en visio avait été assez lunaire : mon étrange absence de trac avait facilité mes réponses, mais je me sentais tellement déconnectée de cet univers... bien plus que ce que j'aurais cru. Il me restait un entretien à passer le lendemain, mais pour le moment, à part mon *date* avec Cole, je ne pensais qu'à une chose.

—Lil, tu es occupée ?

J'ai entrouvert la porte de son bureau après avoir frappé. Ma cousine était concentrée sur l'écran de son ordinateur.

—Oui, mais entre. Après tout, c'est grâce à toi que je n'ai plus une minute à moi !

Son sourire s'est envolé lorsqu'elle a vu la tête que je faisais.

—Quoi ? Il y a un problème ?

J'ai pris mon courage à deux mains. Étais-je sur le point de tout gâcher ?

—Je peux te parler ? C'est à propos de Cole.

Prise de court, Lil m'a regardée avec perplexité, puis elle s'est renversée contre le dossier de son fauteuil.

—Vas-y.

Elle affichait une expression indéchiffrable. De toute évidence, elle tenait à garder ses sentiments pour elle. Merde. J'avais peut-être vu juste, finalement. Lil était peut-être bel et bien amoureuse de Cole… Ce qui ferait de moi une vraie garce, étant donné ce que nous avions failli faire dans ma chambre, tous les deux.

Je me suis jetée à l'eau.

—Hum, donc… Bon, tu as remarqué qu'on n'était pas vraiment partis du bon pied, lui et moi…

Je me suis tordu les mains, incapable de regarder ma cousine en face.

—Eh bien, il se trouve que depuis, les choses ont quelque peu évolué entre nous… et pour tout te dire, il m'a proposé un *date*, ce soir. Mais quand je vous ai vus tous les deux dans l'écurie, l'autre jour, je me suis demandé si… enfin, je ne voudrais surtout pas m'immiscer dans votre relation si… s'il y a quelque chose entre vous.

Dans le silence qui a suivi, j'ai risqué un regard vers Lil en croisant tous les doigts que j'avais. Pourvu qu'elle ne le prenne pas mal !

Elle m'a souri d'un air amusé.

—Oh, ma chérie… Tu croyais qu'on était ensemble ? Oh là là !

Elle s'est mise à rire. De mon côté, je retenais mon souffle, n'osant trop y croire. Elle s'est levée pour venir poser ses mains sur mes épaules.

—Lottie, j'aime Cole, c'est vrai. Mais comme un frère, un ami pour qui je serais prête à me faire couper en petits morceaux. Rien d'autre, t'entends ? Il n'y a jamais rien eu entre nous. Rien ne pouvait me faire plus plaisir que ce qui vous arrive, je suis sincère.

Partagée entre rire et larmes de soulagement, je l'ai serrée très fort contre moi.

—Oh, putain… merci, ai-je soupiré.

Comme elle se plaignait en gloussant de ne plus pouvoir respirer, j'ai enfin consenti à la lâcher.

Elle m'a regardée tandis que je tentais de calmer la frénésie qui bouillonnait en moi.

—Tu es très amoureuse de lui, hein ?

—Peut-être, ai-je répondu d'un ton volontairement évasif.

Lil s'est esclaffée.

—D'accord, « peut-être ». Allez, va plutôt dévaliser la garde-robe de Bailey, la mienne est toute pourrie… Bailey, elle, est obligée d'avoir des tenues chicos pour les soirées du circuit. Bon, et maintenant, il faut que je retourne m'occuper de ces demandes de renseignements : je n'ai jamais reçu autant d'e-mails de toute ma vie !

Nous nous sommes regardées avec un grand sourire, puis je suis sortie de son bureau et je suis partie en direction de l'écurie. Tout en marchant, j'essayais de calmer ma jubilation pour ne pas avoir l'air complètement cinglée. Comme prévu, j'ai trouvé Bailey dans la sellerie, en train de nettoyer la bride de Dunkin.

—Je peux t'emprunter des fringues ?

Après une heure d'entraînement forcené, elle avait les joues rouges et des boucles folles collées aux tempes.

—Je sors, ce soir, ai-je expliqué, et j'aurais besoin d'une tenue un peu plus habillée.

Bailey m'a regardée avec un petit sourire, l'œil interrogateur.

—Bien sûr, ma belle. Où tu vas ?

J'ai tâché de garder un air innocent.

—Euh… The Kitchen, je crois ?

Elle a émis un petit sifflement entre ses dents.

—Ah, je vois… C'est un vrai *date*, donc ? Parce que The Kitchen, c'est chic comme resto.

J'ai souri en me remémorant les photos que j'avais vues sur leur site. Bailey n'avait pas tort, mais c'était Cole qui avait choisi.

—Eh bien, oui… si tu veux… enfin, plus ou moins… mais c'est un *date* purement amical.

Elle s'est concentrée sur une tache particulièrement rebelle qui maculait un montant de la bride.

—D'accord. Bah, sers-toi dans ma penderie. À ta place, j'essaierais la petite robe noire, tout au fond. Je ne l'ai mise qu'une fois, quand j'ai gagné à Cheyenne, l'année dernière. Elle me serrait tellement que j'ai passé toute la soirée en apnée. Je pense qu'elle t'ira à la perfection.

—Mais je dois quand même la mettre avec des santiags, hein ? ai-je demandé avec un sourire.

Bailey a éclaté de rire.

—Si tu la portes avec des talons hauts, Cole va exploser en vol, ma belle.

J'ai piqué un fard, sans toutefois nier ou protester. Je l'ai remerciée et, la laissant pouffer toute seule au-dessus de sa bride, je suis repartie en courant vers la maison. Il fallait que je me prépare !

Je me suis lavé les cheveux, mais ils commençaient déjà à rebiquer. J'avais déjà plongé la main dans ma trousse de beauté, par réflexe, quand je me suis ravisée. Me tartiner de maquillage parce que je sortais ce soir ? Ridicule ! Ça faisait deux semaines que je ne mettais plus que de l'anticernes et du mascara, grand max.

Service minimum, donc : je me suis peignée en douceur, laissant les ondulations naturelles et les boucles plus serrées vivre leur vie. Les cheveux m'arrivaient au milieu du dos, maintenant, juste au niveau de la fermeture Éclair de ma petite robe noire d'emprunt, un modèle bustier, moulant et qui faisait pigeonner mes seins de façon tout à fait compromettante. Mais Bailey avait raison : la forme de la robe m'allait à ravir et avec mes santiags, ma cascade de boucles et mon chapeau de cow-boy, je me sentais carrément dans mon élément.

Cette constatation m'a donné à réfléchir. Tout en moi (et en cette parenthèse western) était aux antipodes de ma vie en Angleterre. Londres, c'était le stress, la solitude, l'absence de choix dans tous les domaines… Là-bas, j'étais chahutée par mon travail ou par Kyle. Et voilà qu'ici, je décidais de sortir avec un mec de rêve, à mes conditions, soutenue par ma cousine et vêtue de la robe que me prêtait ma nouvelle amie. Je suis sortie de ma chambre. À quel moment les choses avaient-elles basculé ? À quel moment avais-je cessé de fuir mon existence pour commencer à vivre ? Le changement s'était opéré en moi de façon subtile, mais désormais, il m'apparaissait clairement.

Lil était toujours dans son bureau quand je suis entrée dans la cuisine où Cole m'attendait, en chemise noire et jean indigo, son chapeau à la main.

—Tu es prêt ? lui ai-je demandé en essayant de ne pas perdre contenance.

J'avais du mal à détacher mon regard de lui et, de son côté, il matait ouvertement ma poitrine.

—Tu es…

Il a poussé un long soupir.

—Tu es… trop canon. Mais putain, comment tu veux que je reste sage, moi ?

Ma gorge s'est serrée. La tension commençait à monter et si je n'y mettais pas le holà, on risquait fort de ne jamais quitter la maison… J'ai esquissé une moue sévère.

—Parce que c'est le *deal*, lui ai-je rappelé. D'abord, un *date* platonique, afin de faire plus ample connaissance, et ensuite…

Le sous-entendu a résonné très nettement dans le silence.

—OK. Alors, allons-y, Princesse, a conclu Cole en coiffant son chapeau. Mais j'ai bien peur que pour tout carrosse tu doives te contenter du pick-up.

***

Une demi-heure plus tard, au bout d'un trajet très tendu, en silence et dans le noir, nous sommes arrivés au restaurant. Cole m'a tenu la porte. Il s'efforçait tellement de ne pas me déshabiller du regard que j'ai ri tout haut pendant que nous ôtions notre chapeau.

—Quoi ? a-t-il fait avec un sourire penaud, alors que le serveur nous apportait nos consommations.

—C'est bon, tu as le droit de regarder… mais pas de toucher, ai-je répliqué, heureuse que notre échange se fonde dans le paisible brouhaha ambiant.

J'ai regardé autour de moi. Le plafond bas et l'éclairage bien pensé conféraient à la salle une atmosphère cosy et intime. On aurait pu se croire dans un restaurant londonien : mobilier moderne et visiblement coûteux, nappes et serviettes d'un blanc immaculé et parquet ciré.

—Alors, qu'est-ce que tu en dis ? m'a demandé Cole en prenant le verre que lui tendait le serveur.

J'ai fait de même. Ça me faisait tout drôle de tenir un verre de vin, ai-je pensé en faisant tournoyer son contenu.

—Magnifique, ai-je répondu en soutenant son regard. Mais il ne fallait pas. Ce n'était pas la peine de m'inviter à dîner dans un endroit aussi chic… Tu sais bien que je suis toujours partante pour une soirée classique au bar avec un bon groupe de country.

Il a étouffé un petit rire en buvant une gorgée de son verre.

—Je voulais un lieu beau et agréable. Ça fait un bail que je n'ai pas eu envie de sortir avec quelqu'un, tu sais…

Nous nous sommes regardés dans les yeux, oubliant lentement les gens autour de nous, seuls au monde. Le serveur nous a ramenés sur Terre en arrivant pour prendre notre commande.

—Bon et maintenant, c'est toi qui commences, ai-je déclaré en me laissant moi aussi aller contre le dossier de ma chaise. Tu es né ici ? Comment tu as connu Lil ?

Cole s'est mis à me raconter sa vie. Sa voix grave, chaude et douce comme un bon whisky, m'aurait presque fait oublier ce qu'il disait, mais lorsqu'il m'a retracé sa rencontre avec Lil, je me suis laissée prendre par son récit, captivée. Ça s'était passé peu de temps après que mes parents et moi avions cessé de venir au ranch pour les vacances. Un sourire aux lèvres, il m'a parlé avec décontraction de leur petit flirt d'adolescents, dans des termes sans équivoque : s'ils avaient eu un *crush* à l'époque, c'était fini depuis longtemps. Cole s'était ensuite orienté vers le rodéo et toute sa vie n'avait plus tourné qu'autour de ça : la monte de broncos, les victoires et les blessures, la compétition à un niveau toujours plus élevé jusqu'à devenir champion du Wyoming.

—Et les femmes dans tout ça ? lui ai-je demandé en souriant. Pas le temps ?

—Si, un peu… Mais tu sais, ce n'est pas facile de se fixer quand on est sur le circuit. On ne reste jamais longtemps au même endroit et puis… il y a beaucoup de *buckle bunnies*, a-t-il avoué, même si elles s'intéressent plus aux victoires qu'au cow-boy.

Mon moral a dégringolé. Évidemment, Cole devait attirer les regards… et cumuler les coups d'un soir, forcément. À la seule idée qu'il puisse être avec une autre femme, j'ai ressenti une brusque montée de jalousie.

—Tu n'as jamais pensé à reprendre la compétition ? me suis-je enquise avec douceur, consciente que j'abordais un sujet sensible.

Il a changé de physionomie, mais son regard est resté chaleureux. Confiant.

—Si, j'y pense, de temps en temps. Je crois que Seth serait furax que j'aie arrêté le rodéo à cause de lui. Mais… je ne sais pas. Le *bronc riding*, ça reste un truc de malade. Mais si tu te débrouilles bien, ça rapporte pas mal.

J'ai hoché la tête.

—Si c'est ça qui te rend heureux, tu devrais continuer. Moi, j'ai adoré le rodéo, la semaine dernière, c'était fantastique. Je viendrais te voir, ai-je ajouté avec un timide sourire. Je pourrais même apprendre à brailler comme les habitués.

Cole m'a décoché un sourire à couper le souffle.

—Oh ça, j'en suis persuadé, Princesse, a-t-il murmuré en se mordillant la lèvre.

Il s'est renversé contre le dossier de sa chaise, comme pour prendre du recul, et m'a considérée avec défi.

—Mais assez parlé de moi. Maintenant, je veux tout savoir sur toi. Où tu es née, où tu as grandi… raconte-moi tout jusqu'à aujourd'hui.

J'ai exhalé un long soupir. Comment résumer mes vingt-quatre ans d'existence sans verser dans le soporifique ? Mais son verre de vin à la main, Cole ne me lâchait pas du regard. Alors, croisant les bras sur la poitrine en guise d'armure, je lui ai raconté mon enfance dans la campagne anglaise, la pression que me mettait mon père pour que je réussisse dans la vie. Mes efforts pour entrer en fac, puis ma rencontre avec Hestia et la période de lâcher-prise qui avait suivi, dans le sillage de son esprit d'aventure.

—Elle a l'air sympa, a-t-il commenté avec un grand sourire.

—Hestia ? C'est la meilleure. (Je lui ai souri, non sans tristesse.) J'espère que tu la rencontreras un jour… Elle te plairait, je pense.

Et, perdue dans ma rêverie, je me suis imaginée la faisant venir au Diamond Back. Je la voyais d'ici se couler dans la vie du ranch…

—Mon copain… Enfin, je veux dire mon ex, ai-je bafouillé en me maudissant intérieurement, ne l'a jamais comprise. Pourtant, j'aurais dû me fier à Hestia. Elle ne l'a jamais senti et elle avait raison, c'est un connard fini.

Cole s'était rembruni, incapable de dissimuler les sentiments qu'il remâchait.

—Qu'est-ce qui s'est passé ?

Au fur et à mesure que je lui racontais la suite d'événements qui m'avaient conduite à sauter dans le premier avion pour le Wyoming, il s'est décollé du dossier de la chaise, puis s'est penché vers moi et a cherché ma main sur la table.

—Il s'est bien foutu de moi, depuis le début, ai-je conclu en prenant sa main. Et il a fallu que ça me tombe dessus pour que j'ouvre les yeux, tu vois ? Pour que j'aie vraiment le cœur brisé, comment dire… ? Comme si j'avais eu une réaction à retardement.

Il a froncé les sourcils en me caressant la main du pouce.

—Et donc ? Tu as le cœur brisé ?

Je l'ai regardé droit dans les yeux en secouant la tête, les mots me fuyant presque. Son pouce s'était immobilisé sur ma main, en attente de ma réponse.

—Non, sûrement pas. Parce que quand je pense à lui, ça ne me fait rien. Mon cœur est pris ailleurs.

Cole a baissé les yeux comme s'il hésitait à se lancer.

—J'avoue, c'est la première fois que je suis amoureux, m'a-t-il confié à voix basse en relevant la tête. Mais il paraît que quand ça t'arrive, tu le sais. Au plus profond de toi.

—C'est ce que j'ai entendu dire, moi aussi.

J'ai souri tandis qu'il me pressait tendrement la main. À cet instant, la réalité s'est immiscée dans notre bulle sous la forme d'un serveur chargé de nos assiettes.

—Ça aussi, tu vas le poster sur les réseaux sociaux ? m'a taquinée Cole, achevant de rompre l'intensité du moment.

J'ai ri.

—Jamais de la vie ! Les gens veulent des cow-boys et des couchers de soleil, pas de la bouffe.

Il est redevenu songeur.

—Les activités d'un ranch équestre n'ont rien à voir avec les anciennes façons de faire, c'est clair. Quand j'étais petit, je devais aider mon père et Wyatt avant d'aller à l'école, puis le soir, par tous les temps.

J'ai fait la grimace. Je me souvenais de nos vacances d'hiver à Jackson. C'est là que j'avais compris ce que ça faisait d'être dehors par moins vingt. Les habitants du coin devaient être sacrément costauds pour supporter de telles conditions, m'étais-je dit, à l'époque.

—Tu as dû en baver, ai-je hasardé. Je me souviens que quand j'étais ado, je râlais comme un pou quand je devais aller au centre équestre et qu'il faisait un ou deux degrés… c'est-à-dire trente-cinq degrés Fahrenheit, si tu préfères.

Cole a émis un petit rire.

—Non, ce n'était pas si terrible que ça. Au moins, quand je travaillais au ranch, je ne pensais pas à ma mère et à toutes ces conneries, tu vois ? Mon père est plutôt bourru et Wyatt lui ressemble trait pour trait. Il a fallu que je rencontre Lil pour avoir quelqu'un à qui parler.

Bouleversée, je lui ai tendu la main. Il l'a prise, touché par l'émotion qu'il devait lire dans mon regard.

—Tu étais très jeune quand elle vous a quittés ?

J'espérais que sa solitude n'avait pas duré trop longtemps, mais comme il acquiesçait d'un signe de tête, j'ai pincé les lèvres, sentant le picotement des larmes qui me montaient aux yeux. J'imaginais sans peine Cole, petit garçon, confronté à une situation qu'aucun enfant ne devrait avoir à vivre, encore moins quand cet enfant n'a personne à qui se confier.

Il m'a serré les doigts.

—J'avais sept ans quand elle est partie, a-t-il avoué, le regard toujours rivé au mien, tandis que j'assimilais la souffrance qui avait dû être la sienne. Ç'a été la pire période de mon existence. C'était vraiment la merde, mais… comment dire ? Sans ça, je n'aurais peut-être pas autant aimé les personnes que j'ai choisi de faire entrer dans ma vie. Peut-être que si tout m'avait été servi sur un plateau, je n'aurais pas su estimer les choses à leur juste valeur.

Muette d'émotion, je me suis détournée pour boire une gorgée de vin.

—Tu as le cœur sensible, hein, chérie ?

Sa voix était douce, tout comme son regard.

—Je ne supporte pas qu'on fasse souffrir les gens que j'aime, ai-je murmuré.

Une phrase toute simple, certes, mais qui venait du cœur.

Le reste du repas a été noyé sous un déluge de questions/réponses sur la vie. À ma grande surprise, nous étions presque d'accord sur tout. Bêtement, je m'étais imaginé que nos origines différentes ne pouvaient que créer un fossé entre nous, que nos mentalités seraient forcément à l'opposé l'une de l'autre, mais finalement, c'était tout le contraire.

Quand on nous a apporté l'addition, j'ai ouvert mon sac.

—Hep, hep, hep... pas de ça, a dit Cole en balayant du revers de la main l'éventualité que je sorte mon portefeuille. Je suis peut-être vieux jeu par rapport aux façons de faire britanniques, mais chez nous, l'homme paie toujours au premier rendez-vous, et ça ne se discute pas.

J'ai levé les mains en guise de capitulation, un peu inquiète. La note risquait d'être salée dans un restaurant aussi chic. Je n'avais aucune idée de ce que gagnait un responsable de ranch, mais je ne voulais pas avoir l'air de spéculer.

Comme s'il lisait dans mes pensées, il m'a rassurée :

—Écoute, je ne bosse pas pour une banque d'investissement, moi, et mon père ne roule pas sur l'or, mais la compétition m'a rapporté pas mal d'argent... et puis j'avais aussi deux ou trois sponsors.

—Et maintenant, tu es une star des réseaux sociaux !

Il a pouffé.

Mais en réalité, il était fait pour ce rôle, songeais-je comme nous traversions la salle pour sortir du restaurant. Les lumières caressaient sa peau bronzée et soulignaient le brun chaud de ses yeux.

Une fois dans la rue, nous nous sommes calés sur le même rythme et au moment de traverser, sa main a saisi la mienne.

J'ai croisé son regard.

—Les amis, ça se tient parfois la main, s'est-il justifié en haussant les épaules.

Mais il a entrouvert les doigts, invitant les miens à s'y entrelacer.

—J'ai l'impression de te connaître depuis toujours, ai-je avoué.

Il s'est arrêté, la main sur la poignée de la portière.

—J'étais justement en train de me dire la même chose. Et aussi que ce n'est vraiment pas facile de rester sage avec toi.

J'ai opiné du chef en souriant. Il m'a ouvert la portière et a attendu que j'aie grimpé dans le pick-up pour aller s'installer au volant.

Avant de démarrer, il a mis la radio en sourdine alors que résonnaient les premières mesures d'une chanson country que je connaissais.

—Je l'aime bien, celle-là, ai-je dit.

Cole a souri et a légèrement monté le son avant de sortir du parking.

—Tu la connais ? s'est-il étonné.

—Bien sûr, je n'ai rien contre la country. (J'ai haussé les épaules.) Ma mère est d'ici, je te rappelle, et elle a continué à en écouter en Angleterre. J'ai été biberonnée à Dolly Parton, John Denver et Johnny Cash… Mais j'avoue que je suis plus fan de Riley Green, Lainey Wilson… ce genre de fille.

Cole a secoué la tête, incrédule, puis m'a repris la main.

—Ma foi, on dirait qu'on a aussi les mêmes goûts en musique, Princesse.

Sur tout le trajet de retour, nous avons fredonné et chanté chaque chanson qui passait à la radio. Cole a même fini par lancer Spotify pour passer sa *playlist* préférée. Nous ne nous étions toujours pas lâché la main. L'embranchement du ranch approchait et je n'avais pas envie que notre *date* se termine.

—Merci pour cette soirée, ai-je dit alors qu'il quittait la route pour s'engager sur le chemin qui menait au ranch. C'était un dîner de rêve en compagnie d'un parfait gentleman.

Cole a ralenti et s'est rangé sur le côté. Surprise, je me suis tournée vers lui, mais sans me laisser prononcer un mot de plus, il a posé la main sur ma joue et a effleuré mes lèvres des siennes.

—Non, Princesse, c'est toi qui es parfaite. De ta ravissante bouche à ton adorable accent britannique quand tu chantes de la country.

J'ai laissé échapper un soupir tremblant, le corps soudain embrasé par son toucher.

—Cole, tu n'imagines pas l'effet que tu me fais, ai-je avoué en fermant les yeux pendant que ses lèvres dessinaient le contour de ma mâchoire.

—Le simple son de ta voix me rend fou, chérie, surtout quand tu dis mon nom.

Cette fois, dans le noir, tout s'est enclenché très vite. Prise d'un vertige, je l'ai laissé m'embrasser d'abord avec douceur, puis avec plus d'insistance. Sa caresse, la sensualité de nos baisers, le désir qui montait en moi, de plus en plus impérieux... Toutes ces sensations commençaient à m'être familières. Mes mains ont parcouru sa chemise avant de s'aventurer plus bas, vers son jean.

Il s'est écarté trop vivement, me laissant haletante.

—Ce n'est pas facile de te résister, tu sais, a-t-il reconnu, la respiration altérée. J'essaie de me conduire en gentleman, mais je suis tout sauf parfait.

—Pourquoi tu veux résister ? ai-je murmuré.

Mais il a redémarré avec un petit rire, faisant vrombir le pick-up sur la piste escarpée.

—Je n'en ai aucune envie, figure-toi, a-t-il répondu d'une voix rauque. Mais pas dans mon pick-up, au beau milieu du chemin. Tu mérites mieux que ça. J'ai d'autres ambitions pour toi.

J'ai frissonné de plaisir anticipé, les doigts crispés sur la bandoulière de mon sac.

Soudain, alors que nous arrivions au ranch, les phares du pick-up ont éclairé une voiture garée devant.

Cole a froncé les sourcils.

—Mais… qui ça peut être à une heure pareille ?

—Un hôte payant ? ai-je hasardé en remarquant la plaque du Colorado. Pourtant, ceux qui avaient réservé sont déjà là, non ?

Il a acquiescé. Intrigués, nous sommes descendus du pick-up et nous avons marché jusqu'à la maison. À peine la porte entrouverte, des voix nous sont parvenues aux oreilles. Deux personnes discutaient à l'arrière de la maison.

—Tu reconnais cette voix ? ai-je demandé à Cole, en restant un peu en arrière.

Nous avons traversé la maison et nous sommes sortis sous la véranda de derrière. Les voix se sont tues.

—Ah, Cole, te voilà ! s'est exclamée Lil avec un certain soulagement. Lottie est avec toi ?

Cole s'est arrêté net et s'est effacé pour me laisser passer. Troublée, je me suis avancée lentement, m'arrêtant à côté de lui. À l'instant où une silhouette se levait du rocking-chair à droite de la porte et se tournait vers moi, l'air furieux.

Mon père.

14

— Mais qu'est-ce que tu fais ici ? lui ai-je demandé, complètement larguée. Je ne comprends pas, maman m'avait dit que tu étais en Géorgie !

Mon père m'a foudroyée du regard, me renvoyant en pleine tête mes bêtises d'enfant combinées à mes conneries d'adolescente.

Il s'est tourné vers Lil et Cole, s'attardant sur le cow-boy, analysant notre posture, notre proximité, ma robe.

— Vous voulez bien nous laisser un moment ?

J'ai senti la main de Cole sur mes reins.

— Je t'attends à l'intérieur, a-t-il murmuré. Au moindre problème, tu m'appelles.

La porte s'est refermée et j'ai entendu ses pas et ceux de Lil s'éloigner dans le vaste silence de la nuit.

Mon père a secoué la tête, les poings sur les hanches.

— Et c'est toi qui me demandes ce que je fais ici ? a-t-il sifflé en se rembrunissant. Mais je te retourne la question ! Qu'est-ce que *toi*, tu fais ici ? Et sans prévenir Kyle, en plus ! Il a fallu qu'il appelle la maison il y a quelques jours pour apprendre de la bouche de ta mère que tu avais quitté l'Angleterre !

Ma première réaction a été d'accepter la situation, de laisser ce torrent de colère déferler sur moi. De faire profil bas et d'acquiescer jusqu'à ce que l'orage retombe. Le tempérament de mon père avait plané sur ma jeunesse comme une épée de Damoclès, c'est ce qui m'avait poussée à privilégier des loisirs à l'extérieur ou, au contraire, dans le refuge de ma chambre, mais aussi à suivre un cursus universitaire plus classique que celui que j'aurais choisi au départ.

—Ça ne le regarde pas, ai-je répliqué d'un ton égal, malgré la colère qui montait en moi. Je lui ai dit que c'était fini entre nous, ça devrait suffire.

—Mais bien sûr que si, ça le regarde ! Tu es sa copine, bon sang ! Tu ne peux pas mettre les voiles et quitter les gens sans un mot… C'est cruel, Lottie. On ne t'a pas élevée comme ça. Que vont penser ses parents, hein ?

Ma colère est encore montée d'un cran. J'aurais dû m'en douter. Comme d'habitude, mon père ne s'intéressait qu'aux apparences ; l'essentiel pour lui, c'était que moi, que ma famille, fasse la meilleure impression possible sur ces connards de Montgomery ! J'ai résisté à l'envie de lui rétorquer que Marina n'avait que mépris pour nous et qu'une fille lambda comme moi, issue de la classe moyenne et affligée par-dessus le marché d'une mère américaine, ne présentait aucun intérêt pour quelqu'un qui se foutait de tous ceux qui n'appartenait pas à son cercle de relations fortunées.

—Je ne veux pas en discuter avec toi, ai-je répondu en luttant pour rester polie.

J'ai reculé, la main sur la poignée de la porte.

—Tu ne sais rien de la situation, papa et franchement, tout ça ne te regarde pas. De quel droit tu viens me hurler dessus ? Je ne suis plus une gamine que tu peux intimider.

Il a blêmi de rage. Il savait que j'avais raison, il le savait parfaitement. Je me suis préparée à l'affrontement que je sentais désormais inévitable : l'heure des règlements de compte était enfin venue.

—Je te parle comme je veux, a sifflé mon père en s'avançant. Alors, écoute-moi bien : tu vas rentrer à la maison par le premier vol et arrêter de te conduire comme une enfant. Tu as des responsabilités en Angleterre, sans parler du fait que tu dois une sacrée explication à Kyle après la façon dont tu t'es conduite…

—Sur *mon* comportement ?

Agrippée à la poignée de la porte, j'ai laissé éclater ma rage et au diable la retenue !

—Sérieusement ? Parce que c'est moi qui me suis mal conduite, peut-être ? Je suppose que Kyle a commodément omis de te dire qu'il baisait avec une de ses clientes ? Hein ? Il t'a parlé d'elle ?

Le silence de mon père a confirmé ce que je pensais.

—Je ne dois rien à Kyle, papa, pas même la merde collée sous ma putain de santiag ! ai-je craché. Kyle est un menteur, un trompeur et un petit snobinard de merde ! Hestia ne s'y est pas trompée, elle, elle l'a vu dès le début, tandis que toi, tu vénérais ses minables orteils !

Mon père a secoué la tête avec dégoût.

—Premièrement, tu t'exprimes comme une poissonnière : voilà ce qui arrive quand on traîne avec une marginale comme cette Hestia, a-t-il riposté d'une voix grondante de colère, son poing se transformant en un index pointé sur mon visage. Deuxièmement, il s'agit peut-être d'un malentendu que vous devez régler entre vous. On ne fuit pas au premier obstacle pour aller se terrer chez les péquenauds, dans un trou perdu au beau milieu de nulle part !

J'ai lâché un rire aussi amer que ses paroles.

—Bon sang, tu es aussi snob que Kyle… ai-je raillé. Mais d'où tu sors toutes ces conneries ? Tu as passé ta vie à les faire bouffer à maman, bordel ! Ça te vient d'où, cette obsession pour la position sociale ? Pourquoi tu te focalises sur ce qu'ont les gens ou sur ce qu'ils n'ont pas ?

—Parce que c'est important ! a-t-il rugi. Et parce que je me suis tué au travail pour te payer tes études sans nous endetter. Et c'est comme ça que tu me remercies ? En prenant la fuite ? En venant t'enterrer ici ? Jamais je ne te laisserai gâcher ta vie, tu m'entends ? Jamais ! Ta mère, j'ai réussi à la sortir de ce ranch, mais ta tante n'a pas eu sa chance. Et regarde comment elle a fini ! s'est-il presque étouffé, les yeux exorbités. Parce que je l'ai vu, ce cow-boy, j'ai vu comment vous vous regardiez…

—Ne t'avise pas de dire un mot de plus ! ai-je sifflé. Laisse Cole en dehors de ça ! Oui, c'est vrai, je suis partie pour faire une pause, pour prendre un peu de recul. Parce qu'à Londres, je m'épuisais à courir après quelque chose, sans savoir quoi. Et devine ? C'était ici depuis le début, dans ce lieu extraordinaire ! Je me sens enfin moi-même dans ce ranch où je ne suis entourée que de gens *bien* et je peux te dire que ça me change de toutes ces conneries d'entreprise et de tous ces salauds de privilégiés qui trompent leur copine.

Mon père a laissé passer quelques secondes, puis il s'est massé le front avec une expression de dégoût.

—Bonté divine… Tu t'es enfuie au Wyoming pour te maquer avec cette espèce de cow-boy crasseux…

—Comment oses-tu ? ai-je hurlé, ivre de rage. Tu ne sais rien de lui, ni de cet endroit… et puis de toute façon, ça ne te regarde pas, bordel !

—Tu es ma *fille*, Lottie, bien sûr que ça me regarde !

Il a encore avancé d'un pas.

—Ce type n'est pas assez bien pour toi, point final.

Je me suis obligée à prendre une profonde inspiration, à me calmer juste assez pour ne pas prononcer des paroles irréparables.

—Cet homme vaut cent fois mieux que Kyle, ai-je déclaré lentement, d'une voix forte, mais égale. Et même mille fois mieux. Et tu n'as absolument aucun droit d'être ici, alors maintenant, tire-toi.

Il m'a ri au nez.

—Sûrement pas. Pas avant que tu m'aies promis de rentrer à la maison et de régler ce problème avec Kyle. Et il faut que tu te trouves un autre travail, je te rappelle. Comment tu comptes t'y prendre ? Si tu crois que je vais payer ton loyer à Londres, tu te trompes.

J'ai poussé un long soupir en baissant les yeux sur mes santiags.

—Mais je ne te le demande pas. Je n'ai pas besoin de ton argent. J'en ai suffisamment gagné toute seule, merci. Et quant à mon futur emploi, j'ai déjà envoyé plusieurs candidatures. J'ai même passé un entretien hier, si tu veux tout savoir… Mais encore une fois, ça ne te regarde pas.

—Et Kyle ? m'a-t-il interrompue en pointant un index menaçant sous mon nez.

Un souvenir m'est revenu. J'ai revu mon père se conduire de même avec ma mère, devant ses amies. Combien de fois l'avait-il rabaissée avant qu'elle cesse de se rebeller ? Est-ce que le fait de vivre dans un pays qui n'était pas le sien, de devoir rester mariée à un Anglais pour pouvoir y demeurer avait joué dans tout ça ? Ma mère avait-elle tout supporté pour ne pas être forcée de rentrer aux États-Unis en me laissant derrière elle ? Une bouffée de culpabilité m'a envahie, suivie de près par une nouvelle montée de rage.

—Kyle peut aller se faire *foutre* ! ai-je craché en détachant chaque mot.

Mon père était lui aussi proche de l'explosion.

—Très bien, tu gâches donc une excellente relation avec un homme qui peut t'offrir la lune, et tout ça pour quoi ? Pour ce trou à rats ? a-t-il riposté en désignant la maison.

J'ai bien tenté de me retenir. J'ai cru que j'avais encore un peu de contrôle sur moi-même. Mais la digue a cédé.

—Oui, papa, oui ! me suis-je écriée. Et pour ton info, je ne suis pas « maquée » avec Cole comme tu le dis si bien. Et quand bien même, j'en serais sacrément heureuse ! Vivre ici, avec lui, ce serait un énorme progrès dans ma vie. Et tu sais quoi ?

Je me suis ménagé une pause, rien que pour me délecter de son expression outrée.

—S'il me demandait de l'épouser demain, de me caser avec lui et d'avoir une ribambelle d'enfants, j'en serais ravie, putain. C'est pour te dire à quel point la seule *possibilité* d'une relation avec lui vaut mieux que le *néant* absolu que je vivais avec ce connard de Kyle.

Transformé en statue de sel, mon père me regardait comme si la Lottie qu'il connaissait était morte.

Il a secoué la tête.

—Je ne te reconnais plus. Tu n'es pas la fille que j'ai élevée…

—Tu ne m'as pas élevée, tu m'as *tyrannisée* ! Alors, maintenant, fous le camp ! Dégage !

Un sanglot m'est monté à la gorge et s'est mué en explosion de rage lorsque mon père a voulu répliquer.

—*Va-t'en* ! Fous-moi la paix !

Pliée en deux, je n'avais plus rien à donner.

J'ai senti la poignée s'abaisser sous ma main. La porte s'est ouverte et soudain des bras m'ont enveloppée. Cole. Son odeur enivrante, sa présence immédiate, sa stature impressionnante.

Je me suis tournée vers lui, me blottissant contre son corps.

—Je suis là, Lottie. Tout va bien. Rentrons.

—Va-t'en de chez moi, a ordonné Lil à mon père d'une voix calme, malgré la colère qui faisait vibrer chacune de ses paroles.

Cole m'a entraînée à l'intérieur de la maison.

—Ne sois pas ridicule, Elizabeth, s'est moqué mon père. C'est une affaire entre Lottie et moi.

—C'est ça, oui… a ironisé Lil. Tu as en fait une histoire personnelle, et très vite. Et même si ça n'était pas le cas, tu n'as pas à lui parler sur ce ton. Alors, maintenant, tire-toi de mon ranch avant que j'aille chercher mon fusil.

—Quelle honte… a sifflé mon père.

Hors de moi, j'ai voulu ressortir pour prendre la défense de ma cousine, mais Cole m'en a empêchée.

—C'est bon, chérie. Lil est capable de gérer ça toute seule. Elle a vu pire, au ranch.

Sa voix grave vibrait dans mon dos tandis qu'il me conduisait à ma chambre.

—Le salaud ! ai-je lâché dans un frisson, en m'efforçant désespérément de ne pas pleurer. Comment a-t-il pu… Comment ose-t-il…

Une fois dans ma chambre, Cole s'est adossé à la porte et m'a prise dans ses bras. J'ai fondu en larmes. Il me caressait les cheveux tout en m'enlaçant fermement. À plusieurs reprises, j'ai senti ses lèvres presser sur ma tête des baisers consolateurs pour tenter d'aplanir ce qui m'apparaissait comme une vie entière d'écueils et d'aspérités.

Quand mes sanglots se sont un peu calmés, il m'a fait asseoir sur le lit et m'a enlevé mes santiags avant de m'aider à m'allonger. Puis il m'a gentiment bordée.

—Je vais te chercher un verre d'eau, d'accord ?

Sa voix était d'une douceur presque insupportable après les insultes que j'avais essuyées… et renvoyées à l'expéditeur.

Dans le silence qui a suivi, je me suis remise à pleurer d'humiliation. Lil et Cole devaient avoir tout entendu… Je brûlais de honte d'être associée à un homme affublé de cette mentalité-là. J'étais mortifiée d'avoir si longtemps enduré la stupidité de mon père avant d'oser enfin me rebiffer !

La porte s'est rouverte, mais c'est Lil qui est entrée dans la chambre, pâle, mais déterminée.

—Il est parti, ma chérie.

Elle est venue se pencher sur moi.

—Je suis tellement désolée, Lil, me suis-je excusée d'une voix enrouée par l'émotion. Je n'arrive pas à croire qu'il ait dit toutes ces horreurs sur ta mère et toi.

Lil m'a serrée très fort dans ses bras.

—Ne t'en fais pas pour ça, ma cocotte. Ce genre de chose, ça glisse sur moi comme de l'eau sur les plumes d'un canard. En plus, ton père n'est pas très différent du mien, et ce à bien des égards. J'ai déjà subi ce genre de scène dégueulasse, tu te souviens ?

J'ai acquiescé au moment où Cole revenait avec un verre d'eau.

Il a échangé un regard avec Lil.

—Repose-toi, d'accord ? Et ne t'inquiète pas, ça ira mieux demain.

Elle m'a déposé un baiser sur le front et a serré affectueusement le bras de Cole avant de sortir en refermant la porte.

Il a posé le verre sur la table de chevet, allumé la lampe et éteint l'éclairage principal avant de s'asseoir au bord du lit.

Les paroles qui avaient été prononcées sous la véranda pesaient sur nous comme une chape de plomb.

—Je te remercie pour tout ce que tu as dit à ton père, a-t-il déclaré, les mains posées à plat sur ses jambes, comme s'il ne leur faisait pas confiance.

—Je suis tellement navrée que tu aies dû entendre tout ça, ai-je murmuré. Il est… Je le déteste d'avoir craché toutes ces saloperies sur vous.

Cole a hoché la tête.

—Pff… Moi, c'est pour lui que je suis désolé. Les gens comme ton père me font pitié. Ils ne connaîtront jamais le vrai bonheur, tu sais. N'empêche, je n'en reviens pas qu'il t'ait parlé comme ça. (Il a secoué la tête.) Je sais bien que c'est ton père, mais je te jure que… Je ne sais pas si j'arriverai à me retenir si jamais il recommence à te traiter comme ça devant moi. Bon sang, Lottie ! Ça me rend malade de te voir pleurer.

Je me suis noyée dans ses yeux qui me dévisageaient avec inquiétude. Ce n'était pas ainsi que je m'étais imaginé finir le plus beau *date* de ma vie. J'éprouvais une colère mêlée de tristesse à voir comment l'irruption de mon père avait gâché notre merveilleuse soirée.

—Tu as besoin de te reposer, je vais… a murmuré Cole, comme pour repousser encore l'inévitable.

Mais avant qu'il ait pu se lever du lit, j'ai tendu la main vers lui.

—Non, ne t'en va pas, enfin… Tu n'es pas obligé de t'en aller, sauf si c'est ce que tu veux.

Il a baissé les yeux, un infime sourire aux lèvres.

—Je ne sais pas, Lottie…

—Non, je ne voulais pas dire que… mais… reste… c'est tout. Je ne… je ne veux pas dormir seule.

Il a hoché la tête et fait le tour du lit. J'ai entendu ses bottes tomber sur le plancher, puis le grincement du sommier quand il s'est allongé à côté de moi, sans me toucher. Après une brève hésitation, j'ai supprimé l'espace entre nous. Son bras s'est refermé sur ma taille, ses doigts se sont insinués entre les miens et j'ai senti mes paupières s'alourdir. J'ai fermé les yeux.

Dans le silence de ma chambre, mon corps réagissait au sien, comme toujours, mais je résistais à la tentation de me tourner vers lui et d'amorcer quelque chose de tout à fait différent. La flamme crépitait, à quelques centimètres de la mèche, mais mieux valait ne pas laisser l'explosion se produire ce soir, après tout ce qui s'était passé. Au bout d'un moment, ma respiration s'est ralentie, la chaleur de son corps s'est mêlée à la mienne et, le cœur calé sur les battements réguliers du sien, j'ai senti mes paupières se fermer.

—Bonne nuit, Lottie, a murmuré Cole. Tu peux dormir tranquille, je veille sur toi.

—Merci, ai-je marmonné en lui pressant les doigts.

Et je me suis enfin laissée aller au sommeil.

***

J'ai émergé le lendemain dans une douce lumière tamisée.

Je me suis étirée et… ma jambe a touché quelque chose. Ou plutôt quelqu'un.

La réalité m'est revenue d'un coup et je me suis tournée. Cole, un grand sourire aux lèvres, était adossé contre la tête de lit. La courtepointe était arrangée de son côté et il buvait un café fumant tout en lisant quelque chose sur son téléphone.

—Bonjour, Princesse. Tu sais que tu t'étires comme un petit chat ?

Interdite, je l'ai contemplé : chemise à carreaux écossais ajustée dont les deux premiers boutons ouverts et les manches retroussées révélaient une peau bronzée, jean Wrangler moulant, cheveux bruns et sourire ravageur qui éclairait ses yeux couleur chocolat.

—Tu es là, ai-je dit dans un souffle.

Consciente de la stupidité de ma phrase, j'ai rectifié.

—Je veux dire… tu es resté.

—Je t'avais dit que je veillerais sur toi.

Son regard s'est adouci en me parcourant.

—Je suis levé depuis un moment, mais je voulais être là à ton réveil. Tu es bien jolie avec tes cheveux en désordre. Et cette robe est… hum, bon. Tu es toujours aussi mignonne, le matin ?

Ne retenant que le sarcasme, je l'ai regardé, horrifiée.

—Je reviens !

Et je me suis éclipsée dans la salle de bains attenante. Là, j'ai évalué les dégâts dans le miroir. Quel chaos !

Mes cheveux étaient… à l'état sauvage. Une crinière indomptée de boucles recouvrant à peine mes seins qui menaçaient de déborder de la robe bustier. Coup de bol, elle n'avait pas glissé dans mon sommeil. N'empêche, la profondeur de mon décolleté était bien éloignée de toute notion de pudeur. Heureusement, j'avais opté pour un mascara waterproof : je n'avais qu'une légère trace noirâtre au coin des yeux. Bref, dans l'ensemble, je ressemblais plus à… à une fêtarde au lendemain d'une nuit d'amour torride qu'à une fille recrue d'émotions.

Donc… Cole était sincère. Il me trouvait jolie au saut du lit.

Agacée par mon inaptitude à distinguer l'ironie de la sincérité, j'ai pris une douche rapide, sans oublier une seule seconde qu'il se trouvait dans la pièce d'à côté. La porte de communication n'était pas fermée à clef. La seule idée qu'il puisse entrer… entièrement nu, comme l'autre nuit, au clair de lune, près des sources chaudes…

J'ai tourné le mélangeur sur froid. Brrr, c'était glacé ! Étouffant un cri, j'ai carrément coupé l'eau.

Enveloppée dans une grosse serviette de bain, je suis repassée dans la chambre, les cheveux défaits, m'attendant presque à ce que Cole soit parti. Mais non, il était toujours sur le lit, dans la même position, figé dans une immobilité rigide.

J'ai traversé la pièce sous son regard brûlant, je me suis assise au bord du lit et, du coin de la serviette, j'ai épongé les gouttelettes d'eau qui dégoulinaient de ma clavicule vers ma poitrine.

Cole s'est éclairci la voix.

—Bon, il est temps que j'y aille, a-t-il déclaré en se levant lentement. Lil m'a donné ma matinée, mais… j'ai l'impression de prendre trop mes aises, là.

Il a enfilé ses santiags qui gisaient toujours à côté du lit.

—Bon, d'accord, ai-je répondu, démoralisée.

Je m'attendais à beaucoup de choses, mais sûrement pas à être séparée de lui.

Il s'est retourné vers moi, interpellé par mon changement d'intonation.

—Lottie, si je pouvais, je passerais toute la journée avec toi, mais franchement, Lil me tuerait. Et puis je ne pourrais pas m'empêcher de te toucher. Je ne suis pas sûr que tu aies besoin de ça en ce moment.

Résignée, j'ai hoché la tête, comprenant la prévenance qui lui dictait sa décision, mais mon moral a encore dégringolé de quelques crans.

—Et moi, je ne suis pas sûre de vouloir que tu te conduises en gentleman, ai-je murmuré, ce qui m'a valu un gloussement de sa part.

Il est allé vers la porte avant de se retourner vers moi, soudain inquiet.

—Tu n'avais pas un entretien d'embauche, aujourd'hui ?

—Oh, merde… Si. Rhaaa ! Comment j'ai pu oublier ?

Je me suis levée si vite que dans ma précipitation j'ai failli lâcher ma serviette.

Cole m'a lancé un regard appuyé, puis il a ouvert la porte.

—Bon, j'y vais. Si jamais tu as besoin de moi, je serai à l'écurie, d'accord ?

—D'accord.

Se ravisant soudain, il est revenu vers moi d'un pas décidé et m'a déposé un baiser sur le front avant de sortir de la chambre. Le cœur battant, j'ai ressenti un tiraillement dans le ventre, comme si le lien qui m'unissait à lui se tendait douloureusement lorsqu'il s'éloignait de moi.

J'ai poussé un soupir. Allons, il fallait que je me ressaisisse avant l'entretien ! Mon père, Cole, Kyle… ces pensées-là devraient attendre. Ainsi que mes doutes : avais-je réellement envie de décrocher le job auquel je postulais ?

Néanmoins, fidèle à mon conditionnement de Londonienne, j'ai commencé à me préparer. En moins d'une heure, la sirène des plumards à crinière bouclée s'était métamorphosée en pro du marketing aux cheveux lissés. J'avais même réussi à dégoter au dernier moment un chemisier un peu plus chic que le style western dans la garde-robe de Lil.

Résistant à l'envie d'aller voir si notre nombre de *followers* continuait d'augmenter sur les réseaux sociaux, je relisais mes notes dans le bureau quand un lointain grondement de moteur m'a dérangée dans ma concentration. Le bruit s'est rapproché, puis des pneus ont crissé sur le gravier de devant. Le véhicule s'était arrêté.

Mon père ? Il était revenu ?

Un grand vide s'est creusé dans ma poitrine. Je suis allée jeter un coup d'œil en douce par la fenêtre de la cuisine. Une voiture à la ligne épurée et aux vitres teintées, d'un luxe incroyablement ostentatoire, s'était garée devant la maison. Le chauffeur a ouvert la portière arrière et j'ai vu en émerger un homme en costume et chapeau de cow-boy gris.

J'ai couru à la porte d'entrée tout en enfilant mes santiags. Une fois sous la véranda, je suis allée vers lui.

—Je peux vous aider ?

Mais lorsque j'ai compris de qui il s'agissait, mon estomac a chuté dans mes talons.

L'homme m'a inspectée d'un regard perçant.

—Vous n'êtes pas Miss Dean, n'est-ce pas ? s'est-il enquis avec un élégant accent américain, plus proche du mien que du nasillement traînant du Wyoming.

—Non, en effet. Je suis sa cousine, Lottie Wright, ai-je déclaré en lui tendant la main.

Il l'a serrée sans me quitter des yeux.

—Zach Sinclair. Vous n'êtes pas d'ici, alors ? m'a-t-il demandé en s'appuyant contre la voiture, tandis que son chauffeur se rasseyait au volant.

—Non, je suis de Londres. Puis-je transmettre un message à ma cousine ou…

—Je préférerais lui parler de vive voix, m'a-t-il coupée, d'une manière qui m'a si bien rappelé Cressida que je me suis aussitôt hérissée. Mais je suppose que vous n'avez aucun moyen de la joindre, ni de savoir où elle se trouve. À Elk Creek, nous gérons notre ranch de façon plus… efficace.

Je me suis figée, comme si une main de glace s'était abattue sur mon épaule.

—Je vois, ai-je répondu, le côté heurté de mon accent britannique s'intensifiant tandis que je passais en mode froid et professionnel. Eh bien, comme j'ignore à quel moment ma cousine sera de retour, il serait peut-être plus « efficace » que vous me confiiez votre message.

L'homme a laissé passer quelques secondes, l'air surpris par mon changement de ton.

—Écoutez, je ne vais pas y aller par quatre chemins. J'ai vu que certains de vos hôtes payants avaient posté une vidéo sur les réseaux sociaux. C'est notre responsable marketing qui a attiré mon attention là-dessus. Apparemment, il y a eu négligence de votre part, à moins que ça ne soit tout simplement un manque de professionnalisme. Mais dans un cas comme dans l'autre, sachez que cette vidéo n'est pas très bien passée.

Clouée sur place, j'ai attendu qu'il ait sorti son téléphone et lancé l'appli. Il m'a montré l'écran.

C'était un extrait mettant en scène plusieurs cavaliers. L'un d'eux se faisait éjecter de selle, hurlait de douleur dans la poussière et s'emportait contre sa monture indisciplinée. Ensuite, un cow-boy, face cachée, accusait les gens de la ville de ne pas savoir ce qu'ils faisaient et regrettait amèrement que le Wyoming se soit ouvert au tourisme western.

L'adrénaline a fusé en moi. Cette voix, on aurait vaguement dit celle de Jesse… et lorsqu'une veste du Diamond Back est entrée dans le champ, j'ai tressailli d'horreur.

—Vous verrez, les commentaires sont assez accablants, a poursuivi nonchalamment Zach Sinclair, comme s'il parlait de la pluie et du beau temps.

Il a refermé son téléphone et l'a glissé dans la poche intérieure de sa veste.

—Ça ne m'étonnerait pas que les réservations se fassent rares.

—Je ne vois pas comment… ai-je bredouillé.

Je me suis creusé les méninges. Qui étaient nos derniers hôtes ? Jesse ne m'avait parlé d'aucun problème, pas plus que Lil.

—Je ne pense pas que…

Sinclair a incliné la tête sur le côté.

—Mais peu importe ce que vous pensez, non ? Ce qui compte, c'est ce que pensent les gens… les clients potentiels. Sur les réseaux sociaux, tout tourne autour de la perception et de l'image, n'est-ce pas ? Mais je ne vous l'apprends pas, puisque vous avez décidé de façon assez hardie d'attirer les touristes par ce moyen…

C'est alors que j'ai pigé. Un sourire narquois aux lèvres, il me fixait de ses yeux sombres, des yeux de requin qui ne cillaient pas, tandis que la lumière se faisait dans mon esprit.

C'était une vidéo montée de toutes pièces. Elk Creek s'attaquait à nous sur les réseaux sociaux, maintenant.

—Lottie ?

Lil remontait le chemin en compagnie de Cole, le fusil en bandoulière. Tous deux ont regardé la voiture et l'ordure qui s'y appuyait.

—Miss Dean, a-t-il fait, les yeux fixés sur son fusil. Enchanté de faire votre connaissance en bonne et due forme, j'ai tellement entendu parler de vous. J'étais justement en train d'expliquer à votre cousine que votre petite expérience sur les réseaux sociaux s'était quelque peu retournée contre vous.

—Ils ont publié une fausse vidéo ! On y voit quelqu'un qui tombe de cheval et on entend Jesse tenir des propos désobligeants sur les hôtes des ranchs équestres, ai-je sifflé, à la limite de montrer les dents.

Lil en est restée bouche bée. Cole, lui, s'est rapproché de moi, sans détacher son regard inflexible de Sinclair.

Indignée, je me suis avancée.

—Nous pourrions vous dénoncer à la police, faire intervenir nos avocats.

—Oh, je ne pense pas que ce soit une bonne idée, a répliqué Sinclair en ouvrant la portière arrière. J'ai assez d'avocats à mon compte pour anéantir ce ranch. Et c'est précisément ce que je ferai si vous ne nous le vendez pas.

Il a pris sur la banquette arrière une chemise en carton brun qu'il a tendue à Lil.

Elle a secoué la tête.

—Je vous ai déjà donné ma réponse.

—Oui, je sais, a rétorqué Sinclair. Mais le temps presse. Nous sommes en pleine expansion et votre ranch nous gêne. Vendez-le-nous maintenant, à sa juste valeur marchande, ou nous le détruirons avant de vous l'acheter pour une bouchée de pain. Et l'entreprise de démolition commencera par là. (Il a tapoté la poche qui contenait son téléphone.) En plus, on ne sait jamais ce qui peut se passer… (Il a désigné les arbres qui nous entouraient.) Il y a eu de terribles feux de forêt cette année, dans le sud de l'État… Vous êtes au courant ? Or je sais de source sûre que ce ranch n'est pas assuré. Et si un incendie le ravageait ?

Un grand silence a suivi, comme si ces dernières paroles avaient confisqué tout l'oxygène de l'air.

—Vous avez une semaine, a conclu Sinclair en désignant la chemise cartonnée de la tête.

Cole s'est avancé vers lui, l'air mauvais.

—Et vous, vous avez dix secondes pour dégager de nos terres avant que je vous expédie de l'autre côté de la montagne, a-t-il jeté d'une voix grondante, la main sur la poignée de la portière. Alors, remontez dans votre bagnole et tirez-vous.

—J'attends votre réponse avec impatience…

Sinclair a fait un clin d'œil à Lil et m'a coulé un dernier regard avant que Cole ne claque la portière sur lui, manquant de lui coincer le pied.

La voiture s'est éloignée dans un nuage de poussière.

15

J'ignore comment, mais j'ai réussi à me tirer de mon entretien d'embauche avec les honneurs. M'étant isolée dans ma chambre en total look « marketing », je m'étais excusée pour le cadre tout sauf professionnel, mais les recruteurs m'avaient saluée avec chaleur et compréhension. L'un d'eux m'avait même confié qu'il gardait d'excellents souvenirs du parc national de Yellowstone.

—Eh bien, Charlotte, nous avons été ravis de faire votre connaissance, a conclu ma principale interlocutrice au bout d'une heure. Je tenais également à vous dire que quelqu'un qui a été capable de travailler au sein de votre précédente équipe sans perdre son sang-froid a déjà fait ses preuves à mes yeux, m'annonce-t-elle en souriant. Je connais Cressida, nous avons fait nos études ensemble, alors sachez que je compatis de tout cœur avec vous.

M'efforçant de rester impassible, je l'ai remerciée, non sans remarquer son air amusé.

—Vous verrez, ce n'est pas du tout la même ambiance, chez nous, a-t-elle ajouté. En tout cas, nous vous recontacterons très vite pour vous confirmer votre embauche. Pourriez-vous commencer tout de suite ?

J'ai opiné du chef, en mode pilotage automatique, et je les ai remerciés pour l'opportunité qu'ils m'offraient.

Après avoir raccroché, je suis restée dans le silence absolu de ma chambre, prenant conscience de ce qui était en train de m'arriver.

Je me suis tournée vers le lit où, quelques heures plus tôt, Cole était aussi proche de moi qu'on puisse l'être, à un cheveu de basculer dans une tout autre situation. J'avais le corps douloureux de désir, l'esprit obsédé par l'idée de coucher avec lui, même si ça restait abstrait.

D'autant qu'à présent… c'en était fini du ranch, apparemment. Ma petite expérience sur les réseaux sociaux n'avait fait que mettre de l'huile sur le feu. Lil, Cole et les autres, toutes ces personnes que j'avais appris à aimer et pour qui j'avais tant de respect… Qu'allaient-ils devenir ? Venais-je de signer l'arrêt de mort du ranch, les privant du même coup de leur gagne-pain ?

Ça me rendait malade.

Saisie d'un brusque besoin de solitude, j'ai mis ma veste, mes santiags et mon chapeau, et je suis sortie sur la terrasse de derrière pour prendre l'air. L'idée que Lil et les autres prennent sur eux pour faire bonne figure alors qu'ils étaient confrontés à la pire des situations, c'en était trop pour moi.

La lumière voilée du ciel nuageux éteignait les couleurs du ranch et de ses environs, comme si les menaces d'Elk Creek avaient retiré la vie même du paysage.

Où étaient-ils, tous ? J'ai tendu l'oreille. Un murmure de voix à peine audible s'élevait et retombait dans la cuisine. Je me suis rapprochée de quelques pas pour entendre ce qui se disait : ils étaient là tous les quatre, y compris Lil, ai-je compris avec un coup au cœur, en larmes.

Incapable de continuer à écouter, je suis partie vers l'écurie en me maudissant à chaque pas. Et si je revisionnais cette vidéo ? Je me suis forcée à réfléchir aux différentes façons dont nous pouvions réagir. Il fallait absolument rétablir la vérité, mettre les choses au point avec les utilisateurs et nos *followers*, mais à ma grande honte, j'avais peur. Et si, une fois de plus, je ne faisais qu'aggraver les choses ? Mon intervention provoquerait-elle une autre visite de Zach Sinclair ? Voire pire ! Est-ce qu'elle le pousserait à mettre sa menace à exécution ? À incendier le ranch ?

En approchant de l'écurie, j'ai consulté l'écran d'accueil de mon téléphone : j'avais deux appels manqués de ma mère. Mon père devait lui avoir raconté notre dispute. Arrivée devant le box de Jasper, je lui ai caressé le chanfrein juste au-dessus de ses naseaux si doux et si délicats, pendant qu'il mâchonnait du foin. En fait, j'avais besoin de temps pour réfléchir, ce qui permettrait aux autres de s'organiser sans moi. Car il fallait se rendre à l'évidence : j'avais causé plus de dégâts qu'autre chose. Mais avant ça, je devais donner ma version des faits à ma mère.

—Ah, ma chérie, enfin ! Ça fait des heures que j'essaie de te joindre... Alors, qu'est-ce qui s'est passé, ma puce ? Évidemment, ton père m'a téléphoné, mais... je préfère que tu me racontes tout avec tes mots à toi.

J'ai dégluti péniblement. Ma mère était loin d'imaginer à quel point je lui savais gré de ne pas s'être rangée du côté de mon père et de ne pas avoir pris son récit pour argent comptant.

—C'était horrible, maman. Il a commencé à me hurler dessus parce que j'étais venue ici. Il m'a accusée de fuir Kyle et mes responsabilités, il m'a dit que je vous étais redevable parce que vous m'aviez payé des études supérieures et qu'au lieu de vous prouver ma reconnaissance, je bazardais une vie très confortable pour aller m'enterrer dans un trou paumé.

Je me suis interrompue, le temps de reprendre ma respiration. La suite allait être pénible à entendre pour ma mère, vu que mon père avait certainement dû omettre ce détail dans son compte-rendu.

—Il a complètement pourri le ranch et toutes les personnes qui y vivent. Il a dit qu'il t'avait extirpé de ce milieu, puis il a insulté tante Carrie en l'accusant d'avoir raté sa vie.

J'ai entendu que ma mère se déplaçait dans la maison, sans rien dire. Elle devait accuser le coup.

—Je m'en doutais, m'a-t-elle enfin confié, la voix vibrante d'une rage froide. Ton père m'a donné sa version de l'histoire, mais j'entends d'ici le genre d'horreurs qu'il a pu proférer.

—J'ai carrément pété un câble, ai-je murmuré, honteuse, et pourtant convaincue d'être dans mon bon droit. J'ai hurlé, j'ai été grossière… Jamais je ne lui avais parlé comme ça. Mais il… il s'en est pris à des gens qui ne méritent pas ce genre de traitement. J'étais tellement gênée, maman, que Lil et Cole, un des cow-boys du ranch, aient dû entendre ça !

—Oui, je suis au courant, a-t-elle répliqué avec un brin d'amusement. Tu tiens ça de ma mère, ma chérie… elle avait un tempérament passionné qu'elle a transmis à Carrie, ainsi qu'à Lil, je pense. Écoute, ce n'est pas plus mal que tu aies dit ses quatre vérités à ton père, même si c'est dans des termes violents. Je regrette… Tu sais, parfois je regrette de ne pas avoir eu ce courage. Les choses auraient peut-être été différentes pour toi… pour nous deux. Il ne t'aurait pas mis une telle pression et peut-être que de mon côté, je…

J'ai regardé l'écran de mon téléphone, abasourdie. C'était la première fois que ma mère me faisait un tel aveu.

Je me suis ressaisie.

—Ne t'en veux pas, maman, ai-je dit avec douceur. Papa… n'est pas facile à vivre. Je ne sais pas pourquoi, mais ce n'est pas ta faute. Et j'aurais dû te parler de Kyle avant de partir.

Elle a soupiré.

—Ton père est un homme compliqué, a-t-elle concédé. Il ressasse son amertume de ne pas avoir percé comme golfeur professionnel, d'avoir dû se contenter d'une carrière plus modeste d'arbitre. Tu comprends, à la place qu'il occupe, il voit tous ces joueurs plus jeunes et plus doués que lui accomplir ce qu'il n'a pas su faire en son temps sur le circuit et ça le blesse dans son amour-propre. Alors, quand tu es devenue la jeune femme brillante que tu es, il a reporté toute sa frustration et son idéal de réussite sur toi. Quant à Kyle… Bah ! Tu sais, je n'ai jamais bien compris l'obsession qu'ont les Britanniques pour toutes ces histoires de classe sociale, a-t-elle ironisé. Mais c'était le rêve de ton père de te voir entrer dans ce genre de famille. Tu sais, je comprendrais que tu aies du mal à le croire, surtout après toutes les horreurs qu'il t'a dites, mais ton père t'aime, ma chérie.

—OK.

C'est tout ce que j'ai réussi à articuler. De toute façon, toute autre réponse de ma part aurait manqué de conviction.

—Moi, tout ce que je veux, c'est que tu sois heureuse, Lottie, a ajouté ma mère qui s'efforçait clairement de maîtriser son émotion. Je ne suis pas sûre que la fuite soit la meilleure des solutions, mais prendre le temps et le recul nécessaires, c'est important. Et franchement, je trouve que tu as très bien fait de mettre de la distance entre Kyle et toi. Je suis tellement déçue qu'il t'ait traitée comme ça… Ça a dû être horrible.

J'ai repensé au moment où j'avais découvert l'infidélité de Kyle, au choc que ça m'avait fait. Toutefois, maintenant que je la regardais sous un autre angle, je voyais la situation telle qu'elle était, de manière dépassionnée. En fait, Kyle m'avait toujours traitée ainsi, comme un jouet, une fille qu'il exhibait devant ses copains et dont il récompensait le dévouement à coup de présents luxueux.

—C'est vrai, j'ai pris la fuite… ai-je reconnu en levant les yeux de mon téléphone.

Jasper continuait de mastiquer son foin paisiblement. J'ai repoussé de toutes mes forces Elk Creek et les sombres pensées qui m'agitaient avant de poursuivre :

—Mais ma fuite s'est transformée en quelque chose d'autre. Et puis tu avais raison, j'adore ce ranch. De ce côté-là, rien n'a changé.

—C'est bien ce que je pensais, a-t-elle répondu avec un sourire dans la voix. Au fait, tu n'as rien de spécial à me dire à propos d'un certain cow-boy ? Ton père a vaguement abordé le sujet, mais il était tellement furieux que j'ai préféré n'en tirer aucune conclusion.

Que devais-je faire ? Tout lui raconter, carrément ? Non, je préférais attendre que toute cette histoire de réseaux sociaux soit réglée.

—Disons que j'ai appris à apprécier tous ceux qui bossent ici. Y compris un certain cow-boy, je l'avoue.

Ma mère a pouffé.

—En effet, ma chérie, rien n'a changé et toi non plus, a-t-elle répliqué avec douceur, mais sur un petit ton entendu. Bon, c'est parfait, ma puce. Tant que tu vas bien, ça me va. Je vais parler à ton père dès qu'il rentrera.

Il faut qu'on ait une bonne discussion, lui et moi. Pour éviter que ce genre de situation se reproduise.

Nous nous sommes dit au revoir et je me suis retrouvée plongée dans le silence de l'écurie. J'ai regardé Jasper, sans cesser de réfléchir aux raisons qui m'avaient poussée à venir me réfugier ici.

Après l'avoir étrillé et sellé, je me suis dépêchée de l'enfourcher avant que quelqu'un n'entre dans l'écurie. Ne voulant pas non plus affoler Lil, je lui ai envoyé un texto pour lui dire que je partais me balader avec Jasper, qu'elle ne se fasse pas de souci.

Enfin, avant de changer d'avis, je me suis mise en route à une allure tranquille, du moins le temps de franchir la barrière du long pré qui montait jusqu'au début de la corniche. Mais sitôt entré dans la pâture couverte de fleurs des champs, Jasper a allongé l'allure, comme si le cours de mes pensées avait modifié mon équilibre sur la selle ainsi que la façon dont je tenais les rênes : il est parti directement au petit galop, avant de s'élancer à bride abattue.

Une main plaquée sur mon chapeau, je filais à fond de train dans l'air qui me sifflait aux oreilles, emportée par un Jasper aussi désireux que moi de s'éloigner du ranch. Soudain, l'élastique retenant le chignon strict que je m'étais imposé pour l'entretien d'embauche a lâché, libérant mes boucles. Mes cheveux flottaient comme un étendard dans le vent qui menaçait d'emporter mon chapeau.

Jasper a parcouru toute la longueur du pré avant que la fatigue lui fasse ralentir l'allure pour finir au pas. Je lui ai caressé l'encolure. Émergeant des nuages, le soleil jetait de longs rayons sur le versant de la montagne, faisant scintiller la neige au loin comme un feu glacé. C'était un spectacle d'une beauté incommensurable, éblouissant, dans tous les sens du terme.

Tout à coup, le désespoir m'a rattrapée. Dire que Lil risquait de perdre tout ça ! Qu'encore une fois, c'était un tyran qui allait peut-être gagner la partie. Détruire le ranch qu'elle avait toujours connu, ce ranch pour lequel elle avait tout sacrifié. Et détruire par la même occasion l'avenir qui aurait pu être le mien… me confisquant l'éventualité d'un choix que désormais, je regardais miroiter au loin, hors de portée.

Cole et moi. Nous deux, ici.

Clap de fin.

Jasper avançait au pas sur le même chemin que nous avions pris pour déplacer le bétail. Nous étions presque arrivés à la barrière menant aux pâtures plus élevées quand, les joues ruisselantes de larmes, j'ai décidé de continuer. De toute façon, je ne savais pas comment revenir. Mais à cet instant, un fracas de sabots s'est amplifié malgré le hurlement du vent. Séchant mes pleurs, j'ai regardé autour de moi.

Cole fonçait vers nous au grand galop, monté sur Domino dont les taches noires se fondaient sur sa robe blanche. Jasper a fait un écart. Lui aussi avait entendu.

—Oh… du calme, a lancé Cole en tirant sur les rênes de la jument qui aurait volontiers continué sur sa lancée.

Je me suis vaguement essuyé le visage, partagée entre le besoin de m'isoler pour pleurer et le désir tout aussi puissant d'être physiquement proche de lui.

—Qu'est-ce que tu fais ici ?

—Tu ne peux pas t'en aller comme ça, ma chérie.

Voyant que Domino s'approchait de nous, Jasper a aplati les oreilles en arrière.

—Jesse a repéré une ourse noire et ses petits dans le coin, il y a deux semaines.

—Ah…

J'ai soudain eu l'impression d'être redevenue cette « fille de la ville » qu'il m'avait accusée d'être, à mon arrivée ici.

Je devais faire une drôle de tête, car son front s'est barré d'un pli d'inquiétude.

—Écoute, ce n'est pas grave, si tu veux être seule, je comprends. Je resterai derrière toi, je te laisserai tranquille. Simplement, je… je veux m'assurer que tu ne cours aucun danger.

J'ai acquiescé, consciente de mon cœur qui avait accéléré ses battements comme pour attirer mon attention.

—Je suis désolée, Cole.

J'ai ôté mon chapeau pour le rajuster, mais le vent s'est empressé de faire voler mes longues boucles autour de mon visage.

—Pour tout. En voulant vous aider, je n'ai fait qu'aggraver les choses, hein ? Et maintenant… Lil, toi, vous tous…

Il a froncé les sourcils.

—On va se battre, Lottie. Il croit pouvoir nous écraser, ce connard, mais il ne perd rien pour attendre.

L'image de Cole conduit en prison entre deux flics m'a traversé l'esprit.

—Ne fais pas de bêtises !

Il s'est contenté de baisser les yeux sur sa selle.

—Bon, tu veux rentrer ou continuer à te balader ? m'a-t-il demandé, incapable de croiser mon regard.

—Continuer.

J'avais envie de le toucher, de le retenir.

—Mais viens avec moi, ai-je ajouté. Ne reste pas en arrière.

Il a acquiescé, mais il maintenait Domino à bonne distance de Jasper. J'ai frictionné l'encolure de ce dernier.

—Allez, arrête de faire la tête…

Il a renâclé en orientant ses oreilles vers ma voix, comme s'il comprenait. J'ai failli sourire.

—Tu allais où ? s'est enquis Cole, alors que nous franchissions la barrière. Parce que si on s'éloigne trop, on risque de ne plus avoir beaucoup de lumière pour le retour, a-t-il remarqué en levant les yeux vers le versant de la montagne.

—Je ne sais pas, ai-je avoué. Je veux juste continuer.

J'aurais tout donné pour ne pas rebrousser chemin.

Cole a hoché la tête sans rien dire. Les yeux fixés sur moi, il semblait hésiter.

—À moins que tu veuilles passer la nuit sous la tente ? On garde toujours du matériel là-haut. Tu sais, là où on avait campé la dernière fois, près des sources chaudes.

Une douce chaleur s'est répandue en moi. Je savais très bien ce que ça impliquait.

Et lui aussi.

Mes lèvres se sont entrouvertes, comme pour forcer les mots justes à les franchir : nous étions sur le fil du rasoir, lui et moi. Cole a regardé ma bouche et j'ai vu ses yeux s'assombrir.

—Allons-y, ai-je murmuré.

Le vent a emporté mes paroles, mais Cole continuait de me dévisager avec intensité, comme s'il avait lu sur mes lèvres, comme si je lui avais chuchoté mon assentiment à l'oreille.

Sans un mot, il a dirigé Domino vers le versant de la montagne et a donné un petit coup dans ses flancs. Jasper s'est élancé à sa suite, ses longues jambes couvrant souplement la distance.

En l'espace de deux heures, nous avons atteint la rivière : dans le soleil qui flamboyait entre les cimes découpées, on apercevait déjà la vapeur qui s'élevait des sources chaudes. Prenant sa longe, j'ai sauté de selle et j'ai attaché Jasper à bonne distance de Domino pour prévenir toute altercation entre les deux.

—Mais pourquoi est-ce qu'ils se détestent autant ?

À mon grand plaisir, un sourire a effacé l'expression pensive que Cole avait gardée durant toute la montée.

—Eh bien, disons que ton Jasper a ses têtes et que Domino n'en fait pas partie. Pourtant, c'est une fille adorable, a-t-il dit en lui caressant l'encolure tout en lui desserrant sa sangle. Mais elle aime bien commander et ça, pour Jasper, c'est rédhibitoire.

J'ai gratté l'encolure de Jasper. Comment un cheval si doux pouvait-il chercher la bagarre comme ça ?

—Tu as ça dans le sang, hein ? m'a dit Cole en dépassant l'endroit où on avait fait des feux de camp, la dernière fois. Il n'y a pas beaucoup de cow-boys qui savent murmurer à l'oreille des chevaux.

J'ai levé les yeux au ciel, mais son ton m'a fait sourire et j'ai attendu qu'il revienne, les bras chargés de matériel, d'une toile de tente roulée et d'un énorme sac qui tressautait sur sa hanche.

—Et voilà, un campement tout-en-un ! On a construit une remise ici, il y a quelques étés, au cas où.

Il a laissé tomber tout son chargement, pile à l'endroit où Jesse et lui avaient campé, la dernière fois.

—Je ferai ça plus tard… Viens avec moi.

Nous sommes montés jusqu'au lac. Le vent ridait la surface où se reflétaient les flammes dansantes du soleil.

—C’est quelque chose, hein ? a murmuré Cole en attendant que j’arrive à sa hauteur.

Je me suis arrêtée à quelques pas de lui. Le soleil tapait juste sur sa mâchoire, éclairant son visage d’une lumière dorée.

Une sensation m’a submergée. Toujours la même. Trois mots se sont formés dans mon cœur, nés d’un sentiment pur et sincère, aussi spontané que l’avait été ma décision de m’envoler pour le Wyoming. Trois mots qui allaient tout changer entre nous. Je savais que Cole irait n’importe où, qu’il ferait n’importe quoi pour moi et que je ferais la même chose pour lui, sans l’ombre d’une hésitation.

Il s’est tourné vers moi, ses yeux bruns virant à l’ambre dans la lumière.

—Et maintenant, qu’est-ce qu’on fait ? ai-je demandé, osant tout juste poser la question.

Il s’est avancé vers moi d’un pas prudent, mesuré, et mon cœur s’est emballé.

—Ce que tu veux, m’a-t-il répondu d’une voix douce.

Il m’a caressé la joue tandis que ma main se posait sur sa chemise. Je sentais le relief de ses abdos sous ma paume et son cœur qui battait avec la même ardeur que le mien, galvanisé par un désir brut.

Je lui ai offert mon visage, les yeux fermés à cause du soleil, et ses lèvres sont venues à la rencontre des miennes. Douces, mais insistantes, elles se sont entrouvertes, laissant nos langues s’entremêler, tandis que Cole, me soulevant par les cuisses, m’accrochait à sa taille.

J’ai étouffé un petit cri de plaisir.

—Cette fois, personne ne va nous interrompre, a-t-il dit en se dirigeant vers les sources chaudes. Enlève ta chemise.

J'ai haussé un sourcil, surprise par son ton bourru, par son désir affiché.

J'ai laissé tomber ma veste et j'ai commencé à déboutonner ma chemise pendant que ses lèvres remontaient le long de mon cou et retrouvaient ma bouche. Notre ardeur devenait impérieuse. Délaissant les boutons, j'ai caressé le chaume qui ombrait sa joue pendant que mon autre main s'enfouissait dans ses cheveux, lui arrachant un petit gémissement.

Alors que nous arrivions aux deux bassins, il m'a laissé défaire les derniers boutons de ma chemise dont je me suis aussitôt débarrassée. Il m'a reposée en douceur, ses mains remontant amoureusement vers mes seins et j'ai frissonné, couverte de chair de poule. Il m'a décoché un sourire indolent, puis s'est mis à déboutonner sa propre chemise avant que, d'un geste impatient, j'écarte ses mains pour le faire à sa place.

Enfin, réprimant un soupir fébrile, j'ai dénudé son large torse tandis qu'il s'occupait de mon jean.

—À mon avis, a-t-il articulé dans un souffle, si on ne veut pas finir complètement gelés, il n'y a pas trente-six façons de faire…

D'un même mouvement, nous avons lancé un regard aux sources chaudes.

Je me suis mordu la lèvre en souriant.

—Tu te souviens de la fois où je t'ai surpris ici ?

—J'y pense nuit et jour, Princesse, a-t-il grogné en ouvrant la braguette de mon jean.

—Je n'arrivais pas à savoir si tu me détestais… ai-je murmuré, alors que ses doigts effleuraient le bord de ma culotte avant de se glisser sous la dentelle, laissant un sillage glacé sur ma peau.

Mais il a vite retiré sa main pour me permettre d'ôter mes bottes et de m'extraire de mon jean. Je me suis retrouvée devant lui en sous-vêtements, les cheveux rabattus par le vent sur mon visage.

—Ou si tu avais envie de te retourner pour me voir… comme ça.

J'ai fait glisser les bretelles de mon soutien-gorge et, le dégrafant, je l'ai lancé sur ma chemise.

Ébahi, il me regardait sans rien dire. J'ai avancé vers lui et, dressée sur la pointe des pieds, je l'ai embrassé, frissonnant sous sa caresse, le corps douloureusement tendu de désir.

Ce baiser-là nous a fait basculer dans la frénésie. Cole a fait voler ses derniers vêtements et s'est attaqué à ma culotte qui a glissé le long de mes jambes.

Nous sommes restés immobiles, plaqués l'un contre l'autre, nos corps s'épousant à la perfection. Il a recommencé à m'embrasser, caressant voluptueusement mon sein avant de descendre jusqu'à ma hanche.

—Tu es vraiment parfaite, a-t-il murmuré d'une voix rauque, tressaillant sous mes mains qui décrivaient le même parcours sur son corps. L'autre nuit déjà, je savais que tu serais parfaite. Et oui, je crevais d'envie de me retourner pour te regarder te déshabiller.

Il m'a pris la main et m'a conduite jusqu'au bassin le plus large. Après le vent glacé qui soufflait sur le lac, j'ai accueilli la chaleur de l'eau thermale avec soulagement, mais à cet instant, Cole m'a rejointe. Tous mes sens se sont focalisés sur lui.

Il s'est enfoncé dans l'eau pour se mettre à ma hauteur et m'a enlacée.

—Je ne t'ai jamais détestée, a-t-il repris, la respiration altérée. Mais je savais que je ne pourrais pas te résister, que tu allais me rendre fou, et l'idée que tu puisses me repousser, c'était juste insupportable.

Je l'ai regardé, à court de mots, et cette fois, c'est moi qui ai noué mes jambes autour de ses reins en lui souriant.

—Et si j'éprouvais justement la même chose ?

Il s'est mis à égrener des baisers le long de ma clavicule, mais lorsque sa main et sa bouche ont atteint mes seins, mon souffle s'est fait court. Vaincue par une sensation vertigineuse, je me suis entièrement abandonnée à ses caresses. Je n'avais plus aucun doute sur mes sentiments. D'ailleurs, je n'en avais jamais eu.

—Cole, je…

Il a posé doucement un doigt sur mes lèvres.

—Et si tu me le prouvais, chérie ?

Je ne me le suis pas fait dire deux fois.

La bouche sur la sienne, j'ai empoigné son sexe et je me suis mise à le caresser sensuellement tout en me plaquant contre lui. Il a gémi de plaisir et, encouragé par mes propres gémissements étouffés, il m'a pénétrée lentement.

Je n'avais jamais connu une telle sensation. Ce mec me rendait folle. Ivre de désir, j'exultais de le sentir contre moi, en moi, dans une communion d'une intensité inédite.

—Qu'est-ce que tu es belle… a-t-il murmuré en dessinant du bout de sa langue le contour de mon oreille avant de déposer un baiser derrière, à cet endroit si tendre.

Resserrant l'étau de mes jambes autour de ses reins, j'ai entrepris de lui rendre la pareille, avant de promener mes lèvres le long de sa mâchoire et de descendre le long de son cou. J'ai frissonné en l'entendant gémir, incapable de traduire en mots ce que je lisais dans son regard, ce que j'éprouvais à me dissoudre de plaisir, à ne faire plus qu'un avec lui. Cole… Je le voulais lui, et aucun autre.

Nous nous sommes rapprochés du bord de la source. Le dos contre les pierres lisses, j'accueillais ses coups de reins avec une volupté torturante qu'attisaient sa langue dans ma bouche et son doigt qui dessinait sensuellement mon téton.

—Ne t'arrête pas, ai-je murmuré en sentant ses va-et-vient ralentir.

Car s'il explosait, il m'emporterait dans sa jouissance. Et ça, je ne le voulais pas. Pas déjà. Pas après une attente qui m'avait semblé durer une éternité.

—Cole, je te veux…

—Je suis à toi, a-t-il soufflé en allant et venant de plus en plus fort.

Au paroxysme du plaisir, j'ai poussé un cri et, agrippant sa main, je me suis rejetée en arrière, les yeux fermés, mes doigts unis aux siens, emportée par l'extase volcanique qui nous incendiait tous les deux.

Comme je tentais de reprendre mon souffle, Cole m'a attirée à lui. En ce moment suspendu, nous étions seuls au monde. J'ai appuyé ma tête contre son épaule et, revenant peu à peu à moi, j'ai déposé un unique baiser sur son biceps ferme et lisse. Son cœur battait la chamade à l'unisson du mien. Il a pressé ses lèvres sur ma tempe.

Nous ne disions mot, mais l'instant se passait de commentaire.

Nous savions très bien ce qui nous arrivait.

16

J'ignorais combien de temps s'était écoulé sous la petite tente. Tout ce que je savais, c'est que j'aurais voulu que ça n'en finisse jamais. De toute façon, comment aurions-nous pu arrêter de nous câliner ? Ce n'était pas la mince couverture de sol et les deux sacs de couchage que nous avions déployés sur nous qui allaient nous réchauffer…

Lovés l'un contre l'autre, nous nous assoupissions par intermittence, réveillés par la sensation d'un baiser ou d'une main caressante qui rallumait la passion et nous embrasait les sens. Quand la lumière de l'aube a fini par envelopper la tente et que nous avons pu nous distinguer l'un l'autre, j'ai vu que sa façon de me regarder s'était modifiée. Approfondie.

Au fond de ses yeux flamboyait un désir sauvage et ses baisers vibraient d'une intensité qui me faisait presque défaillir de plaisir. Il était aussi habile de ses mains que de sa bouche et pourtant, je voyais bien que ça n'était pas que sexuel entre nous. Je lui ai caressé la joue. Est-ce qu'il ressentait la même chose que moi ? J'aurais voulu pouvoir me glisser sous sa peau et dans son esprit pour le savoir.

—On peut rester ici ? ai-je murmuré tandis qu'il se blottissait contre moi, respirant mes cheveux tout en m'embrassant la tête.

—Aussi longtemps que tu veux, a-t-il répondu de sa voix grave et vibrante.

—Et si je voulais qu'on reste ici pour toujours ?

Je l'ai senti hésiter. Il a promené ses yeux sur moi et m'a pris la main tout en me caressant les doigts.

—Moi aussi, Lottie, j'ai envie que tu restes ici pour toujours. Mais la décision t'appartient. Je sais que tu as ta vie en Angleterre et avec tout ce qui se passe au ranch… je comprendrais que, pour toi, ça ne soit qu'une aventure sans lendemain.

J'ai souri malgré moi.

—Sans lendemain ? Trop tard…

—Tu comprends ce que je veux dire, a-t-il souri en me caressant les cheveux, laissant couler mes boucles entre ses doigts. Moi, je suis un mec du Wyoming, un cow-boy pur jus… Et tu sais, chez nous, même si les mecs ont l'air de durs à cuire, les décisions importantes, ce sont les femmes qui les prennent. Au Wyoming, derrière tout homme qui se respecte, il y a une femme cent fois mieux que lui… voire, s'il a beaucoup de chance, une femme comme toi.

J'ai souri pendant qu'il délaissait nos oreillers de fortune pour déposer un baiser aux commissures de mes lèvres.

—Tu me rends dingue, m'a-t-il avoué entre deux baisers de plus en plus rapprochés.

Je l'ai attiré sur moi, j'avais envie de me sentir écrasée par le poids de son corps.

—Prouve-le, ai-je murmuré.

***

Sa démonstration a duré un certain temps.

Quand le silence est revenu, les montagnes s'éveillaient et les sons de la nature ont commencé à s'introduire sous la tente : le clapotis de la rivière, le chœur de plus en plus bruyant des oiseaux, le bruissement de la toile fouettée par le vent…

—Viens avec moi, m'a murmuré Cole lorsque nos cœurs ont retrouvé leur rythme normal. Mais prépare-toi… a-t-il ajouté d'un ton mystérieux, tandis que je matais ouvertement sa nudité appétissante.

Avant que j'aie pu protester, il m'a aidée à me lever et m'a fait sortir de la tente.

—Mais qu'est-ce que tu fais ? ai-je pouffé alors il m'entraînait dans l'herbe, vêtu en tout et pour tout d'un sourire malicieux.

Vaguement inquiète d'une telle absence de pudeur, j'ai regardé autour de moi, mais hormis les arbres et les deux oiseaux de proie qui planaient très haut dans le ciel, nous étions complètement seuls. En contrebas, la vallée nous est apparue, voilée de brume, dans la lumière encore teintée de nuit. Cole me serrait contre lui pour me protéger du froid, quand il m'a lancé alors que nous approchions de la rivière… de la très froide rivière :

—Allez, rite de passage ! Ne me dis pas que tu t'es jamais baignée toute nue ?

—Bien sûr que si, mais… Oh, putain ! Non !

Vif comme l'éclair, il m'a soulevé de terre et ignorant mes coups de pied désordonnés, il nous a plongés dans l'eau glacée de la montagne.

J'en ai eu le souffle coupé, et lui aussi.

—Détends-toi, m'a-t-il conseillé entre ses dents serrées, tandis que je me cramponnais à lui.

J'ai donc pris sur moi, sachant que jamais il ne voudrait me faire souffrir, et de fait, le choc glacé s'est atténué, cédant la place à un étrange sentiment d'accomplissement.

Cole me regardait, hilare.

—Je crois que ça va aller, finalement, ai-je hoqueté. Tant qu'on ne se fait pas sauter dessus par un couple de grizzlys.

—En général, ils ne montent pas aussi haut, m'a-t-il expliqué en serrant les dents contre le froid.

—OK, OK… Bon, s'il n'y a pas d'ours, on peut sortir, maintenant ? ai-je demandé d'un ton implorant.

Frigorifiée, j'étais incapable de penser à autre chose.

—Bon, d'accord. De toute façon, les bains glacés ne sont pas très recommandés pour certaines parties du corps, a-t-il ajouté en baissant les yeux.

J'ai ri si fort qu'il m'a replongée dans l'eau, déclenchant une bataille d'éclaboussures en règle.

Ruisselante et en voie de congélation, j'ai pris sa main sans hésiter quand il me l'a tendue.

Nous avons couru jusqu'aux sources chaudes et nous avons sauté dedans.

—Tu ne vas plus jamais me faire confiance, si ? m'a-t-il demandé avec un grand sourire, adossé au bord du bassin.

Renversant la tête en arrière, je me suis mouillé les cheveux afin de me débarrasser des gouttelettes glacées qui me dégoulinaient le long du dos.

—Je te fais une confiance aveugle, ai-je répondu spontanément.

Soudain sérieux, il a pris une profonde inspiration et m'a attirée tout contre lui.

—C'est quoi, ton secret ? m'a-t-il demandé en scrutant mon visage comme s'il espérait y trouver une réponse. Tu es entrée dans ma vie du jour au lendemain, sortie de nulle part, et tu as tout chamboulé sur ton passage.

J'ai passé la main dans ses cheveux et je lui ai embrassé le front tandis qu'il fermait les yeux.

—Je sais que cette décision t'appartient, mon ange, a-t-il poursuivi. Mais si ça t'intéresse, je n'ai pas envie de te laisser partir. Je n'ai jamais rien connu de pareil, jamais. Le truc, c'est qu'il n'y a pas que moi dans l'histoire… Tu sors à peine d'une relation, alors…

Je mourais d'envie de lui ouvrir mon cœur, mais je me suis forcée à me taire. Il fallait d'abord que je répare certaines choses.

Je l'ai regardé droit dans les yeux.

—C'est fini entre Kyle et moi. De toute façon, il n'y a jamais rien eu entre nous. Rien. Mais ça, il a fallu que je te rencontre pour m'en apercevoir. Moi aussi, je veux rester ici, ai-je murmuré en lui caressant la joue. Mais d'abord, il faut qu'on règle cette histoire avec Elk Creek. Je ne sais pas encore trop comment, mais il est hors de question que je laisse ces salauds avoir le dernier mot. Je n'ai pas passé toute une putain d'année dans un cabinet juridique à la con sans avoir appris quelques bricoles. Et quand tout ça sera réglé, on pourra enfin réfléchir à nous.

Cole m'a souri d'un air espiègle.

—Alors, tu vas adorer ce que j'ai fait.

Je l'ai regardé sans comprendre.

—J'ai enregistré toute la conversation avec cet enfoiré. Tout est là, dans mon téléphone, parfaitement audible.

J'en suis restée interdite.

—Dès que j'ai vu leur voiture garée devant le ranch, j'ai compris qu'ils venaient nous menacer. Après, il faut voir comment on peut en tirer profit.

Je me mordillais la lèvre, réfléchissant à toute vitesse.

—Princesse, faut que tu arrêtes de te mordre la lèvre comme ça…

Et sans prévenir, il m'a empoigné les fesses à deux mains, ignorant mes gloussements.

J'ai renoncé à me débattre lorsque sa main est remontée à l'intérieur de ma cuisse, puis encore plus haut, jusqu'à ce que j'étouffe un petit cri, me sentant fondre sous sa caresse.

—Oh, s'il te plaît… Cole… ai-je haleté en me laissant aller en arrière, m'abandonnant à ses mains.

—Bien, m'dame. À votre service.

***

Épuisée, encore humide et un peu meurtrie, j'ai trouvé le retour un tantinet inconfortable. Mais c'était un répit bienvenu après l'agitation des dernières vingt-quatre heures.

Cole et moi chevauchions aussi près l'un de l'autre que possible, amusés par les chamailleries entre Jasper et Domino. Mais à vrai dire, je tournais et retournais les derniers événements dans ma tête : la situation de Lil, la vidéo truquée, l'intérêt que nous suscitions sur les réseaux sociaux.

Alors que le ranch apparaissait enfin à l'horizon, j'ai timidement sorti mon téléphone et j'ai ouvert ma messagerie électronique : deux nouveaux e-mails de Kyle. Je les ai effacés immédiatement, sans les lire. Mais il y en avait un troisième, de la boîte qui m'avait fait passer un entretien la veille.

Ils me proposaient le poste. Et un salaire… la vache ! Le double de ce que je gagnais quand je bossais pour Cressida. Je n'en croyais pas mes yeux.

—Ça va ? s'est enquis Cole en poussant Domino à nous rattraper, la longue foulée de Jasper nous plaçant toujours légèrement devant.

—Plus ou moins.

Je ne voulais pas lui mentir, mais je ne voulais pas non plus lui faire de peine.

—C'est ton ex ? m'a-t-il demandé d'un ton égal.

J'ai fait non de la tête.

—Enfin, si, il continue de m'envoyer des e-mails, mais je les efface sans même les lire. Non, j'ai une proposition d'embauche de la boîte pour laquelle j'ai passé un entretien, hier.

Il a hoché la tête, jaugeant ma réaction.

—Une proposition intéressante ?

Il avait du mal à rester neutre.

J'ai soufflé.

—Ouais… très intéressante. Mais ça devra attendre.

Il a acquiescé, l'air tendu. J'étais déchirée entre la raison et mes sentiments : bien sûr, ce nouveau job était tentant, tout comme l'idée de gagner ma vie bien mieux qu'avant. Mais quand je regardais Cole, quand je voyais ce visage qui obsédait mes pensées, cette bouche qui m'avait donné tant de plaisir… La perspective de rentrer à Londres, même nantie d'un nouvel emploi, me semblait… vide de sens.

Arrivés devant l'écurie, nous avons fait rentrer les chevaux dans leurs box respectifs en leur octroyant un picotin bien mérité.

—Je prends le relais, m'a dit Cole tandis que je commençais à étriller Jasper. Va plutôt te passer sous l'eau et repose-toi un peu. Moi, j'ai l'habitude d'être tout le temps à l'extérieur, mais tu dois avoir envie d'une bonne douche bien chaude.

J'ai posé la brosse et accordé une dernière caresse à Jasper qui a appuyé affectueusement sa tête contre mon épaule.

—Tu es sûr ? ai-je demandé à Cole en sortant du box. Je ne suis pas une chochotte de la ville, tu sais.

Il a souri, a pris ma main et l'a serrée très fort. Je m'attendais à une remarque railleuse, mais il m'a regardée d'un air grave, avec une intensité qui m'a noué la gorge.

—Quoi qu'il arrive, m'a-t-il dit en m'enveloppant la main des siennes, je veux que tu saches que jamais je n'oublierai ce qu'on a vécu ensemble. Ni notre nuit dans la montagne ni les semaines qui ont précédé. Quand je t'ai vue la première fois dans ce bar, j'ai tout de suite su que tu étais… différente des autres.

Il a porté ma main à ses lèvres en l'embrassant avec tant de douceur que les larmes me sont montées aux yeux. Sa sincérité était touchante et il l'exprimait avec tant de naturel que j'en suis restée interdite.

—Mais je t'ai traité de connard, ai-je articulé en refoulant mes larmes.

Tout son sérieux s'est envolé et son sourire ravageur a ranimé l'éclat de ses yeux.

—Allez, rentre à la maison… Avant qu'on baptise l'écurie devant les chevaux, a-t-il plaisanté.

Il m'a caressé une dernière fois les cheveux, me causant un ultime frisson.

***

Je suis remontée vers la maison sans croiser personne, et ce n'était pas plus mal. J'avais besoin d'un peu de solitude pour décompresser, ainsi que pour faire le tri dans le méli-mélo d'émotions et de considérations pratiques qui m'assaillaient. C'était comme si Cole avait révélé une source très profonde en moi : une source où l'on pouvait se noyer, mais d'où les sentiments jaillissaient purs et inaltérés.

La douche bien chaude a été particulièrement bienvenue. Néanmoins, tandis que je me débarrassais du froid mordant de la rivière et de l'odeur minérale des sources chaudes, je ne pouvais me défendre d'une certaine tristesse. Je m'étais habituée au parfum de Cole, je le sentais sur ma chemise, sur ma veste, et sans lui, j'avais l'impression que quelque chose me manquait. De retour dans ma chambre, j'ai repris ma chemise dans la pile de linge sale et j'ai enfoui mon visage dedans, les yeux fermés, y retrouvant son odeur, mais aussi la brûlure désormais familière du désir.

J'ai remis la chemise au sale, à contrecœur, mais la récréation était finie. Je devais aller trouver Lil et réfléchir avec elle au moyen de résoudre la situation. Car il y avait une solution à nos problèmes, même si elle me paraissait encore floue. Comme un reflet dérangé par les rides à la surface de l'eau : présent, mais fragmenté.

Tout en m'habillant, j'ai de nouveau consulté mon téléphone, n'osant relire l'e-mail de la boîte qui voulait m'embaucher. Tiens, il y avait une série de messages d'Hestia.

Tu es là, aujourd'hui, Lots ? J'ai besoin de ton cerveau qui sait gérer les emmerdes avec un calme impérial. Je vais tuer Cal. Tu peux m'appeler ? Je ne me sens pas encore tout à fait prête pour la taule.

Préoccupée, j'ai rapidement calculé l'heure qu'il était à Londres et je l'ai appelée.

—Alors, tu l'as chevauché, ce cow-boy ? m'a-t-elle demandé en décrochant.

—Salut, Hes, ai-je souri. Pas question de parler de cow-boys avant que tu m'aies raconté ce que Cal t'a encore fait.

Elle a poussé un soupir et, d'une voix anormalement déprimée, m'a expliqué ce qui se passait. Ça faisait un moment qu'ils s'éloignaient l'un de l'autre et, le week-end dernier, ç'avait été la dispute de trop. Cal avait fait ses valises.

—OK, d'accord, tout n'était pas parfait entre nous, mais…

Elle n'a pas fini sa phrase, chose qui lui arrivait si rarement que mon inquiétude est montée d'un cran.

—Pff… Je sais pas… a-t-elle repris. C'est stupide.

—Dis pas de conneries, l'ai-je grondée, reprenant sa technique pour m'empêcher de vriller. Raconte-moi ce qui se passe, et puis c'est tout. Tu sais bien que ce n'est pas moi qui vais te juger.

—Le truc, c'est que je m'étais mis une idée dans la tête… Tu vas trouver ça complètement con, mais en même temps, c'est un peu vrai.

J'ai gardé le silence, dans l'attente de la suite.

—Bon, d'accord, a-t-elle soufflé. Je m'étais dit que… Enfin, tu connais Cal, c'est un handicapé des émotions, il est encore pire que moi. Du coup, dans mon esprit tordu, je m'étais dit que si ça ne marchait pas avec lui, ça ne marcherait avec personne. Et maintenant qu'on a fini par se séparer…

—Oh, Hes… ai-je murmuré.

Si seulement j'avais pu l'avoir en face de moi, je l'aurais serrée dans mes bras.

—Tu sais bien que ce n'est pas vrai. Tu dois bien le savoir, tout au fond de toi ?

—Et si j'avais raison, au contraire ? Et si j'étais trop abîmée pour me laisser apprivoiser, Lots ? Et si Cal était le bon et que j'aie tout bousillé à force de ne pas vouloir faire foirer notre relation ?

J'ai soupiré en serrant le téléphone comme si c'était la main d'Hestia.

—Non, je n'y crois pas. Tu es capable de te laisser apprivoiser, de faire confiance à quelqu'un... tu m'as bien fait confiance, à moi. Et je te rappelle que quand on s'est rencontrées, j'étais déguisée en bite géante.

Elle a lâché un rire sans joie.

—Je sais, je sais... Mais ce n'est pas la même chose. Je t'avais demandé si tu voulais coucher avec moi, mais vu que t'aimes que les hommes... Je me demande bien pourquoi, franchement ! Bref, du coup, je suis bien obligée d'aller voir ailleurs.

Elle a laissé passer quelques secondes avant de hasarder d'un ton plus sérieux :

—C'est peut-être le sexe qui complique tout. Dès qu'on entre dans le romantisme et l'intimité, bim ! Ça devient chiant, compliqué, et que ça prenne cinq ans ou cinq jours, à l'arrivée, le résultat est toujours le même. *Game over.*

J'ai réfléchi à la liste courte, mais mémorable, des copains et copines qu'avait eus Hestia depuis la fac. La plupart lui ressemblait assez, du moins sous un certain angle. Ils partageaient tous soit un intérêt soit une esthétique avec elle... C'était même l'un d'eux, passionné de tatouages, qui lui avait permis de se découvrir un talent créateur ainsi qu'une collectionnite aiguë dans ce domaine. Mais sentimentalement... je ne lui avais jamais connu de relation vraiment intime, pas même avec Cal.

Mon esprit s'est égaré vers Cole. Derrière notre attirance explosive, il y avait de la profondeur : ça n'était pas que physique entre nous, même si le sexe renforçait notre lien. J'aurais tellement voulu qu'Hestia connaisse la même chose que moi !

—Écoute, lui ai-je dit. Les histoires d'amour, ça ne marche pas toujours, OK ? Tu n'as pas encore rencontré la bonne personne, et puis c'est tout. Allez, Hes, tu serais la première à me le dire. Tu as peut-être tout simplement besoin d'une vraie coupure dans ta vie. Ça fait deux ans que vous bossez comme des malades, Cal et toi. Pas étonnant que ça ait fini par faire imploser votre couple.

Elle a soupiré.

—Oh, Lots… T'as grave une *vibe* de Yoda, tu sais ?

J'ai pouffé.

—Tu me manques, Hes.

—Ah non, ne me dis pas ça, a-t-elle marmonné. Je sais que tu es très occupée… et ça me fait super plaisir pour toi. De toute façon, l'autre problème, c'est que je ne veux pas foutre en l'air le *tattoo shop*. Ça marche trop bien, on a une liste d'attente interminable… du coup, je n'ai pas envie de bousiller ça aussi.

—Je comprends…

Si seulement j'avais su trouver les mots pour la rassurer… Elle devait vraiment être au fond du trou pour me tenir ce genre de propos.

—Mais le salon, c'est que du business, pas vrai ? Tu peux sûrement le séparer du reste ?

Elle a laissé échapper un soupir.

—Oui, je crois. Mais je me sens complètement K.-O., tu vois ?

—Tu peux toujours essayer ma méthode… testée et approuvée ! ai-je plaisanté. Viens tâter de la vie au ranch. Ça a bien marché pour moi.

Hestia au Diamond Back, ça serait tellement génial !

—Tu crois ? a-t-elle fait, l'air sincèrement surprise. Non, je ne peux pas venir. J'ai trop de trucs sur le feu et en ce moment, je ne peux pas me fier à Cal pour tout gérer.

—Tu n'as qu'à appeler sa mère, elle lui remettra les idées en place, elle.

Hestia m'avait toujours dit que la mère de Cal était la seule à pouvoir gérer les humeurs en dents de scie de son fils.

—Comment elle s'appelle, déjà ? Diane ?

—Tu sais quoi, Lots ? T'as raison. C'est la grande spécialiste de la dérouillée verbale. De toute manière, mieux vaut s'adresser à Dieu plutôt qu'à ses saints.

En l'entendant dire ça, j'ai eu une illumination. J'avais trouvé la solution à nos problèmes avec Elk Creek.

—Oh, putain ! Tu viens de me donner une idée géniale, Hes ! me suis-je exclamée en la mettant sur haut-parleur afin de pouvoir terminer de m'habiller et de me sécher les cheveux.

—Quoi ? Il y a quelqu'un au ranch qui a besoin d'une dérouillée verbale ?

—Ouaip ! ai-je répondu tout en maudissant mes cheveux qui refusaient le passage du peigne.

—Eh, mais attends, meuf ! Tu ne m'as donné aucune info sur ton cow-boy, là ! Je veux des noms, des faits, des mensurations…

J'ai ri.

—Alors dans l'ordre : Cole, grand, brun, méga sexy, et question mensurations… la taille idéale.

—*Charlotte Wright* ! Tu as chevauché un cow-boy ! Oh, s'il te plaît, tu peux le dire à Kyle devant moi ? Je t'en supplie ! Je te paierai…

Sans cesser de rire, j'ai pris mon chapeau.

—Et tu veux savoir le plus beau ? l'ai-je taquinée, tandis qu'elle retenait son souffle. Il a un ami. Cow-boy, lui aussi. Canon, lui aussi.

Silence à l'autre bout du fil.

—Il a des tatouages ? Une grosse bite ? Un handicap émotionnel ?

J'ai éclaté de rire. Sacrée Hestia ! J'ai réfléchi à la question des tatouages… Jesse était-il tatoué ? J'avais beau me creuser les méninges, je ne voyais que le corps de Cole, gravé à jamais dans ma mémoire. Soudain, je me suis rappelé la vidéo que j'avais faite de Jesse, à Elk Creek.

—Oui, il a des tatouages, au moins deux, en tout cas. Dans le dos. Sa bite, je ne l'ai pas vue et je ne compte pas la voir… et autant que je puisse en juger, il a l'air tout à fait équilibré. Quoique. C'est un ancien *bull rider*. Si tu veux mon avis, il faut être un peu taré pour faire ce genre de truc. En plus, ce n'est pas le genre de mec à se laisser intimider, et encore moins par une fille comme toi.

—Intéressant, a-t-elle murmuré d'un ton chantonnant par-dessus les bruits de la ville. Écoute, je vais réfléchir à ce billet d'avion. Mais toi, quand est-ce que tu rentres à la maison ?

Alors que je sortais de ma chambre pour aller récupérer mes santiags près de la porte de derrière, je me suis rendu compte que je n'en savais absolument rien. « La maison » était en train de prendre un sens tout à fait différent pour moi.

—Franchement, Hes… je ne sais pas. J'ai repoussé mon vol à la semaine prochaine, mais j'ai encore des trucs à faire ici.

—Comme coucher avec ton cow-boy ?

—Entre autres. Écoute, il faut que je parle à Lil de l'idée que tu viens de me donner. Pour le reste, je te tiendrai au courant, promis.

Nous avons raccroché et je suis partie vers les chalets. Je savais que j'y trouverais Lil en train de faire le ménage, à la suite du départ des derniers hôtes en date. Je continuais d'imaginer ce que pourrait donner une rencontre entre

Hestia et Jesse. Soit elle le mangerait tout cru, soit il la charmerait jusqu'à ce que mort s'ensuive.

Dans un cas comme dans l'autre, le spectacle vaudrait son pesant de cacahuètes.

—Lil ? Tu es là ?

Je l'ai trouvée dans le plus grand des trois chalets.

—Ah, tu es revenue, a-t-elle constaté avec un sourire.

Mais ses cernes noirs démentaient la gaieté de son accueil.

—Tu as fini par me restituer mon responsable de ranch ? Je craignais de ne plus jamais vous revoir, tous les deux.

Je me suis illuminée et j'ai haussé les épaules d'un air faussement désinvolte.

—Il m'a aidée à tenir les ours à l'écart, c'est tout.

—C'est ça, oui… a-t-elle ironisé en se remettant à épousseter les tables de chevet. Et… ?

—Et… j'ai eu une idée, ai-je répliqué, préférant éluder la question. Pour régler cette histoire avec Elk Creek.

Lil a posé son chiffon.

—Je vais avoir besoin d'un verre ?

J'ai souri.

—De plusieurs, même.

17

— Donc, à supposer qu'on arrive à régler le problème avec Elk Creek, qu'est-ce qu'on fait pour le *bad buzz* sur les réseaux ? s'est interrogée Lil en fronçant les sourcils.

Au lendemain de notre conversation, nous remontions la longue allée sinueuse qui menait au ranch d'Elk Creek. Nous venions tout juste d'échapper à Cole et Jesse qui tenaient absolument à venir avec nous, « en renfort ». Mais nous voulions régler ça entre femmes.

—Tu ne peux pas poster une vidéo pour dire à tout le monde que la leur était truquée ?

J'ai secoué la tête, frémissant au souvenir des commentaires que nous avions reçus. Nos *followers* nous avaient lâchés ; quant aux réservations et aux demandes de renseignements, il n'en arrivait presque plus.

—Les gens ne vont jamais me croire sur parole, ai-je fait valoir, tandis que l'énorme maison d'Elk Creek apparaissait en haut de la montée, précédée par un bâtiment plus ancien et plus modeste. Si une bonne partie des *followers* me connaissait, ce serait différent, ils me feraient confiance, mais là…

J'ai haussé les épaules. Lil est restée pensive un moment.

—Et ça prendrait beaucoup temps d'augmenter le nombre de *followers* ? On s'en était fait un paquet pour le ranch et ça, assez rapidement…

Je lui ai souri.

—Oui, mais ce qui les intéresse, ce sont les vidéos de Jesse, de Cole et de Bailey, c'est pour ça qu'ils nous suivent. Et c'est ça qui leur donne envie de louer les chalets. Tu comprends, les gens adorent contempler les couchers de soleil, voir les chevaux travailler… et Jackson est un lieu ultra populaire, c'est clair, mais tu sais, ce qu'aiment les gens, c'est avant tout le contact humain.

Nous nous sommes garées devant la grande maison. Alors que Lil coupait le moteur en regardant autour d'elle, au cas où quelqu'un nous chercherait querelle, la solution m'est soudain apparue comme une évidence.

—Oh, putain ! Comment n'y ai-je pas pensé plus tôt… ai-je murmuré.

Lil s'est tournée vers moi, intriguée.

—Il faut qu'on invite des influenceurs, des gens qui ont déjà une grosse communauté de *followers*, à venir séjourner au ranch. Ils feront des vidéos et sauront convaincre les gens de nous refaire confiance, bien mieux que moi…

Lil m'a regardée avec perplexité.

—Quoi, tu veux dire les payer pour qu'ils viennent chez nous ? Mais comment savoir si leurs vidéos montreront le ranch sous son meilleur jour ?

J'ai hoché la tête, consciente du coût que pourrait entraîner cette opération de séduction. Pour avoir organisé quelques campagnes d'influence à mon ancien boulot, je savais à combien ça pouvait se chiffrer. Mais c'était moi qui avais foiré et c'était à moi de payer les pots cassés. Hors de question que Lil débourse un seul centime !

—Tu sais, la plupart considéreront un séjour tous frais payés au ranch comme une rémunération en soi.

Je mentais en toute connaissance de cause, mais c'était le seul moyen pour qu'elle accepte.

—Tu n'aurais rien à payer, Lil.

—Et tu crois que ça suffirait à renverser la tendance ? À faire repartir les réservations ?

Elle avait l'air si soulagée que j'ai hésité, ne voulant pas lui donner de faux espoirs au sujet de ce qui pouvait se révéler une aventure aussi risquée que la première.

—Carrément. En fait...

J'ai sorti mon téléphone et j'ai retrouvé la vidéo que j'avais enregistrée il y a quelque temps, lorsque je songeais encore vaguement à devenir moi-même créatrice de contenu.

—Regarde, en ce moment, je suis une influenceuse beauté. Une marque l'a payée pour assister à un lancement de produit à Nashville.

Nous avons regardé la vidéo. Pour bien montrer à Lil l'impact que cette fille avait sur le public, j'ai ensuite fait défiler les innombrables commentaires de personnes qui comptaient acheter ou avaient acheté les produits de beauté en question, pour la seule raison que cette influenceuse les leur avait recommandés.

—Évidemment, je ne sais pas si on pourrait obtenir de tels chiffres... cette fille a des millions de *followers*, mais même les micro-influenceurs détiennent un énorme pouvoir, tu sais ? Si on arrivait à en faire venir trois ou quatre, si on leur organisait un petit week-end pour leur montrer le quotidien d'un ranch et leur faire faire connaissance avec vous... ça pourrait changer la donne.

Lil m'a saisi les mains et pour la première fois, j'ai vu une réelle lueur d'optimisme au fond de ses yeux. Mais avant qu'on ait pu commencer à planifier notre action, un coup frappé à la vitre nous a fait faire un bond.

—Je peux vous aider, mesdames ?

***

—Merci de nous recevoir, Dotty.

Une fois dans le bureau, Lil a posé son chapeau. Je l'ai imitée.

Face à nous était assise Dotty Sinclair, la matriarche octogénaire d'Elk Creek : ancienne *barrel racer* et meilleure amie de notre grand-mère Liza. L'esprit toujours vif, ses cheveux blancs impeccablement relevés par des peignes, elle était plus *glamour* que jamais.

—Lottie, tu n'as pas du tout changé, m'a-t-elle dit avec un petit sourire. Quel dommage que Carrie et John n'aient pas pu surmonter leurs problèmes… Ça a tout chamboulé. Mais tu peux être fière de toi, Lil, d'avoir repris le flambeau. Je t'avoue que quand Carrie est partie pour le Colorado, j'avais des doutes sur tes capacités à gérer le Diamond Back, mais j'avais tort et je m'en réjouis.

— Ça n'a pas toujours été simple, a répondu Lil, mais personne n'a jamais dit que gérer un ranch était facile.

Son assistante est entrée dans le bureau et a posé une cafetière près de nous.

—Merci, Clara, a dit Dotty. Veillez à ce qu'on ne nous dérange pas, s'il vous plaît. Ça fait trop longtemps que je n'ai pas vu ces deux jeunes femmes : le ranch devra se passer de moi pendant un moment.

—Bien, Madame.

Clara nous a saluées de la tête, puis elle est ressortie en refermant la porte.

—Alors, qu'est-ce que je peux faire pour vous ? s'est enquise Dotty. Car je suppose qu'il ne s'agit pas d'une simple visite de courtoisie ?

J'ai réprimé un sourire. Au moins, la vieille dame n'y allait pas par quatre chemins ! J'adorais cette approche directe. Mais ma cousine, en temps normal si posée et prompte à la répartie, a accusé le coup. Cela dit, Dotty était connue pour sa capacité à déstabiliser tout le monde, en particulier les ego masculins hypertrophiés.

—Eh bien…

De toute évidence, Lil hésitait quant à la meilleure approche.

—Il y a quelques jours, nous avons eu la visite de Zach.

Les yeux de Dotty se sont légèrement étrécis tandis qu'elle servait le café.

—Il… euh, il nous a bien fait comprendre qu'il voulait acheter le Diamond Back. J'ai déjà refusé plusieurs fois, mais il n'a pas l'air très disposé à entendre cette réponse.

Dotty a hoché la tête en nous regardant d'un air pensif.

—Zach est une vraie tête de mule. Je crains qu'il n'ait été trop gâté par son père, paix à son âme. Tu comprends, c'était l'aîné et…

Elle a soupiré avant de poser un regard acéré sur Lil.

—Je sais qu'il veut acheter ton ranch et je sais aussi que ça fait belle lurette que ta mère, et maintenant toi, vous lui dites non. Mais ça, ce sont les affaires, Lil, ni plus ni moins. Et comme face à n'importe quel homme, tu dois rester ferme face à Zach. Moi, dans cette histoire, je me retrouve coincée entre le marteau et l'enclume : je tiens à ce que mon ranch reste prospère et à ce qu'on continue à s'agrandir, mais ta grand-mère était ma meilleure amie et Carrie reste ma filleule. Tu es donc quasiment de la famille.

À ces mots, Lil a sorti son téléphone et ouvert son appli dictaphone.

—Ce que tu dis me touche beaucoup, Dotty, vraiment. Et ça me fait d'autant plus de peine que quelqu'un que je considère comme un membre de ma famille vienne nous menacer sur nos terres en ces termes.

Surprise, Dotty allait protester, mais Lil a appuyé sur Play et les paroles de Zach ont résonné dans la pièce.

... le temps presse. Nous sommes en pleine expansion et votre ranch nous gêne. Vendez-le-nous maintenant, à sa juste valeur marchande, ou nous le détruirons avant de vous l'acheter pour une bouchée de pain. Et l'entreprise de démolition commencera par là. En plus, on ne sait jamais ce qui peut se passer... Il y a eu de terribles feux de forêt cette année, dans le sud de l'État... Vous êtes au courant ? Or je sais de source sûre que ce ranch n'est pas assuré. Et si un incendie le ravageait ?

À la fin de l'enregistrement, Lil et moi avons laissé le silence s'installer. Dotty, une main plaquée sur la bouche, restait horrifiée, sous le choc.

La seule chose que je craignais en venant ici, c'était qu'elle soit déjà au courant des manœuvres d'intimidation de son fils, voire qu'elle les ait approuvées. Notre démarche n'aurait fait qu'envenimer les choses. Mais visiblement, il n'en était rien. Cet enregistrement nous donnait un moyen de pression sur Elk Creek, car nous aurions pu menacer Dotty d'aller à la police. Sauf que de toute évidence, la matriarche tombait des nues.

—Il est rare que je reste à court de mots, a-t-elle avoué en se ressaisissant.

—Oui, ça nous a fait un choc à nous aussi, a répliqué Lil, très calme. Je ne pensais vraiment pas que ce genre de pratique avait cours chez nous. Dans les vieilles familles du Wyoming, celles qui exploitent cette terre depuis des générations. Nous, les Sinclair et les Dean, nous vivons ici depuis... bientôt un siècle, non ? Côte à côte ?

Dotty a acquiescé en silence et a bu une longue gorgée de café. Ses pommettes s'étaient teintées de rose.

Elle nous a regardées tour à tour.

—Elizabeth, Charlotte… Zach ne réitérera pas ses menaces, je vous en donne ma parole. Et vous avez tout à fait raison, ce n'est pas ainsi qu'on fait des affaires, chez nous. Avec qui que ce soit, et encore moins avec des amis de longue date. Et vous savez quoi ? Je vais même faire mieux : je vais demander à mes avocats de modifier mon testament en stipulant que le rachat du Diamond Back entraînerait la perte d'Elk Creek pour mes héritiers.

Lil l'a regardée avec ahurissement.

—J'ai honte que mon fils ait pu s'abaisser à de telles pratiques, a ajouté Dotty en secouant la tête. Mais c'est bien pour ça que nous ne devons jamais laisser les rênes aux mains des hommes.

Lil s'est détendue, soulagée.

—Merci, Dotty.

—Mais non, voyons. Tu n'as pas à me dire merci. C'est moi qui te remercie d'être venue m'en parler. Tu avais tous les droits d'aller mettre l'affaire entre les mains du shérif et nous nous serions tous retrouvés dans une situation bien différente.

—Mais sache que je ne laisserai pas pour autant traîner mon téléphone, a répliqué Lil, très droite, en soutenant le regard inflexible de Dotty.

Je n'osais plus respirer : le message était clair. Lil n'allait pas effacer l'enregistrement. Il resterait dans son téléphone, en lieu sûr.

Dotty a hoché la tête d'un air compréhensif.

—Décidément, ta mère t'a bien éduquée. Tu ne t'en laisses pas conter, a-t-elle déclaré en levant sa tasse en guise de salut.

—En fait, c'est Lottie qui a eu l'idée, a répliqué Lil en me lançant un regard espiègle. Eh, oui… Il a fallu que ce soit elle, une citoyenne britannique ! qui me rappelle que chez nous, au Wyoming, ce sont les femmes qui mènent la danse.

Dotty a posé sur moi son regard bleu.

—Ma foi, ta mère a pris une sacrée décision en partant vivre à l'autre bout du monde, mais on dirait bien que sa fille a le Wyoming chevillé au corps.

***

En repartant d'Elk Creek, alors que la poussière du chemin obscurcissait la lunette arrière, Lil et moi nous sommes regardées avec un grand sourire.

—Tu as réussi, ai-je dit, submergée par le soulagement.

—Non, c'est *toi* qui as réussi ! s'est récriée Lil. Yipeeee !

Elle a frappé le volant du plat de la main.

—Putain de merde, Lottie ! En un claquement de doigts, on a mis fin à toutes ces années d'intimidation ! On les a eus, ces enfoirés ! Merci, ma chérie, je te dois une fière chandelle. Moi, j'avais tellement la tête dans le guidon, je cherchais tellement à ne pas les provoquer que… j'en ai oublié un principe élémentaire : toujours s'adresser à Dieu plutôt qu'à ses saints.

—En fait, c'est Cole qui m'y a fait penser, hier.

J'ai souri à Lil qui haussait un sourcil suggestif.

—C'est lui qui m'a expliqué qu'au Wyoming, derrière tout homme qui se respecte, il y a une femme. Je ne dirais pas que Zach est un homme respectable, mais pour le reste, Cole avait raison.

Après avoir franchi un passage canadien, nous avons repris la route, en direction de l'axe principal.

—Alors, dis-moi… Est-ce que je vais devoir me chercher un autre responsable de ranch ? Ou est-ce que j'ai gagné une cousine à plein temps ?

J'ai marqué un temps d'hésitation : je n'avais pas le droit de raconter des bobards à Lil, ni de lui servir des demi-vérités.

—Écoute, je… je tiens avant tout à réparer les dégâts que j'ai causés, à mener à bien mon idée d'influenceurs, tu te souviens ? La boîte de Londres qui m'a fait passer un entretien m'a proposé le poste… mais honnêtement, je ne sais pas encore ce que je vais faire… me suis-je interrompue, cherchant les mots adéquats. Je suis raide dingue de lui, Lil. Mais j'ai aussi une peur bleue de me planter une fois de plus, tu comprends ?

Redevenant grave, elle m'a frictionné le bras avec affection.

—Ça arrive à tout le monde de se planter, ma chérie, à tout le monde. Mais après la scène que t'a faite ton père, je pense que tu dois suivre ton instinct sur ce coup-là, et n'écouter que ton cœur, OK ?

J'ai fait oui de la tête.

—Alors, je ne suis pas là pour jouer les entremetteuses, mais il faut que tu saches que jamais Cole ne te fera souffrir, il n'a rien à voir avec cet enfoiré de Kyle. Et je te promets qu'il est fou de toi, ma cocotte. Ça fait… plus de dix ans que je le connais : je ne l'ai jamais vu aussi amoureux. Et c'était déjà vrai *avant* votre escapade dans la montagne.

Face à son sourire rayonnant, mon angoisse a cédé le pas au soulagement. Le cœur léger, nous nous sommes mises à pouffer comme des collégiennes, le soulagement et la légèreté à l'approche de l'embranchement avec la route principale.

—Attends, attends, ai-je hoqueté. Il faut qu'on réfléchisse à ce projet d'influenceurs. Et si on allait en ville, ça te dirait ? On mangera un morceau et on trinquera à notre succès. J'en profiterai pour passer quelques coups de fil afin de tout organiser et après ça, je défendrai mon titre !

Lil a étouffé un rire.

—D'acc, ça me fera du bien de prendre un peu de temps pour moi. Mais… de quel titre tu parles ? Qu'est-ce que tu…

Une lueur est passée dans son regard et son visage s'est illuminé.

—Ah, je vois ! Je sais dans quel bar on va aller, du coup.

—Tu relèves le défi ?

Elle s'est engagée sur la route, le pied sur l'accélérateur.

—Ma pauvre cocotte, tu n'as aucune chance.

***

Au bout de quelques heures, d'une douzaine de coups de fil et d'envois d'e-mails, nous avions un plan et une liste de potentiels influenceurs. Il ne restait plus que quelques détails à confirmer. Il y avait beaucoup d'animation au Cow-boy Bar entre les clients, la musique country et les cris féroces de miss Elizabeth Dean, du Diamond Back Ranch.

Le taureau mécanique s'était mis en branle lentement, en douceur. Lil, qui le chevauchait avec aisance, m'avait lancé un sourire effronté, appuyé d'un clin d'œil. Mais très vite, il a accéléré. Secouée en tous sens, elle a plaqué son chapeau sur sa tête, concentrée sur son centre de gravité, sous les encouragements d'un groupe de touristes.

Elle enserrait le taureau dans l'étau de ses cuisses musclées et aguerries par le travail au ranch.

J'ai vidé le fond de mon whisky… le deuxième, merci l'*happy hour* !

Et j'ai serré les dents. Depuis mon dernier séjour au ranch, j'étais la tenante du titre. À l'époque, la perdante avait fini dans l'abreuvoir d'eau glacée près du corral, gage que nous avions décidé de conserver.

Enfin, d'un coup de reins particulièrement violent, le taureau a éjecté Lil et la cloche a retenti : vingt-deux secondes au chrono. Se relevant des épais tapis de sol, elle a touché son chapeau en réponse aux applaudissements et a sauté par-dessus la barrière de protection rembourrée.

—Allez, cow-girl, c'est à toi !

Enhardie par le whisky, je l'ai mesurée du regard, pour rire, et j'ai à mon tour sauté par-dessus la barrière. Quelqu'un a poussé un sifflement.

En me retournant pour empoigner la corde du taureau mécanique, j'ai aperçu Bailey. Elle a levé son verre à mon adresse, un sourire insolent aux lèvres. À côté d'elle, Cole et Jesse arboraient la même expression de curiosité amusée.

—Tu as des *tips* à me donner, cow-boy ? ai-je lancé à Jesse qui s'est mis à rire.

—Accroche-toi, championne !

J'ai opiné du chef et, tentant d'ignorer le regard affamé de Cole, j'ai enfourché le taureau d'un seul élan, déclenchant des sifflements et des acclamations du côté des touristes. Les yeux de Cole s'étaient assombris, comme s'il fantasmait sur tout autre chose.

—C'est l'heure du bain ! m'a crié Lil, radieuse.

Ça faisait longtemps que je ne l'avais pas vue aussi détendue. Mais le taureau mécanique commençait déjà à bouger et j'ai souri : je savais ce que je devais faire pour que sa joie soit totale.

Le buste rejeté en arrière, sans tension dans les hanches, les cuisses serrées autour du bovidé en plastique, je trouvais ça presque trop facile, quand la « bête » a fait dévier son centre de gravité avec une telle violence que j'en ai perdu mon chapeau. Les cheveux en folie, j'ai jeté un œil au chrono : dix-huit secondes !

Bailey a poussé un sifflement d'encouragement. Les mouvements du taureau devenaient de plus en plus imprévisibles. Agrippée à la corde à m'en faire blanchir les jointures, j'ai alors desserré un peu les jambes, le temps d'une fraction de seconde, et boum ! Je me suis retrouvée au tapis.

Allongée sur le dos, pantelante, j'ai levé les yeux vers le chrono. Vingt secondes.

Sous les applaudissements et les acclamations enthousiastes, j'ai coulé un regard à Cole qui s'était approché de la barrière.

—Ça va, cow-girl ? s'est-il enquis en me tendant la main.

Récupérant mon chapeau, j'ai ramené mes cheveux en arrière et je suis allée vers lui. Le contact de sa main m'a fait l'effet d'une décharge électrique et tout à coup, je n'ai plus vu que lui, le reste du bar se fondant en arrière-plan.

—J'ai perdu, ai-je articulé, le souffle court.

Mais dans ma tête, je calculais : est-ce que je pouvais l'embrasser sans que ça devienne trop chaud pour un bar ?

—C'est moi qui vais avoir un gage.

Cole m'a souri et avant que j'aie pu dire ouf, il m'a soulevée par la taille, doucement, mais fermement, et m'a fait passer de l'autre côté de la barrière rembourrée.

—Ça ne fait rien, le spectacle en valait la peine, m'a-t-il murmuré à l'oreille, tandis que Lil s'approchait. Cette vision restera à jamais gravée dans mon esprit.

Mon corps s'est aussitôt plaqué contre le sien, alors que je résistais de toutes mes forces à l'envie de reprendre là où on s'était arrêtés, tous les deux.

—Je m'entraînais, c'est tout, ai-je répliqué d'un ton suggestif.

Cole a soupiré en m'enserrant les hanches, mais Lil s'était plantée devant moi en agitant la clef de son pick-up.

—Tu vas te cailler les miches, ma vieille. J'ai hâte de te voir barboter !

***

De retour au ranch à la nuit tombante, je me suis avancée vers l'abreuvoir sous la lumière des projecteurs.

—Allez, ne te dégonfle pas ! Sinon c'est au responsable du ranch que j'ordonnerai de te mettre à la baille.

J'ai considéré Lil et Cole d'un air incrédule.

—Ce ne serait pas la première fois, a-t-il glissé à ma cousine avec un sourire. Je l'ai déjà fait là-haut, dans la rivière.

—Romantique ! a-t-elle répliqué en lui donnant un coup de coude.

Je me suis mise à rire.

—Très romantique, en vérité… ai-je avoué.

Lil regardait Cole avec un sourire hilare, mais lui était redevenu sérieux.

Je me suis retournée vers l'abreuvoir, j'ai ôté ma veste, mes bottes, puis avec une lenteur atroce, je me suis immergée dans l'eau glaciale. Enfin, ravalant un cri, je m'y suis plongée jusqu'au cou.

Lil a compté de dix à un et j'ai jailli de l'abreuvoir en reprenant enfin ma respiration.

—*Oh, putain*, ça caille !

Lil s'est marrée.

—Tiens, une serviette ! Va prendre une bonne douche chaude, maintenant.

Je suis remontée vers la maison, suivie par Lil et Cole qui a fini par me rattraper.

—Viens, m'a-t-il dit en me soulevant de terre, malgré mes protestations.

Derrière nous, Lil s'est mise à pouffer.

—Cole ! Je suis trop lourde, sérieusement !

Il s'est contenté de rire tandis que nous approchions de la véranda. Il a gravi les marches, m'a fait entrer dans la douce chaleur de la maison, s'est engagé dans le couloir et a poussé la porte de ma chambre.

—J'ai porté des selles plus lourdes que toi, Princesse.

Il s'est assis sur mon lit et a entrepris de me frictionner les bras avec la serviette.

—Bon, je vais te laisser te doucher. Jesse et Bailey sont en train de préparer le repas. J'espère que tu as l'estomac solide.

—Attends, ne t'en va pas !

Sa chemise humide lui collait aux abdos.

—On a cinq minutes, non ?

Je suis allée fermer la porte, j'ai ôté mon t-shirt et mon jean trempés et je lui ai pris le visage en coupe.

—Viens te doucher avec moi, ai-je proposé en cherchant sa bouche.

Sa réaction n'a pas tardé. Il m'a embrassée tout en me caressant la taille. J'ai senti sa main passer dans mon dos, vers l'agrafe de mon soutien-gorge et…

—Princesse, je… Putain. Je crève d'envie de prendre une douche avec toi, mais le truc, c'est que…

Mon cœur s'est serré d'une soudaine angoisse. Cole m'a pris les mains et m'a regardée droit dans les yeux.

—Quand je t'ai dit que la décision t'appartenait, je le pensais vraiment. Tu peux rester ou partir, c'est à toi de voir, mais je pense… j'espère que tu sais ce que moi, je préférerais. N'empêche qu'en attendant, je préférerais garder un peu mes distances… pour me protéger, tu vois ?

Sonnée, j'ai ressenti une fêlure au cœur, comme un aperçu de ce à quoi ressemblerait un *vrai* chagrin d'amour. Un gouffre béant, noir, insondable.

—OK, ai-je lâché dans un souffle. Je… je comprends. Enfin, je crois.

Il s'est levé avec lenteur et m'a pris le visage entre ses mains.

—Je sais ce qui te fait hésiter. Lil m'a parlé de ton idée de faire appel à des influenceurs. Je comprends que tu veuilles régler ça avant de prendre ta décision, mais si jamais tu choisis de rentrer chez toi… (Il a pris une longue inspiration.) Sache que je ne t'en voudrai pas. Pas une seule seconde. Cependant, je dois… je dois penser à mon cœur, le préserver un peu.

Sa sincérité m'a fait monter les larmes aux yeux, sans parler de la souffrance que trahissait son regard.

—Parce que si tu rentres en Angleterre, je ne suis pas sûr de bien le vivre, a-t-il ajouté. Ce n'est pas ta faute, mais plus on continue et plus ça va être douloureux, si tu dois repartir.

J'ai ôté ses mains de mon visage avant que mes larmes se mettent à couler.

—Je comprends, Cole. Simplement, il faut que je… que je prenne la bonne décision. Et j'ai peur de tout faire foirer, une fois de plus.

Ma voix s'est brisée. Cole a serré les poings le long du corps et d'un pas, il a supprimé la distance entre nous. Il m'a attirée contre lui avec douceur. Mais son baiser, lui, était bien différent.

Fougueux, rempli de promesses et empreint de toutes les émotions que nous avions vécues ensemble ces dernières semaines. Empoignant sa chemise, je me suis accrochée à lui. Je voulais qu'il cède à la sensualité du moment, même si je comprenais son raisonnement.

—Ça n'a rien à voir, a-t-il dit, alors que nous reprenions notre souffle et nos esprits. Vois au contraire ça comme une pause qui te permettra de savoir si tu veux dire au revoir à l'autre côté de l'Atlantique ou bien… autre chose.

J'ai hoché la tête et je me suis laissée aller un moment contre lui, respirant son odeur.

—Allez, va te réchauffer maintenant, d'accord ?

Il est allé ouvrir la porte.

—Moi, je vais aller superviser la préparation du repas, voir si je peux les empêcher de nous empoisonner avant l'arrivée des prochains hôtes.

J'ai ramassé ma serviette.

—Cole ? ai-je fait doucement.

Trop doucement. Il s'était déjà éclipsé en refermant sans bruit. J'ai regardé la porte fixement, sentant les larmes me monter aux yeux et couler sans retenue.

—Je suis amoureuse de toi.

18

Les contrats avaient été signés, mes économies presque toutes engagées… Nous avions trois jours pour faire du Diamond Back un ranch modèle sur les réseaux sociaux. Lil et moi nous démenions sur tous les fronts : courses en tout genre, planification des repas et ajouts de touches déco dans les trois chalets. Nous avions même commandé des vestes personnalisées pour nos invités, brodées au nom du ranch.

—Bon, raconte-moi un peu comment ça va se passer, a fait Bailey. Enfin, je vois l'idée, mais c'est quoi, la stratégie ?

Côte à côte dans la sellerie, nous étions en train de nettoyer et d'huiler le cuir des selles et des brides. Au préalable, j'avais demandé aux influenceurs invités de m'indiquer leur taille et leur niveau en équitation, afin que Bailey puisse leur choisir des montures adaptées.

J'ai pouffé.

—La stratégie ? À t'entendre, on croirait qu'il s'agit d'une manœuvre militaire.

Elle m'a fait un sourire en coin.

—Bah, ça y ressemble en tout cas : tu fais tout pour amener les gens de la ville à dire du bien du ranch, non ? Moi, de toute façon, je pense toujours stratégie, a-t-elle ajouté en passant à une autre bride. Le *barrel racing*, tu sais, c'est que de la stratégie.

—Oui, tu as raison. Eh bien, tout d'abord, il faut sélectionner les bonnes personnes. Les influenceurs que j'ai invités s'adressent à des cibles semblables, quoiqu'avec de légères différences. Mais leur point commun, c'est qu'ils sont tous spécialisés dans le tourisme aux États-Unis. De cette manière, on touche un maximum de gens, mais pas n'importe lesquels : ceux qui sont les plus susceptibles de vouloir réserver un séjour au ranch. Deuxièmement, il faut leur donner ce qu'ils veulent vraiment, et le leur présenter sous le meilleur jour possible. Ils auront beau s'éclater au ranch, si les chalets ne sont pas assez chicos ou s'il pleut tout le week-end, leur contenu ne marchera pas sur les réseaux.

Bailey réfléchissait. Elle avait tellement l'habitude d'assouplir les brides, de faire pénétrer l'huile dans le cuir à l'aide d'un chiffon, que ses gestes ressemblaient presque à une pratique méditative.

Elle a fini par croiser mon regard, les yeux plissés par un sourire.

—C'est donc toi qui as fait venir le beau temps qui est prévu ce week-end ? Bon, et qu'est-ce qu'on va faire de ces cow-boys du dimanche ? Il y a une marche à suivre, des pièges à éviter ?

J'ai hoché la tête avec gratitude, soulagée par son attitude compréhensive. Mon opération marketing ne fonctionnerait que si tout le monde jouait le jeu à fond. J'avais déjà briefé Jesse et Cole qui m'avaient assurée de leur soutien sincère, bien que vaguement perplexe. Mais Bailey avait un rôle clef : c'était elle qui donnerait le ton de notre week-end western.

—Eh bien, Jesse et Cole seront très pris par les, hum… tâches qui leur ont été dévolues.

Mi-figue mi-raisin, Bailey a attendu que je poursuive, l'air calme, mais le regard pétillant.

—Du coup, je voudrais que Lil et toi, vous agissiez en binôme : le but, ce serait d'encadrer les influenceurs tout au long des activités prévues.

Je me suis levée du banc afin de tirer de la poche arrière de mon jean une feuille de papier pliée en quatre.

—Voilà… En ce qui te concerne, j'aimerais que tu t'occupes plus particulièrement de toutes les activités équestres, que tu leur fasses une démo de *barrel racing*, voire que tu les coaches pour qu'ils voient ce que c'est, en mode débutant.

Dépliant ma feuille de papier, je l'ai tendue à Bailey qui a posé son chiffon pour la prendre.

Elle s'est mise à glousser.

—Waouh ! En effet, c'est chargé comme programme !

Elle a parcouru la liste en opinant du chef, avant de s'interrompre.

—Un bain glacé dans la rivière ? Tu es sûre que des gens de la ville vont vouloir faire ça ?

Avec un petit sourire, j'ai continué à frotter une trace près du pommeau de la selle, sans lever les yeux.

—Activité testée et approuvée par une fille de la ville. Ça stimule les endorphines, et puis ça serait super marrant à filmer.

Bailey m'a coulé un regard.

—OK, épargne-moi les détails, a-t-elle commenté en riant. Pas d'activité de tir ? On fait ça en général avec certains habitués. Jesse a tout un arsenal très bien entretenu.

J'ai secoué la tête.

—Non, l'une des influenceuses est très hostile aux armes à feu. J'ai parcouru son *feed*, elle a fait deux ou trois reels très militants là-dessus. Du coup, on va laisser tomber le tir : je n'ai pas envie de plomber l'ambiance, sans jeu de mots.

—Tu as vraiment pensé à tout, hein ? (Bailey a agité le papier.) Je peux le garder ?

J'ai acquiescé avant d'attirer son attention sur un point :

—Au fait… Parmi les invités, les deux filles sont déjà montées à cheval, mais elles ne sont pas très sûres d'elles. Il y en a une… Kendra, je crois, mais je revérifierai… qui a eu une mauvaise expérience : son cheval a fait une ruade et elle a été éjectée. Elle n'a rien eu, mais ça a carrément entamé sa confiance en elle.

Bailey m'a regardée d'un air songeur.

—D'acc'. Je lui donnerai Jasper, si ça ne te dérange pas. C'est notre gentleman… enfin, sauf avec Domino. Mais il est toujours impeccable avec les cavaliers inexpérimentés. En plus, il est un peu lent, maintenant. Sauf quand c'est toi qui le montes.

Je me suis illuminée en me souvenant des pointes de vitesse qu'il avait réalisées, lorsqu'on avait ramené le bétail.

—Bon, et maintenant, m'a demandé Bailey d'un air soucieux. Je ne voudrais pas jouer les oiseaux de mauvais augure, mais quelles sont les probabilités pour qu'on se plante ? Parce que je vois bien que tu as réfléchi à tout, mais… comment savoir si ça va marcher ?

J'ai haussé les épaules.

—C'est difficile à dire. Je sais que ça *peut* marcher, parce que j'ai déjà fait ce genre d'opération marketing dans mon ancien boulot, et puis j'en ai été témoin avec d'autres marques et produits sur les réseaux. En revanche, il n'y a aucune garantie de réussite, c'est vrai. Mais si on leur montre le ranch sous son meilleur jour, si vous jouez à fond de votre charme western, ai-je dit avec un petit sourire, alors, ça marchera. Ces influenceurs ont tous une énorme communauté sur les réseaux, alors s'ils nous recommandent à leurs abonnés, ça nous remettra sur les rails.

Bailey a hoché la tête d'un air pensif. De mon côté, j'osais à peine respirer. La vérité, c'est que nous dansions sur la corde raide. Si jamais les influenceurs s'ennuyaient ou si un truc dérapait, ça se saurait sur les réseaux. Et ce n'était pas parce que nous les rémunérions que nous aurions automatiquement de bonnes critiques, et ce d'autant moins que je les avais choisis pour l'authenticité de leurs partenariats. C'était d'ailleurs l'une des raisons pour lesquelles ils avaient tous des *followers* très actifs et qui suivaient leurs recommandations. Le revers de la médaille, c'est qu'ils n'hésiteraient pas à descendre le ranch si le week-end ne leur donnait pas satisfaction…

—Il y a un Anglais dans le groupe, m'a dit Lil, c'est bien ça ?

Je me suis figée. Bailey venait de mettre le doigt sur le plus gros risque de l'opération, celui que j'avais omis de mentionner.

—Oui, c'est exact, ai-je répondu d'un ton faussement détaché. Leo. Il est du Royaume-Uni. Il vit à New York, mais… euh, je le connais un peu grâce à une… relation commune. C'est pour ça que je l'ai invité, en fait… Autrement, il aurait été trop cher pour nous. Il a une énorme communauté qui suit toutes ses recommandations à la lettre. Mais il m'a fait un prix d'ami.

Je me suis mise à frotter énergiquement la bride de Jasper pour ne pas penser à ce qui me reliait à Leo : c'était un ancien camarade de classe de Kyle, l'un de ses plus vieux amis. Ils ne se voyaient qu'une ou deux fois par an, grand max, néanmoins ils étaient restés assez proches.

—Hum, je vois… a commenté Bailey en changeant de chiffon pour s'occuper de la selle marron de Penny. Je n'avais pas compris qu'on devait les payer *en plus* de leur offrir un séjour gratos. Je devrais peut-être changer de métier, moi…

Je me suis maudite intérieurement. Au départ, je ne comptais dire à personne qu'il s'agissait d'un partenariat rémunéré. Pourvu que Bailey n'en parle pas à Lil, du moins pas tout de suite… Ma cousine n'avait pas les moyens de faire venir des influenceurs et il était hors de question que je la laisse s'endetter pour une expérience sans garantie de succès. Vu qu'à Londres, je n'avais pas de vie en dehors du boulot et que Kyle avait passé son temps à acheter mon affection grâce au fric de ses parents, j'avais pu mettre de côté une somme rondelette. Cela dit, entre mon loyer à Londres et la rémunération des influenceurs, j'allais bientôt devoir faire un choix : rester ici ou accepter le poste qu'on m'avait offert en Angleterre.

Pressée de changer de sujet, j'ai saisi la perche que me tendait Bailey.

—Je suis sûre que tu ferais une super influenceuse.

Elle m'a regardée d'un air sceptique.

—Quoi ? Tu serais géniale ! Je regrette d'ailleurs de ne pas t'avoir filmée l'autre jour, au rodéo : ta performance était carrément démente.

Elle a haussé les épaules, vaguement gênée.

—Oh, je ne suis pas assez cool pour les réseaux sociaux ! a-t-elle rigolé en me donnant un coup de coude.

—Au contraire, Bailey ! Tu es une fille formidable, authentique, et les influenceurs vont t'adorer. Je t'assure, ils vont s'éclater avec toi.

Elle a laissé passer quelques secondes.

—Et… ça ne te dérange pas que Cole soit partie prenante dans cette opération de séduction ?

Question candide de sa part, mais qui m'a poignardée en plein cœur.

—Je lui ai simplement demandé d'être aussi charmant qu'à son habitude, ai-je répliqué d'une voix tendue qui révélait mon conflit intérieur.

L'idée que Cole regarde une autre fille, que l'une de ces ravissantes influenceuses réponde à son numéro de charme… ça me rendait malade. Mais s'il fallait ça pour promouvoir le ranch, rebooster les réservations, faire rentrer l'argent dans les caisses et assurer l'avenir de Lil et des autres, alors le jeu en valait la chandelle.

En tout cas, c'est comme ça que je justifiais mon sacrifice. Et pourtant, je souffrais physiquement d'être privée de la peau de Cole contre la mienne. J'avais une conscience aiguë de sa présence, de l'autre côté du couloir, de l'autre côté de la porte. Par deux fois, je m'étais aventurée vers sa chambre, sans toutefois oser frapper. Et le soir venu, quand je ne préparais pas l'arrivée des influenceurs, je ne pensais qu'à son corps. Mais ce n'était pas correct envers lui, envers nous deux.

—J'espère que tu ne m'en voudras pas de te dire ça, mais…

Bailey s'est interrompue, le temps de peser ses mots avec soin.

—Mais le ranch serait vraiment très bizarre, sans toi. Si tu rentres à Londres, après tout ça.

Ma gorge s'est serrée.

—Je ne m'attendais pas à ce que le choix soit si difficile, ai-je avoué.

—Enfin, bref !

Bailey s'est levée en s'étirant, ayant terminé la dernière bride.

—Ce genre de truc, ça te tombe toujours dessus au moment où tu t'y attends le moins, pas vrai ? Moi, par exemple, je n'aurais jamais cru devenir *barrel racer*, dégoter deux ou trois sponsors, me faire un petit pactole. Mais la vie te ménage parfois des surprises. Il faut que tu fasses confiance à ton intuition.

J'ai pris une grande inspiration. Deux jours. Il fallait assurer pendant deux jours. Ensuite, si tout se passait bien et si Lil était d'accord pour que je reste, alors peut-être que…

—Et toi ? lui ai-je demandé, histoire de penser à autre chose. Tu as des vues sur quelqu'un ?

—Oh non, pas vraiment ! s'est exclamé Bailey avec un grand sourire. Je ne suis pas du genre à me fixer, tu vois ce que je veux dire ? Je veux bien m'amuser de temps en temps, mais pour l'instant, tu sais, c'est moi et Dunkin contre le reste du monde.

***

À dix-sept heures cinquante-cinq, des phares sont apparus au bout de l'allée.

—Lil ! me suis-je écriée, ils sont là ! Viens vite ! Tu sais où sont les autres ?

Raflant mon chapeau, je suis sortie en courant et j'ai percuté Cole.

—Holà ! a-t-il fait en me rattrapant. Ça va ?

Je l'ai regardée, surprise et émoustillée par le simple contact de ses mains sur mes bras. Mais lorsque le regard de Cole s'est posé sur ma bouche, mon cœur s'est carrément emballé.

—Oui… je… je crois, ai-je bafouillé.

J'étais tiraillée entre l'envie de me plaquer contre lui et celle de garder mes distances, entre le besoin de sentir son corps contre le mien et celui de résister à mon désir.

—Tout va bien se passer, m'a-t-il affirmé d'une voix rassurante.

Il me caressait le bras du pouce, créant une onde de chaleur sur ma peau. Puis, comme s'il s'en était aperçu, il s'est écarté de moi.

—Je te promets qu'on fera tout pour que ça marche, d'accord ?

—D'accord. De toute façon, deux jours, c'est rien… ai-je ajouté tout bas, comme pour m'en convaincre.

Cole a acquiescé, sans cesser de me dévisager. Puis, comme pour se rassurer lui aussi, il a enchaîné :

—Bon. On va faire en sorte que ce week-end soit une expérience inoubliable pour eux.

À ce moment-là, Jesse s'est approché, le col largement ouvert et un sourire indolent aux lèvres.

—Au fait, Madame, j'ai oublié de vous demander… On a le droit de garder la chemise ou…

Je l'ai regardé froidement.

—File immédiatement leur faire ton numéro de charme ! Et tout habillé, crétin !

Pour toute réponse, Jesse nous est passé devant en touchant son chapeau.

Cole n'a rien dit de plus, il a rajusté son propre chapeau et lui a emboîté le pas.

J'ai entendu Lil appeler Bailey depuis la cuisine, mais je me suis tenue à l'écart. Je voulais que les présentations se fassent entre ma cousine et les trois cow-boys : c'était eux, les vrais représentants du ranch.

Quand je suis enfin sortie sous la véranda, les deux femmes étaient déjà descendues du taxi, elles étaient en train de serrer la main à Lil. Toutes les deux étaient grandes. La brune, Ashley, et la blonde, Kendra, regardaient Cole et Jesse avec insistance. Il faut dire qu'ils étaient encore plus canon en vrai, sans l'aide de filtres ou de retouches photo.

Comment aurais-je pu en vouloir à ces deux filles ? Ils m'avaient fait le même effet à mon arrivée… Mais quand Kendra s'est approchée de Cole, œil de biche et sourire aux lèvres, ça m'a rendue malade. Il l'a accueillie chaleureusement avant de lui serrer la main avec son petit sourire par en dessous qui me rendait dingue.

—Waouh, Cole… Eh bien, les réels ne mentent pas, hein, Ash ? s'est exclamée Kendra en se retournant vers sa pote, une main sur le cœur.

Mais Ashley était déjà ailleurs, elle essayait le chapeau de Jesse en gloussant. Ce dernier, l'air ravi, la regardait avec indulgence prendre la pose à son intention.

—Attends, attends, faut que je filme ça ! s'est exclamé l'autre influenceur, Alix, qui suivait la scène d'un air amusé.

Il a sorti son téléphone, a cliqué sur l'écran et s'est rapproché de Jesse et Ashley.

Je l'ai laissé saisir ce petit moment de flirt, le cœur lourd, mais reconnaissante : tout le monde jouait le jeu. Jesse, lui, était comme un poisson dans l'eau dans son rôle de charmeur. Sans cesser de taper la pose avec Ashley, il lui avait repris son chapeau, tout en lui promettant de lui fournir l'occasion de le récupérer. La scène se déroulait devant la jolie maison au cachet ancien, avec en toile de fond le soleil couchant qui faisait flamboyer l'horizon de traînées rouges et dorées.

—Bonjour, je suis Lottie. C'est moi qui ai pris contact avec ton agence, ai-je dit à Kendra qui parlait de sa ville natale avec Cole.

—Ah, oui… bonjour.

Sa poignée de main était aussi molle que son salut.

—Mais, euh… Attends, toi aussi tu es sur les réseaux ?

J'ai senti mon ancien moi reprendre du service et mon masque professionnel se remettre en place. Cole nous regardait avec intérêt, mais il restait prudemment en retrait.

—Non, les réseaux, c'est pas mon truc, ai-je répliqué, très british tout d'un coup. Mais c'est super que tu aies pu te libérer ce week-end. Lil va te montrer les chalets.

—OK, génial. Non, je te demandais ça parce que tu ressembles un peu à quelqu'un que je connais. Mais en fait, c'est ton look : les cheveux bruns, les yeux très peu maquillés et ton accent… Oui, c'est grave la *trend* en ce moment.

J'ai haussé un sourcil étonné, mais je lui ai souri, tandis que d'autres phares balayaient l'allée.

—Excuse-moi, c'est notre dernier invité qui arrive.

Et je suis partie à sa rencontre d'un pas déterminé, en faisant signe à Lil de faire avancer les invités. Lentement, elle les a rassemblés et s'est chargée de leurs sacs avec Bailey.

Comme le taxi sortait du dernier tournant, j'ai vu qu'il y avait deux personnes à l'arrière, dissimulées par l'éclat impitoyable du soleil couchant sur les vitres. Ce n'était peut-être pas Leo, finalement, mais un couple de touristes qui tentait sa chance, au cas où un des chalets serait libre… Bizarre. Mais lorsque le taxi s'est arrêté devant le ranch et que Leo en est sorti, je me suis figée.

De l'autre côté du taxi avait émergé un autre homme aux cheveux blond foncé, à la silhouette élancée, et dont la tenue jurait tellement avec le ranch que je l'aurais reconnu à un kilomètre.

Kyle.

Le souffle coupé, je suis restée clouée sur place tandis que Leo me saluait avec enthousiasme.

—Lottie ! Waouh, ça fait un bail ! Quand j'ai dit à Kyle ce que je faisais ce week-end, il a sauté sur l'occasion. Comme il ne t'a pas vue depuis des semaines, il voulait te faire la surprise ! Au fait, désolé pour ton job… ça fait chier, hein ? Je lui disais justement qu'avec le visage que tu as, tu devrais te lancer dans la création de contenus… Sacré Kyle, il a toujours eu l'œil pour repérer la fille la plus sexy !

Il a gloussé pendant que Kyle faisait le tour du taxi.

—Oh, mon Dieu… surtout pas ! ai-je réussi à articuler. Je suis bien plus à l'aise derrière l'objectif, enfin je crois. Mais merci beaucoup d'être venu.

Leo me souriait, ses boucles rebelles plaquées en arrière.

—Est-ce que je peux te laisser aller voir ma cousine Lil ? C'est la blonde, là-bas… Elle va te montrer ton chalet. Moi, il faut que je parle à Kyle.

Il a éclaté de rire.

—Tu m'étonnes ! Après une si longue séparation ! a-t-il ajouté en faisant un clin d'œil à Kyle.

Le premier choc passé, je sentais la rage m'envahir, mêlée d'une pointe d'angoisse. Tandis que Leo s'éloignait en interpellant gaiement Lil, j'ai levé les yeux sur Kyle. Le visage impassible, il me parcourait d'un regard critique. Pas de vêtements de marque, des santiags crottées, mes boucles libres et le chapeau de cow-boy qui les empêchaient de me cacher le visage.

J'ai lancé un dernier coup d'œil en direction des chalets : il n'y avait presque plus personne dehors.

Je me suis avancée vers Kyle.

—Mais qu'est-ce que tu fous ici, *bordel* ? ai-je sifflé.

Et incapable de me retenir plus longtemps, je l'ai repoussé à deux mains.

Des pas derrière moi m'ont interrompue.

—Qu'est-ce qui se passe, Lottie ? m'a demandé Cole d'une voix inquiète.

Néanmoins, il était encore trop loin pour que sa présence me rassure.

—Ça, il faut le demander à Kyle ! ai-je répliqué sèchement.

Ce dernier affichait une expression étonnée, soumise, mais déjà je repartais à l'attaque :

—C'est quoi, ce bordel ? Qu'est-ce que tu es venu faire ici ? *Attendez* ! ai-je lancé au taxi qui redémarrait. Ne partez pas !

Comme je tapais sur la vitre, le chauffeur l'a baissée.

—Vous pouvez attendre un moment, s'il vous plaît ? Ce monsieur doit retourner en ville.

—Lottie, il faut qu'on parle.

Kyle s'adressait à moi comme à une gamine qui fait un caprice et qu'il faut raisonner d'un ton ferme et paternel.

—Écoute, Lottie, il s'agit un malentendu.

—Tu l'as dit, connard ! Un énorme malentendu ! ai-je rétorqué d'une voix tremblante de rage. Tu n'étais pas invité et tu n'as aucun droit de débarquer ici en essayant de te justifier.

—Lottie, pour l'amour du ciel !

Me saisissant par le bras, il m'a entraînée vers le taxi.

—Allons plutôt discuter dans le…

—Lâche-la.

L'ombre de Cole est tombée sur Kyle et moi. Il était assez près pour que je sente son parfum, pour que je perçoive la menace dans sa voix.

—Monte dans ce taxi et dégage. Si Lottie veut te parler, elle saura où te trouver. Mais pour le moment, si tu te casses pas tout de suite, je veillerai à te raccompagner personnellement.

Kyle m'a lâché le bras et nous a regardés tour à tour, les sourcils froncés.

—Je suis au Four Seasons, m'a-t-il dit en lançant un coup d'œil en direction de Cole, sans toutefois oser soutenir son regard. Mais tu me dois une conversation, Lottie, c'est la moindre des choses.

—Je te dois que dalle, ai-je murmuré, gênée par le sanglot qui me montait dans la gorge. Je n'arrive pas à croire que tu aies eu le culot de venir ici.

—Et qu'est-ce que je pouvais faire d'autre ? a sifflé Kyle, avant de céder sous la pression du regard de Cole. Ton père m'a dit que tu étais ici, alors quand Leo m'a appris qu'il passait le week-end au ranch…

—Je le crois pas ! C'est mon père qui t'a entraîné là-dedans ?

J'ai voulu tourner les talons, mais je me suis heurtée à Cole qui était planté là, solide comme un roc, les muscles bandés, prêt à en découdre.

—Allez viens, Cole, laisse-les… a fait Jesse derrière nous.

—Non, c'est bon, Jesse, ai-je lancé pour qu'il retourne vers les invités. De toute façon, Kyle était sur le point de partir.

Ce dernier a secoué la tête.

—Pas avant que tu aies accepté de me retrouver quelque part pour parler, demain, quand ils seront tous occupés à distraire vos influenceurs.

Son regard a volé vers Cole qui n'avait pas bougé d'un centimètre. J'ai hésité, consciente que nous étions à la croisée des chemins. Prendre la mauvaise direction, c'était potentiellement foutre en l'air tout le week-end. Je ne pouvais pas prendre le risque que Cole casse la gueule à Kyle, voire pire.

—Très bien, je passerai te voir à ton hôtel, ai-je acquiescé d'un ton cassant. Et maintenant, va-t'en ! Tout de suite. S'il te plaît.

L'air satisfait, Kyle m'a regardée, il a regardé Cole, et il est remonté dans le taxi. Nous l'avons suivi des yeux jusqu'à ce qu'il disparaisse au détour du virage abrupt.

—Je vais faire patienter les invités, histoire de vous laisser un peu de temps, a déclaré Jesse en retournant vers les chalets d'un pas vif.

Il s'est retourné une dernière fois pour adresser un signe de tête à Cole.

Hagarde, je fixais la poussière du chemin qui retombait doucement, tentant de comprendre ce qui venait de se passer.

Sans un mot, Cole m'a tournée vers lui et m'a étreinte avec force. Le soulagement d'être dans ses bras me donnait presque le vertige. J'ai levé les yeux vers lui.

—Rien ne te force à le revoir, bon sang ! m'a-t-il dit d'une voix dure, l'air sombre. Tu l'as dit toi-même, tu ne lui dois rien et je ne lui fais pas confiance à ce mec, pas une seule seconde.

Le sous-entendu était clair. Cole craignait que Kyle ne reprenne sa place dans ma vie, qu'il réussisse à me reconquérir grâce à une explication fumeuse. Une lueur de sa souffrance passée, de son enfance meurtrie, a traversé son regard. Il avait déjà perdu une femme qui lui était chère, il savait ce que ça faisait. Mais il ne connaissait pas Kyle aussi bien que moi.

—Je sais, Cole. Mais il n'est pas du genre à lâcher l'affaire comme ça. Si je ne lui accorde pas une occasion de se justifier, il va…

—S'il pose encore une fois ses sales pattes sur toi, je le bute, cet enfoiré ! Je vais au Four Seasons, je le chope par son putain de costard et je le réexpédie à Londres en pièces détachées !

—Cole…

Et, osant rompre notre pacte, je lui ai caressé tendrement le visage, observant sa colère fondre sous mes doigts.

—Tout va bien se passer. Je ne compte pas lui pardonner, c'est hors de question. Il faut juste que je lui fasse comprendre que c'est fini entre nous.

Cole continuait de scruter mon visage, le regard désespéré, frôlant mon cou, ma taille, mais retirant ses mains comme s'il craignait de perdre le contrôle.

La voix de Jesse nous est parvenue, claire et puissante, comme s'il cherchait à nous avertir. Les influenceurs sortaient des chalets, prêts à visiter le reste du ranch. J'ai entendu la voix de Kendra, son rire brisant l'aura de tension sexuelle qui nous entourait, tous les deux… Il ne fallait surtout pas qu'elle nous voie comme ça.

—Il faut que j'y aille, ai-je murmuré en mémorisant les beaux traits de Cole. Surtout, tu t'en tiens à ce qui est prévu. Je t'en prie.

—J'ai besoin de toi, a-t-il avoué tout aussi bas en cherchant à me retenir.

Mais je me suis rapidement éloignée vers la maison tout en refoulant mes larmes.

19

Je restais en retrait, de peur d'être débordée par mes émotions.

Tandis que les influenceurs prenaient leurs marques, l'équipe du ranch suivait le programme, chacun jouant son rôle à merveille. Les nerfs à fleur de peau, je les regardais distraire nos invités de main de maître. De mon côté, je… j'affichais mon masque de pro du marketing. Toute cette comédie me paraissait complètement étrangère et en même temps si familière : le manque de naturel, les réactions calculées et les sourires tactiques… tout en surface, rien en profondeur. Comment avais-je pu évoluer si longtemps dans un tel milieu ? Après plus d'un mois au ranch, j'avais l'impression de m'être arraché un pansement et d'avoir laissé ma plaie cicatriser à l'air libre, dans l'authenticité de ce lieu pur et rafraîchissant comme le vent qui soufflait de la montagne.

—On ira au Cow-boy Bar, demain ? a demandé Kendra.

Elle était perchée sur l'accoudoir du canapé, près de l'âtre immense où crépitait une belle flambée. C'était la pièce la plus grande, mais étrangement la plus confortable de tout le ranch. On s'en servait rarement au quotidien, la cuisine et le salon étant le centre névralgique de la maison, mais pour les invités, cette pièce de vie offrait un décor parfait avec ses profonds canapés en cuir brun roux.

—Ah oui, c'est vrai ! a articulé Ashley en silence.

Elle filmait Alix qui faisait le tour de la pièce.

—Tu es un habitué de ce bar, Cole ? s'est enquise Kendra en faisant tournoyer les glaçons dans son verre.

Juchée sur l'autre accoudoir du canapé, elle le regardait en battant des cils.

Serrant les dents, je me suis tournée vers Leo.

—Alors, c'est comment New York ?

Mon sourire figé paraissait-il aussi faux qu'il l'était ?

—Très sympa, je m'y plais beaucoup, m'a-t-il répondu avec un sourire lent, inquisiteur. Mais… je voulais te demander, Lottie, qu'est-ce qui se passe avec Kyle ? Il ne m'a pas dit ce que tu faisais ici et toi, tu le renvoies aussi sec à son hôtel…

Il a écarté les mains en signe d'incompréhension tandis que je changeais de visage.

Je me sentais glacée, partagée entre l'envie de lui dire la vérité et celle d'éluder la question pour avoir la paix.

—J'avais besoin de faire une pause. On fait tous les deux une pause, ai-je avoué à voix basse. Je venais souvent ici, quand j'étais petite, et c'est le premier refuge qui m'est venu à l'esprit, tu comprends ?

Leo a haussé un sourcil.

—Attends, c'est une pause ou une rupture ? Merde, mais… j'y crois pas. Vous formez un couple tellement sexy !

Manque de bol, au même moment, il y avait un blanc dans la conversation et la voix de Leo a résonné dans toute la pièce. Toutes les têtes se sont tournées vers nous, y compris celle de Cole.

Je sentais le poids de son regard sur ma joue. Accablée, j'aurais donné n'importe quoi pour être ailleurs. Comment avais-je pu être naïve au point de croire que je pourrais papoter innocemment avec un ami de Kyle ?

J'étais face à un choix cornélien : dire à Leo que j'avais rompu et prendre le risque qu'il lâche le ranch, par solidarité avec Kyle, voire qu'il transforme ce week-end en opération de réconciliation… ou faire souffrir Cole.

J'ai botté en touche.

—Dans tous les cas, je vois Kyle, demain. On verra bien ce qui se passe, ai-je ajouté en lançant un regard désespéré à Lil.

Leo allait me poser une autre question, mais à ce moment-là, Lil a annoncé le programme du lendemain avant de proposer à tout le monde de renouveler les consommations. M'excusant avant que Leo ait pu continuer son interrogatoire, je suis partie vers ma chambre en veillant à ne pas regarder Cole.

—Merci encore de nous avoir invités, m'a dit Kendra avec son accent traînant, alors que j'arrivais à la porte, me forçant à me retourner. Je crois qu'on va bien s'amuser.

Elle a souri à Cole d'un air suggestif. Impassible, il a soutenu son regard.

—De rien, ai-je répondu, sentant mon corps et ma voix se réfugier derrière mon armure professionnelle. Je suis sûre que vous allez passer une super journée, demain. Et je vous rejoindrai dans la soirée au Cow-boy Bar. En attendant, bonne nuit.

Je suis sortie de la pièce, suivie par le regard de Cole, tandis que Kendra se lançait dans une autre anecdote pour capter son attention. Je suis entrée dans ma chambre, consciente que j'allais devoir consentir à tous les efforts pour que mon plan puisse réussir.

L'enjeu était trop important.

***

Le lendemain, après une nuit presque blanche, j'ai mis double couche de maquillage. Dire que ç'avait été ma routine quotidienne durant si longtemps ! Aujourd'hui, je trouvais tout ce rituel interminable : me tapoter le visage, m'étirer la paupière, lisser mes mèches rebelles... Je m'étais habituée à voir mes cheveux au naturel, à laisser mes boucles se répandre négligemment sur mes épaules, mais pour mon rendez-vous au Four Seasons, ça ne le ferait pas.

Je tenais à ce que Kyle me voie telle que j'étais avant de venir ici : il fallait que ce soit la Lottie qu'il connaissait qui lui dise non, bien en face. Sa réaction d'hier soir m'avait clairement indiqué ce qu'il pensait de mon nouveau look ; c'était donc à moi de faire de cette ultime discussion un moment qui marquerait l'esprit de Kyle définitivement. J'irai là-bas de bonne grâce, je lui mettrais les points sur les I et je m'en irais.

Pour l'occasion, j'avais même ressorti la tenue londonienne que je portais à mon arrivée ici et dans laquelle je me sentais en total décalage. Tout me semblait inconfortable. Le jean qui avait coûté une petite fortune chez Harvey Nics, griffé de je ne sais quel nouveau créateur, me paraissait bien fade, comparé à mon Wrangler parfaitement ajusté.

Prenant les clefs du pick-up de Lil, comme convenu la veille, je suis sortie de la maison. Dehors, tout le monde se préparait pour la sortie du jour, chargeant les provisions que j'avais payées de ma poche pour le pique-nique. Après ce qui s'était passé hier soir, j'avais décidé de réduire les interactions au maximum, c'était encore la meilleure stratégie.

Alors que je passais devant le corral au volant du pick-up, Cole et Jesse se sont tournés vers moi, tous les deux déjà en selle. Cole, le visage fermé et le regard noir, a dit quelque chose à Lil. Je savais qu'il n'allait pas aimer le rôle que je m'apprêtais à endosser, mais je devais le faire et j'allais le faire. Seule.

***

Le *lounge* du Four Seasons était en pleine effervescence : c'était le début de l'été et les vacanciers partaient en randonnée, en balade à cheval ou en circuit organisé dans le parc de Yellowstone. Il ne m'a fallu que quelques secondes pour apercevoir Kyle. Il était en train de faire assaut de snobisme avec un touriste aussi arrogant que lui.

Je me suis approchée lentement, attendant qu'il me repère du coin de l'œil.

—Ah, Hugo… Je te présente ma copine, Lottie. Tu ne vas pas le croire, Lots… Figure-toi qu'Hugo est un ancien d'Eton, comme moi ! Il travaille dans La City, tout près de ton ancienne boîte. Bon, eh bien, je suis très content de t'avoir revu, vieux… On pourra peut-être boire un verre plus tard ?

J'ai fait un signe de tête à Hugo qui me disait à la fois bonjour et au revoir, tout en réussissant à esquiver la main de Kyle qui voulait me guider vers les fauteuils, près de la grande baie vitrée qui donnait sur les montagnes.

Frémissante d'une rage froide, je me suis assise en face de lui et je l'ai laissé commander pour moi. De toute façon, je ne le changerais pas…

—Kyle, je ne suis plus ta copine. Tu ne peux pas te pointer ici comme si de rien n'était, on nage en plein délire.

Il m'a considérée un moment, comme s'il réfléchissait à la meilleure tactique à adopter, à la meilleure manière de me « gérer ».

—D'accord, d'accord... Bon, écoute. (Il a écarté les mains, le regard implorant.) Je ne vais pas le nier, j'ai fait une énorme erreur... j'ai vraiment merdé, OK ? Là-dessus, on ne va pas se mentir. Tu vois, je joue vraiment la carte de la franchise avec toi.

J'ai croisé les bras, lèvres pincées. Il n'y avait qu'une seule erreur dans tout ça, et c'était moi qui l'avais commise en croyant que nous étions faits l'un pour l'autre. Comparé à ce que j'éprouvais maintenant, à ce que m'avait fait découvrir Cole, ma relation avec Kyle m'était apparue sous son véritable jour... moche. Un néant d'une superficialité absolue.

—Mais personne n'est parfait, Lots. Et puis tout ce qu'on a vécu ensemble, c'était génial, tu ne peux pas dire le contraire, quand même ? Écoute, dans quelques semaines, c'est notre anniversaire, ce n'est pas rien, ça. C'est vrai, quoi, c'est la première fois que je suis en couple aussi longtemps avec quelqu'un.

—Mais tu n'as jamais été « en couple » avec moi, ai-je répliqué, incapable de me retenir. Il y avait une troisième personne dans l'histoire : elle !

Nos cafés étaient arrivés. Kyle, qui se la jouait grand seigneur, avait offert un pourboire ridiculement exagéré au serveur qui ne savait plus comment le remercier.

—La vraie question n'est pas là, m'a-t-il corrigée lorsque le serveur est enfin reparti.

Il a bu une gorgée de café et a fait la grimace.

—Bon sang, les Américains sont décidément incapables de faire du vrai café, hein ? Non, Lottie, la vraie question, c'est de savoir si tu es prête à tout foutre en l'air pour une erreur idiote. C'est déjà suffisamment chiant que tu te sois fait virer pour qu'en plus, on sabote notre histoire.

J'ai serré les poings à m'en faire mal, au bord du pétage de plomb.

—Je ne me suis pas fait virer, Kyle, j'ai été licenciée pour motif économique. Ce n'est pas la même chose.

Il a haussé les épaules.

—C'est un détail, ça. Enfin, Lottie, tu ne veux quand même pas renoncer si facilement ? À nous ? En tout cas, ce n'est pas ce que je veux, moi. On forme un super duo, toi et moi, tout le monde le dit. C'est vrai, quoi… Même ma mère s'en rend compte ! Et elle vomit tout le monde.

Et voilà. Le moment que je redoutais était arrivé. J'avais eu tout le temps de m'imaginer la scène, cette nuit, durant ma longue insomnie : j'allais faire semblant de me laisser convaincre et je dirais oui à tout, comme la gentille petite fille qu'il avait chouchoutée, ou plutôt achetée, tout au long de cette année de merde.

Jamais Kyle n'accepterait de lâcher quelque chose qu'il estimait lui revenir de droit : il fallait le lui arracher, de manière irrévocable. Je m'étais donc dit que la seule façon de le manœuvrer sans faire foirer le week-end au ranch, c'était de jouer la comédie, même si ça me répugnait. Leo était un élément à part entière dans la réussite de notre opération marketing, et si nous voulions nous concilier ses bonnes grâces, il ne fallait surtout pas lui donner un prétexte de se rallier à Kyle.

Pour le moment, j'allais donc jouer le rôle de la copine certes bafouée, mais capable de pardonner et d'accueillir avec gratitude les efforts de son mec pour la reconquérir. Sauf que dès que les influenceurs seraient partis, nantis de beaux souvenirs et de contenus enregistrés, Kyle se ferait larguer en bonne et due forme, et en termes non équivoques. Dans quelles circonstances, ça restait à établir : il me faudrait sans doute une autre nuit blanche pour y réfléchir.

La seule partie de mon plan qui me restait en travers de la gorge, c'était le chagrin inévitable que j'allais causer à Cole. Un chagrin certes temporaire et qui serait justifié en moins de quarante-huit heures, mais un chagrin quand même. Bouleversée, je m'étais mise à sa place. Qu'allait-il penser ? Que j'étais revenue sur ma promesse. J'avais même songé à lui faire part de mon plan, mais je me méfiais de Kyle, il avait des antennes. Non, il fallait que tout ça ait l'air vrai. Cole avait beaucoup de qualités, mais l'impassibilité tactique n'en faisait pas partie.

—Tu as raison, on formait un bon duo, tous les deux, ai-je reconnu lentement, les yeux baissés. C'est pour ça que ta trahison m'a fait autant de mal.

J'ai relevé la tête. Une lueur d'optimisme avait éclairé son regard.

Rapprochant son fauteuil du mien, il a entrepris de me décrire l'avenir qu'il envisageait pour nous. Déjà, il m'avait fait faire une clef, la clef de sa maison ! Moi, je le laissais pérorer, acquiesçant quand il le fallait, rongeant mon frein tandis qu'il réécrivait l'histoire à sa sauce. L'avenir qu'il me dépeignait, ce Londres gris et implacable contre lequel je m'étais tant battue, m'apparaissait comme un horizon inconcevable.

—Oh, Lots ! Tu m'as manqué, tu sais... a-t-il conclu en me caressant les cheveux.

Réprimant à grand-peine un frisson, je lui ai fait un petit sourire.

—Ne brûlons pas les étapes, ai-je tempéré tout en veillant à ne pas froisser son ego. Il va me falloir un peu de temps pour me réhabituer à cette idée.

Kyle a avancé une lèvre boudeuse, avant d'acquiescer.

—Alors, que font tes influenceurs, aujourd'hui ? m'a-t-il demandé en se renversant dans son fauteuil, satisfait des résultats de son offensive de charme. Quand je pense au fric que se fait Leo avec ce genre de truc, je n'en reviens pas, a-t-il ajouté d'un ton narquois.

Une bouffée de panique m'a soudain envahie. Il fallait qu'on reste dans un lieu public, quelque part où il ne tenterait pas d'aller plus loin avec moi. L'idée de devoir l'embrasser, voire plus, me retournait l'estomac.

—Eh bien, ils vont bientôt aller boire un verre au Cow-boy Bar. Cet après-midi, c'est *happy hour* et danses country. Un incontournable à Jackson. Et si on y allait, nous aussi ? Ce serait sympa !

Kyle a terminé son café.

—Hum, je suppose que hors saison, il n'y a pas grand-chose d'autre à faire, ici, a-t-il commenté en haussant les épaules. C'est vrai, Jackson, ce n'est bien que pour le ski, et encore ! personnellement, je préfère Aspen. Ici, c'est un peu brut de décoffrage, non ? Enfin… allons-y, je te suis.

***

Nous étions au bar depuis à peine une heure lorsque le groupe est arrivé. Assise à côté de Kyle qui avait le bras négligemment posé sur le dossier de ma chaise, je regardais les danseurs de country lorsque j'ai vu Cole entrer, Kendra pendue à son bras. Ça m'a fait l'effet d'un coup de poing à l'estomac.

—Oh, regardez ! s'est exclamé Leo en nous faisant signe depuis le comptoir.

La petite troupe s'est tournée vers nous, Cole en dernier. Instantanément, son corps a accusé le choc : il s'est crispé, les poings serrés le long du corps. Jesse l'a retenu par le bras en lui murmurant quelque chose à l'oreille.

Lorsqu'ils se sont approchés, nous n'avons pas échangé un mot. Toujours cramponnée à Cole, Kendra l'a conduit vers les danseurs. Jesse et Ashley leur ont emboîté le pas, tandis que Bailey, Lil, Alix et Leo bavardaient avec animation pendant que ce dernier filmait toute la scène.

Il nous a refait signe et cette fois, Kyle s'est levé. Moi, je suis restée assise, ressentant l'effet des trois cocktails particulièrement costauds que j'avais bus.

—Vas-y, lui ai-je dit avec un doux sourire. Moi, je danse la country comme un pied... Je vous regarderai.

Avec un sourire en coin, Kyle a rejoint Leo et il est entré dans la danse.

J'ai regardé en direction de Cole à l'instant où il tournait la tête vers moi. Nos regards se sont croisés au-dessus de Kendra qui voletait autour de lui. Il m'a dévisagée avec circonspection, l'air blessé. Ses yeux se sont alors posés sur Kyle avant de revenir vers moi, comme s'il n'arrivait pas à y croire.

J'ai baissé le nez dans mon verre. J'aurais tellement voulu le rassurer ! Mais comment faire sans éveiller les soupçons de Kyle ? Petit à petit, l'après-midi a cédé la place à la soirée. Les facéties de Kyle et de Leo focalisaient tous les regards, incitant d'autres touristes à entrer dans la danse.

Tandis que je cherchais un moyen de m'éclipser discrètement, calculant que Kyle allait bientôt être trop soûl pour s'apercevoir de mon absence, Jesse est venu se planter à côté de moi. Le col largement ouvert de sa chemise laissait voir sa peau bronzée luisante de transpiration.

Je lui ai souri.

—Tu t'amuses bien ? ai-je demandé, soucieuse de ne pas laisser transparaître la tension dans ma voix.

—Je suis le mouvement…

Il m'a rendu mon sourire, mais sans sa chaleur habituelle.

—Écoute, Lottie, je sais que ça ne me regarde pas et je comprendrais que tu me dises de m'occuper de mes affaires, mais… qu'est-ce qui se passe avec ton ex ? Cole est dans tous ses états. Je sais qu'il y a quelque chose entre vous et…

Voyant que je me décomposais, il a posé la main sur mon bras.

—Et je sais que c'est sérieux. Je ne veux pas mettre les pieds dans le plat et je ne peux pas non plus parler en son nom, mais le fait est que Cole est fou amoureux de toi et moi, je… je ne peux pas rester les bras croisés alors qu'on lui brise le cœur, tu comprends ?

J'ai serré les dents, ravagée par l'angoisse et la honte.

—Je… je sais que les apparences sont trompeuses, mais je ne compte pas lui briser le cœur, d'accord ? Et le fait que tu aies pris sur toi pour venir m'en parler, je trouve ça très bien de ta part, Jesse, tu fais honneur à votre amitié.

J'ai tenté de lui faire en sourire rassurant, mais le résultat devait plus s'apparenter à une grimace.

—De toute façon, Kyle repart à la fin du week-end.

Jesse a froncé les sourcils.

—Mais il le sait, lui, qu'il repart ? (Il a lancé un regard vers Kyle qui était en pleine conversation avec Leo.) Parce que, vu comment il se comporte avec toi, on ne dirait pas.

—Je te le jure, Jesse, je n'éprouve rien pour Kyle. Il faut juste que je limite les dégâts le temps du week-end. Je ne peux pas prendre le risque de tout gâcher en laissant Kyle taper un scandale, tu comprends ? Nos petites histoires ne doivent surtout pas éclipser notre opération marketing. C'est l'avenir du ranch qui est en jeu, ainsi que vos emplois.

J'ai ravalé mes larmes avec difficulté, tandis que Jesse me serrait le bras, radouci.

—OK, OK... Je pige mieux, maintenant. Allez, ne t'en fais pas, Princesse, on est avec toi. Regarde, les influenceurs s'amusent comme des fous et on va faire en sorte que ça continue, d'accord ? J'ai même promis à Ashley de lui donner un cours particulier de lasso, fringues facultatives.

—Oh non... ai-je soupiré en vidant mon verre. Dis-moi que c'est une blague.

Jesse s'est contenté de sourire.

—C'est clair qu'on se marre davantage, depuis ton arrivée au ranch. Bon, tu veux un autre verre ? s'est-il enquis en se retournant vers le bar.

J'ai jeté un regard à Kyle.

—Non, ça ira. Je vais rentrer. Seule.

Jesse a approuvé d'un clin d'œil et, rajustant son chapeau, il est allé vers le bar d'une démarche nonchalante.

J'ai traversé la foule qui dansait en ligne pour atteindre Kyle.

—Je suis fatiguée.

Je n'ai pu me défendre d'un mouvement de recul alors qu'il m'attrapait par la taille.

—Écoute, on se voit demain, d'accord ? On organise un barbecue, au ranch. Tu n'as qu'à venir.

—Va m'attendre à mon hôtel, m'a-t-il répondu, le souffle court et les joues rouges. J'ai pris la suite *penthouse*. Je te rejoins là-bas.

—Non, je reste au ranch ! ai-je crié par-dessus la musique. N'allons pas trop vite, d'accord ? Écoute, on en reparlera quand ils seront tous partis.

Kyle a levé les yeux au ciel, mais il a acquiescé en me caressant les fesses et, sans prévenir, m'a embrassée, brutalement.

Je me suis écartée comme sous l'effet d'une piqûre et j'ai tourné les talons avant qu'il ait pu tenter autre chose. J'allais sortir du bar lorsque quelqu'un m'a attrapé la main au passage.

—Ne me dis pas qu'il t'a convaincu de revenir avec lui ? m'a apostrophée Cole d'une voix vibrante de colère.

—Écoute, je ne peux pas te parler, ai-je répondu sans même oser le regarder.

Sur ce, je suis sortie dans la lumière déclinante du jour.

La dernière chose que j'ai entendue, c'est la voix de Kendra qui appelait Cole.

***

Sur le trajet du retour, je me suis obligée à ne pas craquer : je devais rester dans une logique purement pratique. Une fois dans ma chambre, je me suis nettoyé le visage en profondeur afin d'effacer toute trace de Kyle, je me suis mise directement en pyjama et je me suis couchée avec mon casque sur les oreilles. J'allais me plonger dans un livre audio. C'était peut-être futile, mais j'avais besoin de m'évader et je savais qu'un bon roman ferait le job. En plus, le fait d'écouter des voix empêcherait mon esprit de s'égarer dans la mauvaise direction.

Le narrateur a entamé son récit et je me suis laissée aller contre la tête de lit, les yeux fermés. La magie commençait déjà à opérer : mes muscles se détendaient un à un, tandis que toutes mes angoisses et frustrations s'évacuaient…

Une main s'est posée sur mon épaule. J'ai fait un bond, rouvrant les yeux d'un coup.

Cole.

J'ai ôté mon casque. Fin de la relaxation.

Il se passait les mains dans les cheveux, le regard fou.

—Quoi ? Qu'est-ce qu'il y a ? Qu'est-ce qui s'est passé ?

Affolée par le désespoir que je lisais dans ses yeux, j'ai repoussé les couvertures pour me lever.

—Je ne veux pas te perdre, Lottie, a-t-il murmuré en s'agenouillant devant moi.

Une profonde souffrance s'était peinte sur son visage. Bourrelée de remords, j'ai tenté de rassembler mes pensées, de prononcer quelques mots cohérents.

—Cole, il faut que je te…

Il s'est rapproché de moi et m'a attirée vers le bord du lit pour me regarder droit dans les yeux.

—Je t'ai menti, Lottie. Je t'avais dit que je ne me mêlerais pas de ta décision, que je respecterais ton choix quel qu'il soit, mais c'est plus fort que moi, je n'y arrive pas. Je ne peux pas te laisser partir comme ça, c'est impossible. Je n'ai jamais ressenti ça pour personne, tu sais. Alors, quand je l'ai vu te toucher, t'embrasser, je…

Il a secoué la tête, les poings serrés, en lutte contre lui-même. J'aurais voulu tout lui expliquer, mais dans l'état où il était, je savais qu'il n'entendrait rien. Alors, j'ai fait la seule chose susceptible d'attirer son attention.

J'ai ôté mon haut de pyjama.

Sidéré, il a contemplé mes seins avant de m'interroger du regard.

—Je joue la comédie, Cole. J'ai fait semblant de donner de l'espoir à Kyle pour qu'il ne bousille pas notre week-end. (Tout en parlant, j'ai commencé à déboutonner sa chemise.) Il n'y a plus rien entre lui et moi. Parce que c'est toi que je veux, et personne d'autre.

Il continuait de me dévisager, en pleine confusion.

Soutenant son regard, j'ai caressé du doigt sa joue ombrée de barbe, ses traits encore crispés. Un même frisson nous a parcourus.

D'un mouvement d'épaule, il s'est débarrassé de sa chemise qui est tombée au sol.

—Alors, vous ne vous êtes pas remis… ensemble ? Tu ne repars pas à Londres ?

J'ai secoué la tête avec véhémence. Il s'est agrippé au bord du lit, s'abandonnant au soulagement et je me suis laissée glisser du matelas pour m'agenouiller moi aussi devant lui. Enfin, comme s'il émergeait d'un cauchemar, il s'est ranimé. Ses mains se sont égarées vers mes seins avant de remonter vers mon cou, mon visage.

—Cole, je te demande pardon si je t'ai fait de la peine, ai-je murmuré contre ses lèvres. Vraiment. Tu comprends, il fallait bien que je lui fasse croire qu'il allait me récupérer… Mais, il ne s'est rien passé entre lui et moi. C'est toi que j'ai dans la peau, c'est toi que je veux.

Il m'a pris la bouche et rallongée sur le lit en m'enlevant mon bas de pyjama.

—Je n'ai pas arrêté de fantasmer sur toi depuis la nuit qu'on a passée dans la montagne, m'a-t-il avoué d'une voix rauque d'émotion.

Et ouvrant la braguette de son jean, il s'est allongé sur moi.

—Je suis à toi, Lottie. Tu peux faire ce que tu veux de moi.

Il a commencé par m'embrasser lentement, d'abord dans le cou, puis de plus en plus bas, sur les seins, et puis encore plus bas. Sa main s'est posée sur ma hanche et j'ai senti sa barbe me chatouiller l'intérieur des cuisses.

Soudain, des voix ont résonné dans le couloir. J'ai agrippé la courtepointe, au cas où.

Cole a relevé la tête pour jeter un coup d'œil en direction de la porte. Il a fini d'ôter son jean et m'a tendu les mains.

—Salle de bains, a-t-il chuchoté en m'aidant à me lever.

Il m'a donné un baiser et ma peau s'est embrasée au contact de la sienne. Il m'a à moitié portée jusqu'à la salle de bains, puis a refermé la porte qui s'est verrouillée avec un petit clic rassurant.

—Et cette douche que tu m'avais promise, l'autre jour ? a-t-il fait en considérant la vaste cabine avec douche cascade.

J'y suis entrée en souriant et, m'adossant à la paroi du fond, j'ai fait couler l'eau. Cole m'a rejointe et s'est de nouveau agenouillé devant moi.

J'ai froncé les sourcils.

—Mais qu'est-ce que tu… oh…

Il m'a écarté les jambes et du bout de la langue, a lentement tracé un sillage de feu depuis mes hanches. L'eau chaude ruisselait sur ses épaules et les muscles fermes et bien dessinés de son dos. Il m'a empoigné doucement les fesses pour me rapprocher encore plus de sa bouche, sa langue s'insinuant entre mes cuisses et enfin, en moi. Le souffle coupé, j'ai fermé les yeux, éblouie de plaisir, la tête renversée contre le mur carrelé. La vapeur commençait à emplir la douche et j'ai dû me mordre le poing pour ne pas crier, le bruit de l'eau couvrant à peine mes gémissements.

—Pas déjà, Princesse.

Sa bouche est remontée le long de mon corps, puis il m'a soulevée en me plaquant contre le mur et m'a pénétrée tandis que je nouais mes jambes autour de ses reins.

—Vas-y, chérie, prends ton plaisir. Je veux que tu jouisses sur moi, montre-moi que je suis à toi.

—Cole…

Je commençais à perdre la tête. Il s'est enfoncé en moi d'un coup de reins, tandis que je m'agrippais aux muscles puissants de son dos, mes doigts glissant sur sa peau mouillée.

—Ne t'arrête pas…

Il a lâché un petit rire.

—Je ne m'arrêterai jamais. Même si je voulais, je ne pourrais. Tu es la femme de mes rêves, Princesse.

Et il m'a gardée contre lui jusqu'à la fin, jusqu'à sa fin. Jusqu'à ce qu'il n'y ait plus d'eau chaude. Il nous a enveloppés dans des serviettes et nous sommes repassés dans la chambre. D'un seul geste, il a traîné la lourde commode en bois massif et l'a poussée devant la porte.

—Une fois, ce n'est pas suffisant pour ma chérie, a-t-il déclaré, les yeux brillants.

Je me suis laissée aller en arrière sur le lit, contemplant son corps avec émerveillement tandis qu'il revenait vers moi.

—Je veux en perdre le compte, ai-je murmuré, sachant ce qui allait suivre et déjà conquise par la nuit blanche qui s'annonçait.

20

— Il faut juste qu'on tienne jusqu'au barbecue de ce soir. Après ça, ils feront leurs valises et ils repartiront demain matin à la première heure.

Cole a opiné du chef. Amusée, je le regardais tenter de discipliner ses cheveux en bataille, preuve flagrante de la nuit blanche qu'il m'avait promise et offerte sans retenue.

—Et Kyle ? s'est-il enquis. Comment on va le gérer, lui ? Parce que pour tout te dire, je me ferais un plaisir de le renvoyer chez lui à l'ancienne. Mais c'est toi qui décides, ma belle.

J'ai réfléchi. J'aurais adoré voir Kyle K.-O. sur la terrasse, mais il risquait de devenir méchant, de faire intervenir ses avocats ou de chercher un autre moyen de détruire Cole et le ranch.

—Et si on baisait devant lui, tout simplement ? ai-je suggéré d'un ton décontracté.

Je me suis délectée de sa stupeur, puis de son grand sourire.

Il m'a transpercée d'un regard sauvage.

—J'aime ta bouche. Et je… j'aime aussi tout le reste.

Je n'osais plus respirer, consciente qu'il avait failli me faire un aveu d'une portée tout autre.

Nous nous sommes contemplés en silence. Cole était redevenu grave. Il allait me dire quelque chose quand…

—Lottie ? Tu es debout ? Si ça ne t'ennuie pas, j'aurais besoin que tu m'aides à préparer la viande pour le barbecue. On n'aura qu'à tout descendre au lac, une fois que ça sera prêt ? Apparemment, la nuit sera claire.

—D'acc', Lil ! ai-je lancé sans détacher mon regard de Cole. J'arrive dans dix minutes.

Le silence est retombé sur la chambre. J'ai soupiré. De toute façon, il faudrait bien que je me lève… Je ne pourrais pas repousser cette journée éternellement.

À cet instant, Cole m'a pris la main.

—Je ne veux plus me cacher ni jouer la comédie, quand tout ça sera fini, a-t-il déclaré d'une voix pleine d'émotion. Je veux que tout le monde sache ce que je ressens pour toi : je veux vivre avec toi.

Je brûlais d'envie de lui avouer mes sentiments. Mon instinct me poussait à le lui dire. Mais pas avant que Kyle et les autres soient partis. Pas encore.

—Moi aussi, ai-je simplement répondu. Tu verras, on va bientôt tous les soûler avec notre histoire.

Il m'a pressé les doigts avant de commencer à s'habiller. Décidément, il avait un cul parfait.

—Je vais faire de mon mieux pour éviter l'autre connard, m'a-t-il promis en enfilant son jean, gâchant ma vue imprenable. Et pourtant, j'ai rarement croisé quelqu'un qui méritait autant de se faire casser la gueule.

J'ai acquiescé en me levant et j'ai commencé à enfiler ma tenue western, les fringues qui me correspondaient vraiment.

—Pense à Lil et au ranch, lui ai-je conseillé avec une fermeté qui a quelque peu vacillé alors qu'il remontait sa braguette.

Il a surpris mon regard et a souri tandis que je me détournais pour dissimuler ma gêne.

—Impossible, Princesse, je ne pense qu'à toi, a-t-il répliqué en passant sa chemise. Bon sang, qu'est-ce que t'es mignonne quand tu rougis sous tes taches de rousseur…

Je me suis mordu la lèvre. Ses mains se sont figées sur les boutons de sa chemise.

—Tu veux me mettre en retard, c'est ça ? a-t-il marmonné en faisant le tour du lit en dépit de mes protestations.

—Non, non… je ne peux pas ! ai-je hoqueté, partagée entre rire et désir, bien que nos corps aient passé la moitié de la nuit enchevêtrés. Lil a besoin de moi… En plus, elle va se rendre compte que tu manques toi aussi à l'appel si tu ne files pas tout de suite à l'écurie…

Il s'est immobilisé, les doigts sur sa braguette, le regard fixé sur ma bouche.

—Alors, rendez-vous après le barbecue. Tes lèvres, ma queue.

Je l'ai regardé comme si je réfléchissais au *deal.*

—Je vais y penser, ai-je répliqué en haussant les épaules. Et toute la journée, même !

Cole a éclaté de rire, a fini de boutonner sa chemise et m'a effleuré le menton avant d'aller remettre la commode à sa place.

Enfin, il a ouvert la porte et jeté un œil dans le couloir.

—Pas autant que moi, m'a-t-il lancé dans un soupir en refermant la porte sans bruit.

***

La journée s'est déroulée dans une brume de tension nerveuse. Pendant que Jesse, Bailey et Cole divertissaient les invités en se livrant à un concours de *roping*, Lil et moi sommes allées tout installer à l'endroit où nous allions faire le barbecue. Nous sommes descendues jusqu'au petit lac, là où les immenses sapins cédaient la place à une clairière et à une étroite plage de galets. Une terrasse couverte, festonnée de guirlandes lumineuses, abritait deux rocking-chairs, un hamac ainsi qu'un long canapé d'extérieur, face à un gigantesque brasero.

De l'autre côté, il y avait un grill de taille industrielle et un four à pizza en pierre qui avaient été installés là la dernière fois que j'étais venue au ranch avec mes parents.

Entre mes sombres ruminations et mes efforts pour ne pas repenser à ma nuit de passion, je n'avais pas dit trois mots de la matinée.

C'est Lil qui a rompu le silence.

—Ça se passe bien, on dirait. Ils ont l'air de s'amuser. Leo m'a même dit qu'il aimerait revenir pour de vrai, avec sa copine et sa famille, cet automne.

—C'est génial !

Mais aurait-il encore envie de revenir, après ce qui allait se passer, ce soir ? n'ai-je pu m'empêcher de penser.

Lil m'a regardée d'un air gêné.

—Et euh… donc… c'est quoi le *deal* entre Cole, Kyle et toi… ? Je ne veux pas te mettre la pression, ma chérie, mais je te trouve bien silencieuse. Tu veux que je fasse quelque chose pour toi ?

J'ai réfléchi. Jusqu'où pouvais-je aller dans les confidences ? Mais le visage ouvert de ma cousine, son expression franche et son regard sincèrement préoccupé ont emporté ma décision.

—Écoute, je veux d'abord réussir cette dernière journée afin qu'ils repartent avec le meilleur contenu possible et que le ranch cartonne sur les réseaux sociaux. Mais dès demain… Si tu veux bien de moi, Lil, j'aimerais rester, t'aider à tout gérer.

Stupéfaite, elle a posé les petits pains à burgers.

—Tu veux rester ici ? Pour de bon ?

J'ai ri.

—Si ça ne te dérange pas, oui. Je ferai ma part moi aussi, bien sûr. Je t'aiderai au ranch et si tu ne peux pas me dégager un salaire, je prendrai un job en ville.

—Oh, ma chérie ! Ça me ferait tellement plaisir ! s'est-elle écriée en se précipitant pour m'embrasser. T'inquiète, on trouvera bien un moyen de te rémunérer. Je sais que ton séjour a été un peu mouvementé, mais le ranch serait tellement… tellement vide sans toi !

Soudain, elle s'est interrompue, l'air soucieux.

—Mais… et Kyle ? Et le job que tu viens de décrocher à Londres ?

J'ai haussé les épaules.

—Ils ne pèsent pas assez lourd dans la balance.

J'allais choisir mes mots avec soin pour expliquer ma situation à Lil quand, tout à coup, j'ai laissé tomber :

—Je suis amoureuse de Cole. Je ne peux pas vivre sans lui, c'est impossible.

Lil a poussé un cri perçant et m'a serrée si fort que j'en ai eu le souffle coupé.

—Lottie ! Mais… Quand est-ce que…

Je l'ai coupée.

—Je ne lui ai pas encore avoué mes sentiments, pas clairement en tout cas.

J'ai dû réprimer un sourire en pensant à toutes les caresses par lesquelles je les lui avais prouvés.

—Et Kyle, il vient au barbecue ? s'est enquise Lil en m'étreignant encore une fois avant de reprendre ses préparatifs.

—Eh oui… il vient. Ce sera notre dernière épreuve. Si on survit à ça, on survivra à tout.

***

Mes paroles résonnaient encore à mes oreilles lorsque, quelques heures plus tard, nous avons allumé le grill et que tout le monde est enfin descendu. Ashley et Kendra avaient décidé de faire quelques vidéos près du petit lac, prenant la pose avec leur verre de vin pendant que je le leur remplissais à ras bord.

—Eh, Lottie ? a fait Ashley qui cherchait la meilleure lumière avec son téléphone. Je peux te demander un truc ?

J'ai jeté un regard en direction de Kyle. Il était arrivé depuis peu, maussade et en gueule de bois, et avait tout de suite insinué que nous devions « nous tirer d'ici », aller dans un endroit « plus sympa » afin de « refaire connaissance ». Rien que d'y penser, j'en avais la nausée.

J'ai souri à l'influenceuse. Si seulement j'avais pu siffler cette bouteille de vin, ici et maintenant !

—Bien sûr, Ash, vas-y.

—Bon, j'espère que c'est OK, mais j'ai montré un peu de mon contenu à une de mes amies… T'inquiète pas, elle ne partagera rien pour le moment, mais je suis sûre qu'elle serait dingue de ce ranch. Elle publie également des contenus de voyage, mais son truc, c'est surtout les mariages et les week-ends entre filles, tu vois ?

Elle a cliqué sur le compte de son amie et a fait défiler deux ou trois vidéos. De mon côté, je retenais mon souffle. C'était l'une des influenceuses que j'aurais voulu inviter ! Mais avec une communauté de plus de cinq millions de *followers* et la rémunération qui allait avec, c'était le genre de fille que je n'avais même pas pris la peine de contacter.

—Du coup, elle se demandait si vous seriez d'accord pour qu'elle organise un concours sur son compte avec en cadeau un séjour gratuit au ranch pour quelques-uns de ses *followers*. Et je pense qu'elle viendrait, elle aussi, pour voir. Sans se faire rémunérer.

Je n'en revenais pas. J'essayais de la jouer cool, mais j'étais incapable de ne pas sourire jusqu'aux oreilles.

—Euh, écoute… Bah, oui… Oui, je suis sûre que ça peut se faire.

J'ai tourné la tête vers Lil, désireuse de l'inclure dans la conversation.

—C'est génial, ai-je poursuivi. En tout cas, merci d'avoir partagé tes vidéos avec elle.

Ashley a balayé mes remerciements d'un geste et a lancé un regard en direction de Jesse.

—Oh, de rien… ça m'a fait plaisir. On a passé un week-end fantastique, hein, Kendra ? Vous êtes tous géniaux et ce ranch, c'est un vrai petit coin de paradis.

Kendra a murmuré son assentiment, l'air absent. Mais je n'avais pas besoin de suivre son regard pour savoir qui occupait toutes ses pensées. De toute façon, après la nuit que j'avais passée avec Cole, c'était le cadet de mes soucis.

—Il vient d'où, ce vin ? s'est enquis Kyle d'un ton traînant.

Il l'a fait tournoyer dans son verre et l'a humé en faisant la grimace avant de se risquer à en prendre une gorgée. Lil lui souriait timidement et toute ma joie s'est envolée. Je sentais l'irritation de Kyle et sa patience dangereusement limitée.

Je m'en voulais tellement de leur avoir imposé sa présence, à tous !

Poussant Lil à rejoindre les autres, je suis intervenue.

—De Californie.

Sans autre commentaire, Kyle a vidé son verre. Leo a éclaté de rire.

—Eh, vas-y mollo, vieux… On ne fait pas la course !

Kyle a haussé les épaules en suivant du regard Cole qui traversait la terrasse pour aller aider Lil.

—Ce genre de vin, faut le boire cul sec, sinon c'est pas supportable, a-t-il rétorqué.

Comme j'attisais le feu, il a brusquement tourné la tête vers moi.

Ses yeux avaient pris un éclat vitreux et il avait les pommettes toutes rouges.

—En plus, ça sert à rien de rester sobre… C'est pas comme si on allait faire des *performances* après, hein, Lottie ? Alors, à quoi bon ?

Autour de nous, les conversations se sont tues. Tout le monde avait saisi l'allusion.

Mon moral a dégringolé. *Et merde.*

Leo a froncé les sourcils.

—Oh, du calme, mec…

Je sentais venir l'orage, comme un frémissement à la surface du lac. Kyle n'allait pas obtenir ce qu'il voulait au moment où il le voulait et ça, il avait du mal à le digérer. J'ai jeté un regard en direction de Cole. Le visage inquiet, il était aux aguets, prêt à bondir à ma rescousse.

Kyle l'a remarqué, lui aussi, et son expression a viré à l'aigre.

Il s'est mis à rire, mais c'était un rire amer.

—Ah, d'accord ! C'est donc ça… (Il s'est levé, mais a dû se rattraper au dossier du canapé.) J'étais tellement occupé à observer la façon dont Big Foot te reluquait que je n'ai même pas remarqué que toi aussi, tu le matais !

Abasourdies, Kendra, Ashley et Alix devinaient qu'il se passait quelque chose tandis que Cole, changé en statue de sel, avait les yeux qui lançaient des éclairs.

Affolée, j'ai fait signe à Kyle de venir avec moi. Il fallait que je l'éloigne à tout prix.

—On peut se parler, s'il te plaît ? ai-je murmuré.

—Non, non, non… pas de ça avec moi, a-t-il fait en m'agitant son doigt sous le nez. Moi, j'ai reconnu mes torts. Et entre parenthèses, il t'en faut pas beaucoup pour monter sur tes grands chevaux, hein… Mais toi ! Je me rends bien compte, maintenant, de ce que tu trafiquais dans mon dos !

J'ai imploré muettement Cole de rester calme.

—Ne le regarde pas quand je te parle, espèce de salope ! a sifflé Kyle.

Les filles ont étouffé des exclamations indignées, qui ont viré à l'inquiétude lorsque Cole a foncé droit sur nous.

J'ai voulu m'interposer, mais il s'était déjà planté à trente centimètres de Kyle.

—Non, Cole, je t'en supplie !

—Vas-y ! Ose répéter ce que t'as dit, enfoiré ! a-t-il craché. Je te préviens, si tu l'insultes encore une fois…

—Mais qu'est-ce que ça peut te faire à toi ? a lancé Kyle avec un sourire mauvais, bouffi d'arrogance.

—Cole, ai-je encore murmuré, le cœur dans la gorge.

Autour de nous, l'expression horrifiée des invités sonnait le glas de l'illusion que j'avais cru pouvoir créer.

—Ça me fait, connard, que je ne vais pas tolérer ça plus longtemps. Tu parles à la femme que j'aime. Et tant qu'elle voudra bien de moi, je passerai mes jours à lui prouver que tous les hommes ne sont pas des gros cons hypocrites et égoïstes dans ton genre.

Un silence de mort s'est fait autour de nous. Tout le monde attendait, bouche bée.

Sauf moi. Je n'entendais que les paroles de Cole qui résonnaient en boucle dans ma tête. Il m'aimait.

Voilà pourquoi je n'ai pas vu Kyle qui avait fait volte-face et marchait sur moi d'un pas martial. Il m'a pris le bras comme dans un étau.

—Ça, ça m'étonnerait ! a-t-il lancé en me tirant violemment vers lui, ses doigts me meurtrissant la chair. Allez, viens, Lottie ! Y en a marre de ces conneries de bouseux !

—Aïe ! Arrête, Kyle ! Tu me fais mal !

J'ai entendu des pas précipités derrière moi. Cole avait empoigné Kyle et le forçait à me lâcher.

—Je t'avais prévenu, connard ! a-t-il sifflé, alors que Kyle se retournait vers lui dans une attitude belliqueuse.

Cole lui a collé son poing dans la figure.

Et ç'a été le chaos.

Jesse et Lil se sont rués vers Cole. Kyle, lui, hurlait de douleur et de rage.

Bailey m'a éloignée de la scène avec douceur.

—Ça va, ma belle ?

Mais c'est tout juste si j'ai entendu sa question. Elle m'a examiné le bras.

—Il a pas fait semblant, dis donc.

— Empêchez-les de se battre, je vous en supplie ! me suis-je écriée.

Leo était en train de tirer en arrière Kyle qui gueulait un chapelet d'obscénités. En face, Jesse et Lil empêchaient Cole de se jeter sur lui.

—C'est ça que tu veux, sale petite garce ? m'a crié Kyle dont la pommette meurtrie virait au cramoisi. Je te préviens, s'il t'a déjà baisée, je veux plus rien à voir à faire avec toi ! Je préfère pas imaginer toutes les saloperies qu'il t'a refilées !

Il a repoussé Leo qui tentait de le maîtriser.

—Kyle, arrête ! lui a lancé ce dernier. Tu es en train de te ridiculiser. Ce n'est pas digne de toi, mec. Elle a tourné la page, alors va-t'en, maintenant, ça vaudra mieux pour tout le monde.

Kyle a finalement haussé les épaules comme si tout ça lui était indifférent.

—Eh bien, je te souhaite bonne chance ! a-t-il craché en regardant Cole avec haine. Parce que cette fille n'est qu'une sale petite manipulatrice ! Une moins que rien, comme toi ! Et puis j'en ai marre de toutes ces conneries, de ce bled de merde ! Tu y es, à ta place, pauvre con, et elle aussi !

Sur ces mots, il s'est éloigné d'un pas rageur.

Bailey m'a serrée très fort dans ses bras pendant que je prenais la mesure des répercussions qu'allait avoir ce lamentable épisode sur l'avenir du ranch.

—C'est bon, Bailey, je prends le relais.

Cole s'était matérialisé à ma gauche. Je me suis laissée tomber contre lui, en larmes.

—Je suis vraiment désolé, Lottie.

Il m'a soulevé le menton. Bien que consciente d'être l'objet de tous les regards, je n'ai pu articuler qu'une seule réponse.

—C'est pas grave, ai-je murmuré en me noyant dans son regard. Moi aussi, je t'aime.

J'ai vu la colère et la violence de ces dernières minutes se dissiper dans ses yeux pour se muer en tout autre chose.

—Tu n'as rien à me prouver, Cole. Tu l'as déjà fait.

Il m'a pris le visage en coupe et, lentement, il m'a embrassée. Avec douceur d'abord, puis avec de plus en plus de fougue, jusqu'à ce que Bailey pousse un sifflement moqueur.

—Oh my God, c'est le truc le plus romantique que j'aie jamais vu ! s'est écriée Ashley.

Enveloppée par les bras musclés de Cole, j'ai tourné la tête : elle et Kendra s'agrippaient l'une à l'autre d'un air extasié.

—Vous êtes trop mignons !

—Mais, attends… Depuis quand vous vous connaissez, tous les deux ? s'est enquis Alix en s'approchant de nous, téléphone en main. C'est trop bien… Tu es en vacances ici, Lottie ?

—Euh… plus ou moins.

J'ai regardé Cole, en quête d'une parole rassurante.

Je me sentais un peu perdue, mais tant que les invités ne prenaient pas leurs jambes à leur cou et n'allaient pas raconter sur leur compte que leur week-end au Diamond Back avait viré au désastre, tout m'était égal.

—Lottie est venue ici pour fuir cet enfoiré qui l'avait trompée, a expliqué Cole en m'embrassant sur le front. Et à la place, elle s'est trouvé un cow-boy.

—Waouh… a murmuré Kendra, admirative. Ça, c'est une putain de stratégie marketing…

Submergée par le soulagement, je me suis mise à rire. C'était tellement ridicule, tout ça ! Kendra s'est jointe à mon hilarité, bientôt imitée par tous les autres.

—Non, mais sérieusement… J'adore, c'est un truc de dingue ! s'est enthousiasmée Ashley, les yeux brillants. On peut inclure un peu de votre histoire dans notre vlog ? Bon, pas le pétage de plomb de Kyle, mais ta rencontre avec un cow-boy, Lottie ? Mes *followers* vont a-do-rer !

J'ai levé les yeux vers Cole qui a hoché la tête en signe d'assentiment.

Leo est venu vers nous d'un air d'excuse.

—Lottie, je suis vraiment désolé de l'avoir laissé débarquer dans notre week-end. Je n'en reviens toujours pas qu'il t'ait parlé comme ça. Mais ne t'inquiète pas, je vais faire en sorte qu'il ne loupe pas son vol de retour. Franchement, si j'avais su l'esclandre qu'il allait faire, je ne lui aurais rien dit.

—C'est bon, Leo, ce n'est pas ta faute. Simplement, c'était le ranch, la vedette du week-end. Alors, tu comprends, je ne voulais pas qu'il n'y en ait que pour Kyle ou pour nous…

J'ai levé les yeux vers Cole. Il me regardait avec une telle intensité que ma gorge s'est nouée d'émotion.

—Oh, mais il n'y en a que pour vous deux ! a répliqué Alix avec un grand sourire. Allez, on va faire quelques photos près du lac avant que le soleil se couche. Cet endroit est vraiment magnifique… Regardez comme l'eau est belle !

La surface du lac était parfaitement immobile. On aurait dit un miroir où se réfléchissait le ciel corail brûlé, tandis qu'au loin, les montagnes majestueuses veillaient sur nous.

Cole et moi sommes descendus main dans la main jusqu'à la rive. Ce silence parfait, ce calme absolu, c'était divin après la scène qui venait de se produire.

—Alors, quelles sont les probabilités pour qu'on se fasse un bain de minuit, tous les deux ? m'a demandé Cole.

Souriant de ma surprise, il a fait jouer les doigts de sa main droite. Ses jointures commençaient à bleuir.

—Euh... Tu sais, mon truc, c'est plus les sources chaudes...

Puis j'ai contemplé son visage et son sourire qui reflétait l'ampleur de ce qui venait de se passer entre nous et j'ai nuancé :

—Mais laisse-moi le temps de me faire à l'idée et je changerai peut-être d'avis.

—Tu me donnes combien de temps pour te convaincre ? s'est-il enquis en me pressant tendrement les doigts.

Je me suis mise sur la pointe des pieds pour murmurer contre sa bouche :

—Toute la vie.

***

Au bout d'un mois, j'avais déjà cédé pour le bain de minuit. À trois reprises.

En plus, le lac était un repère central pour l'emplacement du nouveau chalet. C'était Cole qui m'avait fait la surprise une semaine plus tôt, avec la bénédiction *très* enthousiaste de Lil. Dormir à quelques mètres d'un couple très amoureux, c'est... épuisant.

Ce chalet m'appartiendrait en propre, ce serait ma petite parcelle à moi du ranch familial. En plus, Cole le construisait avec l'aide de Jesse. Ce n'était pas évident de caser des travaux dans leur emploi du temps, alors que les réservations affluaient en continu. Il faut dire que, grâce à nos influenceurs, le Diamond Back avait explosé sur les réseaux sociaux. Mais maintenant que nous avions engagé quelqu'un pour gérer l'administratif et les réservations, ainsi que deux cow-boys de plus pour s'occuper des chevaux, l'horizon s'éclaircissait.

De son côté, Ashley avait tenu parole : son amie Kinza, la célèbre influenceuse, était venue visiter le ranch quinze jours à peine après le fameux week-end. Le concours qu'elle avait lancé pour gagner un séjour au Diamond Back avait eu un énorme succès sur les réseaux, tout comme les contenus qu'Ashley, Kendra, Alix et Leo avaient publiés.

À tel point que Lil avait pu m'engager en qualité de responsable marketing et retour d'expérience. Mon salaire ne représentait qu'une fraction de ce que je gagnais à Londres, mais ça me suffisait largement. En réalité, j'étais plus riche que je ne l'avais jamais été : que peut-on demander de plus quand on est déjà comblée ?

J'avais même réussi à faire prendre des vacances à Lil, les premières depuis quatre ans, ce qui lui avait permis d'aller voir sa mère au Colorado, puis de découvrir Londres pour la première fois de sa vie. Vu que j'avais encore mon meublé pour quinze jours, Lil avait pu en profiter comme d'un Airbnb. Hestia l'avait déjà vidé de mes affaires et m'avait envoyé les quelques bricoles que je voulais garder. Pour le reste, je lui avais demandé de faire don de l'intégralité de ma garde-robe à des boutiques solidaires. L'ancienne Lottie avait officiellement disparu, elle s'était métamorphosée en une nouvelle version de moi-même, vêtue en permanence d'un jean Wrangler et de santiags qui, entre-temps, s'étaient faites à mes pieds. Toutefois, ma mue ne se limitait pas aux fringues : je ne m'étais jamais sentie aussi bien dans ma peau, surtout quand je la collais à celle de Cole.

Accoudée à la barrière du corral, je les regardais, lui et Jesse, marquer l'emplacement de la clôture pour le chemin qui mènerait au chalet, lorsqu'un nuage de poussière a annoncé la dernière partie de mon plan. L'ultime approbation qu'il me fallait pour officialiser le projet.

Le pick-up de Bailey a émergé au détour de l'écurie et a pilé net.

—Eh, Lottie ! Où est-ce que t'as dégoté une fille pareille ?

Elle a sauté de son siège et m'a fait un grand sourire en rajustant son chapeau. Ses joues étaient joliment teintées de rose, comme si elle était restée un peu trop longtemps au soleil.

Je lui ai rendu son sourire tandis que la portière passager s'ouvrait en grand. Un ouragan de cheveux rouges et de fringues noires a foncé droit sur moi.

—Lottiiiie ! *Oh my God !!!* a hurlé Hestia en se jetant à mon cou avec tant de force qu'elle a failli nous faire partir à la renverse. Cet endroit est incroyable ! Bailey est absolument géniale ! Et… oh, putain !

Elle a levé les yeux, la main en visière pour se protéger du soleil. Cole et Jesse venaient vers nous. Ce dernier avait déboutonné sa chemise en raison de la chaleur de cette fin juin.

—Attends, c'est lui, le… ?

—Ouaip ! ai-je fait en riant.

Cole affichait une expression chaleureuse et amusée. Son regard passait d'Hestia à moi. Jesse, lui, ouvrait des yeux comme des soucoupes pour tenter d'assimiler d'un coup ma meilleure amie, ses innombrables tatouages et les flammes incendiaires que le soleil allumait dans ses cheveux cerise.

—Cole, Jesse, je vous présente Hestia.

Tous deux ont touché leur chapeau en souriant.

Elle les contemplait avec incrédulité.

—La vache, Lots ! Tu m'avais bien dit qu'ils étaient canon, mais là… putain de merde ! C'est une dinguerie ! Ils foutent un truc dans l'eau, ici, ou quoi ?

Je n'ai pas réussi à contenir mon rire en voyant la mine stupéfaite de Jesse.

—Ravi de faire ta connaissance, Hestia, a dit Cole en lui tendant la main.

À son tour, il a ouvert de grands yeux, surpris par la… poigne de ma BFF.

—J'ai beaucoup entendu parler de toi, a-t-il ajouté.

—Eh bien, je ne peux pas dire la même chose, hélas ! À ma grande contrariété, Lottie, elle, est restée très évasive à ton sujet, a-t-elle répliqué en me faisant les gros yeux. Quoique, si j'ai bien compris, on n'a pas fini de se voir, tous les trois… Du coup, j'espère en apprendre un peu plus sur toi.

Cole a baissé la tête avec un petit sourire et m'attirant à lui, il a appuyé ses lèvres sur mon front.

—Quant à toi ! a lancé Hestia en allant se camper devant Jesse, les mains sur les hanches. Je ne sais pratiquement rien à ton sujet.

Jesse a esquissé un sourire en la regardant d'un air tout aussi effronté.

—Qu'à cela ne tienne, Madame. Vous verrez, je gagne à être connu…

Hestia s'est retournée vers moi, l'œil brillant.

—Si j'avais su, je serais venue des semaines plus tôt.

Elle a souri à Bailey qui contemplait la scène, appuyée à son pick-up, puis à Jesse.

—Allez, cow-boy, fais-moi faire le tour du propriétaire !

Et, bras dessus bras dessous, ils ont remonté le chemin comme deux vieux amis.

Préférant rester dans les bras de Cole pour le moment, j'ai lancé à Hestia :

—Tout à l'heure, on ira en ville t'acheter un chapeau !

Elle m'a jeté un regard par-dessus son épaule et, sans autre forme de procès, elle s'est coiffée du chapeau d'un Jesse stupéfait et ravi.

—Pas la peine !

Chapitre bonus
Cole

À la seconde où cette fille m'a regardé, à l'autre bout du bar, j'ai su que j'allais avoir des problèmes.

Putain ! J'avais même fait semblant de croire qu'en la débarrassant de ce gros connard de Jim Randall, je ne faisais que me conduire en gentleman. Sauf que mon attitude chevaleresque cachait autre chose, et je le savais très bien. Même à l'autre bout de la salle, Lottie détonnait parmi les autres, et pas seulement à cause de ses fringues de citadine : Dieu sait que Jackson Hole en voit passer, de ces filles de la ville, et toute l'année, encore ! Ce n'était pas non plus parce qu'elle fusillait du regard toute personne à portée de tir. Non, ça venait… ça venait d'elle, tout simplement. Cette fille dégageait quelque chose de magnétique, un truc qui me faisait un effet encore inconnu. Parce qu'elle n'était pas juste canon. C'est pour ça que, dès que je l'avais imaginée moulée dans un Wrangler et coiffée d'un chapeau de cow-boy… je m'étais bougé pour aller l'aborder au bar.

Et là… son accent british. Trop sexy. D'un seul regard, elle m'avait mis K.-O.

Rien que de repenser à ce soir-là, ça me faisait presque bander.

La sonnerie de mon téléphone m'a tiré de ma rêverie. C'était mon frère.

Je l'ai prévenu direct :

— T'as deux minutes, Jay, voire moins : j'ai une dizaine de cow-boys et tout un troupeau à déplacer, ce week-end.

Je me suis collé mon chapeau sur la tête et je suis sorti de la vieille grange en rajustant mon jean. Fallait vraiment que je me ressaisisse, putain !

— Depuis quand tu es un personnage aussi occupé, petit frère ? a gloussé Jay.

Il ne loupait jamais une occasion de me rappeler que j'avais cinq ans de moins que lui, même si je le dépassais en taille, maintenant.

— J'ai une question à te poser, a-t-il dit.

— Bah, t'as intérêt à ce que la réponse ne se trouve pas sur Google, ai-je répliqué en traversant l'étendue herbeuse.

J'ai balayé la propriété du regard : les pick-up et les vans étaient déjà rassemblés derrière l'écurie. Deux cow-boys m'ont salué de la main.

Sauf que moi, je savais qui je cherchais des yeux, et ça n'était sûrement pas ces gars-là.

Jay a lâché un rire bref.

— Ouh là… Qui c'est qui t'a mis de mauvais poil ? Bon, est-ce que Google saura me dire si tu acceptes d'être mon témoin ?

J'ai pilé net. Mon frère et Lianne s'étaient fiancés à Noël, mais je n'avais jamais pensé que je jouerais un tel rôle à leur mariage !

— Ton… oh, putain, Jay ! Sérieusement ? Waouh ! Mais je croyais que…

— Tu croyais que j'allais demander à Riley, hein ?

En fond sonore, j'entendais ses pas et le bruit des chevaux dans l'écurie du ranch familial.

— Bah, oui… c'est ton plus vieux pote, ai-je reconnu en me massant la nuque. Mais… c'est un honneur pour moi, mec. Évidemment que je serai ton témoin.

Un silence m'a répondu, silence qui masquait un des sourires tranquilles de mon frère, j'en étais sûr. Plus jeunes, nous étions très proches, lui et moi, surtout après le départ de notre mère. On avait traversé cette période de merde en se serrant les coudes. Mais tandis qu'à la fin du lycée, Jay avait commencé à gérer le ranch avec notre père, moi, je m'étais mis au rodéo. Très vite, j'avais fait des étincelles et la vie nous avait éloignés l'un de l'autre.

— Enfin, Cole, je n'allais pas choisir un ami pour un truc pareil, alors que j'ai mon frangin ! Mais je te préviens, Lianne va te traîner à des essayages, des dîners de répétition et Dieu sait quoi d'autre…

J'ai poussé un gémissement accablé en me dirigeant vers la barrière du corral.

— Et il faudra que je fasse un discours, c'est ça ?

Oh, là là… Dans quoi je m'étais fourré, moi ?

— Ouaip ! Ah, et puis… tu feras gaffe à certaines de ses copines. Deux ou trois *shots*, et elles vont t'escalader comme une putain de cage à écureuil.

— Peuh !

J'ai sauté par-dessus la barrière.

— C'est fini, ce temps-là, ai-je marmonné.

De nouveau, je n'ai pas pu m'empêcher de scruter les gens qui allaient et venaient autour du corral et de l'écurie. Enfin, j'ai repéré une longue chevelure brune et bouclée. J'ai ralenti le pas.

Elle était en pleine conversation avec Bailey au moment où elle s'est tournée dans ma direction avec un sourire qui illuminait ses yeux. Mon cœur a failli s'arrêter de battre. J'ai voulu lui sourire à mon tour, même si je savais qu'elle se rembrunirait dès qu'elle me verrait. Quand je pensais à la façon dont je m'étais conduit, l'autre jour, dans le corral, je me serais foutu des baffes. Quel con !

— Tu es toujours là ? m'a demandé Jay, tandis que je m'approchais de Domino.

Je l'ai détachée de la clôture et je l'ai menée vers l'un des vans.

— Hé, c'est quoi ton problème, Cole ? Ah, mais... Il paraît qu'une fille a débarqué au Diamond Back. Ce n'est tout de même pas ça qui te...

— Bon, faut que j'y aille, frérot. Écoute, dis à Lianne de m'appeler pour les essayages et tout le bazar, OK ?

J'ai enfourché Domino et rempoché mon téléphone, tandis que la fin d'une des blagues de Carter me parvenait aux oreilles. J'ai souri. C'était l'un des anciens responsables d'Elk Creek. À présent, il bossait dans un ranch de l'autre côté de la frontière avec le Montana et il avait rappliqué avec toute une bande de gars pour nous donner un coup de main. Heureusement, il était plus doué pour monter à cheval que pour raconter des blagues.

— Salut, mec ! Merci d'être venu, lui ai-je dit en arrivant à sa hauteur.

— C'est normal.

Il s'est tourné sur sa selle en même temps que les autres : un bruit de cavalcade s'était élevé dans la prairie.

Bailey et Lottie venaient de s'élancer au grand galop, soulevant un nuage de poussière dans leur sillage. Lottie, ramassée sur sa selle, les cheveux au vent, laissait Jasper allonger sa foulée au maximum. Les oreilles pointées en avant, il déployait une sorte d'énergie de la jeunesse que je ne lui avais jamais vue. Lil m'avait bien dit que Lottie était douée avec les chevaux, qu'ils réagissaient instantanément à elle, mais je me rendais compte à présent que j'avais relégué un peu vite ce détail au second plan, tout comme je l'avais reléguée, elle, au rang de fille de la ville, dès qu'elle avait parlé de Londres. Or Jasper l'adorait, ça crevait les yeux, et même Bambi, la petite pouliche la plus nerveuse qu'on ait jamais eue, avait carrément failli s'endormir pendant qu'elle la brossait.

En fait, c'était moi qui avais un problème avec elle. Et vu que cette fille me squattait le cerveau et que je n'arrêtais pas de repenser à ce baiser dans le bar, j'allais devoir prendre des mesures radicales pour renverser la vapeur.

— Hé, c'est qui, la nouvelle ? m'a demandé Carter entre les rires et les cris d'enthousiasme de deux ou trois autres cow-boys. Décidément, le Diamond Back a les attractions les plus belles de la région, hein ?

— Arrête, ai-je grogné avant de donner aux autres le signal du départ. C'est la cousine de Lil. Si jamais elle t'entend parler de Lottie comme ça, elle te fera la peau.

— À qui je vais faire la peau ?

Lil, montée sur Penny, nous avait rejoints. Elle a touché son chapeau à l'intention de tous les gars qui partaient à la suite de Bailey et de Lottie, et tous lui ont rendu son salut d'un signe de tête. Carter m'a fait un petit sourire entendu avant de s'élancer à son tour.

— Tout se sait dans une petite ville, Lil, ai-je fait. Les gars étaient en train de parler de l'arrivée de Lottie au ranch.

Elle m'a regardé d'un air inquisiteur.

— Je vois… Et est-ce qu'ils ont aussi mentionné le fait qu'un certain cow-boy avait été vu en train de lui conter fleurette au Shelby's Bar ?

Merde.

— Mais pas du tout ! J'empêchais simplement Jim Randall de mettre ses sales pattes sur elle. J'ai veillé à ce qu'elle rentre sans problème à son motel, OK ? Rien de plus.

Pour la seconde fois de la journée, une Dean m'a fusillé du regard.

— Tu t'es pourtant bien gardé de me dire que tu l'avais déjà rencontrée dans ce bar, Cole. Quand je pense que, l'autre matin, j'ai cru que tu la voyais pour la première fois, près du bûcher…

Merde et remerde.

J'ai haussé les épaules.

— Je ne voulais pas la mettre mal à l'aise, c'est tout. Elle était bourrée, ce soir-là.

Lil a laissé passer quelques secondes, puis elle a secoué la tête.

— Écoute, a-t-elle dit en se rapprochant de moi. Lottie a un caractère bien trempé, mais elle n'est pas aussi dure qu'elle en a l'air. Elle vit une sale période en ce moment, à cause d'un sale type. Du coup, quoi qu'il y ait entre vous, lâche-la un peu, d'accord ?

J'ai froncé les sourcils. C'était qui, ce mec qui la rendait malheureuse ? Pff… c'était Lottie qui avait raison, j'étais vraiment un connard.

— Oui, maman, me suis-je gentiment moqué.

Lil m'a souri et je me suis rendu compte que son sourire ressemblait terriblement à celui de Lottie. C'en était même gênant.

— Cole Miller, je t'aime tendrement, mais je te préviens, si jamais tu…

J'ai levé les mains en signe d'apaisement.

— Je déconne, Lil… Et d'ailleurs, je vais me faire pardonner. Dès demain, nous serons les meilleurs amis du monde, Lottie et moi.

Elle m'a adressé une moue dubitative tandis que j'éperonnais Domino. Les autres avaient pris de l'avance sur nous.

— Cole, a insisté Lil en talonnant Penny. Je te connais. Je sais comment tu fais ami-ami avec les jolies filles…

— On fait la course ? lui ai-je lancé avec un grand sourire tandis qu'on accélérait l'allure dans l'herbe haute.

— Connard ! a-t-elle ri en plaquant son chapeau sur sa tête, tandis que Penny l'emportait à fond de train à la suite des autres.

J'ai serré les dents. C'était la deuxième fois en quelques jours qu'une femme me décernait ce titre douteux.

***

On a installé le campement, mangé un morceau, puis on s'est préparés pour la nuit. J'étais assis avec Jesse sur un tronc d'arbre, devant notre tente, quand j'ai vu Lil qui s'approchait de Lottie, un chapeau de cow-boy tout neuf à la main. Aussitôt, je me suis forcé à me concentrer sur ce que me racontait Jesse, bien que j'aie passé les vingt dernières minutes à contempler les reflets d'or que le feu de camp projetait dans les cheveux de Lottie.

— … du coup, je ne sais pas. Le doc dit qu'à la prochaine fracture, je risque de ne plus jamais pouvoir monter, point barre. Que ce soient des taureaux ou des chevaux. D'un autre côté… franchement, j'ai pas eu de chance, sur ce rodéo. T'es au courant de ce que le champion a ramassé l'an dernier, aux World Finals ?

J'ai opiné du chef.

— Ouaip. Trois millions.

— Sans oublier tous les contrats avec les sponsors, a ajouté Jesse, admiratif.

Moi, j'avais du mal à ne pas regarder Lottie qui essayait son chapeau neuf en adressant à Lil des sourires qui me nouaient le ventre.

Jesse a fini par remarquer que je ne l'écoutais que d'une oreille.

— Bon sang, cette fille, c'est quelque chose… a-t-il murmuré dans sa barbe.

Lil s'est éloignée et avec Jesse, on a regardé Lottie ôter son chapeau et le remettre en tournant gracieusement sur elle-même pour voir si elle ne le perdait pas. C'était trop mignon de la voir faire, mais l'enthousiasme de Jesse me faisait bouillir.

— Lil a raison, t'as vraiment l'air d'une jolie cow-girl, comme ça, lui a-t-il lancé en gloussant.

Surprise, elle a posé ses beaux yeux bleus sur nous.

— Fais gaffe à ce qu'on te le pique pas, hein ? a-t-il ajouté. Tu sais ce qu'on dit…

Moi qui connaissais par cœur son répertoire de drague, j'ai failli lever les yeux au ciel.

— Non, mais je suis sûre que tu vas me le dire ? a-t-elle répliqué alors que je m'efforçais de ne pas trop la fixer.

Les mains sur les hanches, elle nous défiait du regard en total mode Dean. Et ce ton qu'elle avait… Son accent anglais transformait chacun de ses mots en petite lame acérée. Même Jesse était impressionné, ai-je remarqué avec un sourire.

— Si tu prends le chapeau, Princesse, tu prends le cow-boy… ou la cow-girl.

Le petit salaud. Imperturbable comme toujours, il lui a décoché un sourire, celui qui en général aboutit toujours au même résultat. J'ai serré les poings encore plus fort.

Rien que de l'imaginer couchant avec Lottie… Mais qu'est-ce que je pouvais y faire ?

— En effet, j'ai intérêt à faire gaffe, alors, a-t-elle conclu à mi-voix.

Et comme elle repartait, ses yeux ont croisé les miens, le temps d'une fraction de seconde. Jesse n'a rien vu, il cherchait quelque chose dans la tente, ce qui m'a permis de la suivre du regard jusqu'au feu de camp. Je la suppliais mentalement : retourne-toi, retourne-toi… À moins que ça soit à moi d'aller la trouver ?

— Bon, je vais me coucher, a déclaré Jesse en bâillant à se décrocher la mâchoire. J'ai toujours autant de mal avec les départs aux aurores. Pourtant, depuis le temps, on pourrait croire que je m'y serais fait…

— T'as raison, ai-je acquiescé. C'est toujours aussi dur.

***

Deux heures plus tard, j'avais toujours les yeux grands ouverts. Jesse, lui, avait pris son rythme : il ronflait à faire fuir tous les ours noirs à la ronde.

Mais je ne lui en voulais pas, ce n'étaient pas ses ronflements qui m'empêchaient de dormir. Mes propres pensées s'en chargeaient très bien toutes seules.

Je me suis relevé en soupirant, j'ai pris ma serviette et je suis parti dans la nuit. La lune presque pleine éclairait le court sentier qui montait aux sources thermales ; la promesse de cette eau bien chaude, voire des quelques heures de sommeil que me procurerait la détente, suffisait à me blinder contre le froid.

Je me suis déshabillé et je suis entré dans le plus petit des deux bassins naturels, la chaleur et le silence combinés m'apportant le soulagement qui m'avait fui toute la semaine. Je me suis installé dans une position confortable, adossé aux rochers lisses, et j'ai fermé les yeux.

Presque immédiatement, j'ai senti sa main sur mon torse, ses bras qui m'attiraient à elle, le goût du whisky sur ses lèvres... Ses lèvres qui étaient devenues rouge cerise après notre second baiser, juste avant qu'elle quitte le bar.

Rouvrant les yeux, j'ai failli grogner de frustration lorsque soudain, j'ai aperçu une lumière qui venait du campement. Une silhouette s'approchait dans l'obscurité, une serviette sous le bras.

Merde ! Mon cœur a failli s'arrêter de battre. Lottie. Lottie venait ici alors que j'étais à poil dans cette source chaude, avec un début de trique en prime !

— Tu es venue me présenter tes excuses ? ai-je lancé.

Je pensais qu'un peu d'humour détendrait l'atmosphère, mais en voyant son regard se glacer, j'ai bien vite regretté mes paroles.

— Mes excuses ? Et pour quoi ?

Je me suis traité de tous les noms. Bon sang, je n'allais pas encore tout faire foirer ! Qu'est-ce que ferait Jesse, à ma place ? Il assumerait, ce con. Il arrondirait les angles.

— Pour m'avoir traité de connard, peut-être ? ai-je suggéré d'un ton léger, l'air innocent, en mode « Qui, moi ? »

Bref, le genre de conneries qui semblaient marcher quand c'était Jesse qui les disait.

Lottie s'est un peu radoucie.

— Mais tu... Je ne t'ai pas vraiment traité de connard. J'ai dit que tes *a priori* sur moi me laissaient présupposer que tu étais un connard.

J'ai baissé la tête pour dissimuler un sourire. Bon sang, qu'est-ce que j'aimais cette fille et sa jolie bouche qui savait sortir des trucs brillants. En plus, il me semblait bien avoir perçu un brin de… de culpabilité, peut-être, dans sa réponse. À moins que ce soit moi qui aie eu envie de l'entendre ?

— D'accord, ai-je répliqué d'un ton parfaitement neutre. Ça revient au même. Et donc, tu viens dans l'eau ou tu comptes mourir de froid ?

Elle a hésité, mais avant que j'aie pu continuer, j'ai vu son regard se poser sur moi, passer de mon visage à ma poitrine et descendre encore plus bas. Oh, putain ! Pourvu qu'elle ne puisse pas voir l'effet qu'elle me faisait sous la surface.

Mais… mais… elle me matait, carrément !

Comme si elle lisait dans mes pensées, elle a reculé d'un pas.

— Bah, je ne peux pas me baigner. Je ne vais quand même pas me déshabiller devant toi. Si tu étais un gentleman, tu sortirais de l'eau et tu me laisserais la place.

Putain de bordel de merde. Elle. Se déshabiller devant moi.

Elle a tourné les talons et j'ai dû me retenir de jaillir de l'eau pour la rattraper.

— Attends, attends ! ai-je lancé à mi-voix.

Je n'avais pas envie de réveiller tout le campement, mais j'aurais fait n'importe quoi pour qu'elle reste.

— Bon, excuse-moi… je te taquinais, c'est tout. Et si je me tourne et que je ne regarde pas ? Une fois que tu seras dans l'eau, c'est toi qui me diras quand je pourrai me retourner.

Elle m'a considéré d'un air méfiant et m'a fait signe de regarder ailleurs. J'ai obéi sans réfléchir. De toute façon, j'aurais fait tout ce qu'elle voulait. Au point où j'en étais…

J'ai entendu le bruit de ses fringues qui tombaient une à une sur les rochers. J'ai dû fermer les yeux. Je n'imaginais que trop bien le petit cul en forme de pêche qu'elle devait avoir, une fois débarrassée de son jean moulant.

— Comment ça se fait que tu ne dormes pas ? m'a-t-elle demandé en entrant d'un pas léger dans l'autre bassin.

— Jesse ronfle.

J'ai entendu sa serviette glisser. J'étais au bord de l'explosion… C'était une sorte de séance de torture personnalisée.

— Et puis j'aime bien rester dans l'eau, au calme. Ça… détend. Et au moins, j'ai la paix. D'habitude.

— C'est bon, tu peux te retourner.

J'ai fait l'erreur de la regarder alors qu'elle relevait la masse de ses cheveux, la tendre courbure de son cou disparaissant lentement sous la surface de l'eau. Elle aussi me regardait avec intérêt.

Gêné, je me suis raclé la gorge et, renversant la tête, je me suis concentré délibérément sur la lune, conscient du sang qui affluait dans tout mon corps à l'exception de mon cerveau. Il fallait à tout prix que je me reprenne. C'était la cousine de Lil, bordel ! Et puis des jolies filles, j'en avais vu des tas, j'en avais eu des tas. Il n'y avait pas raison pour que ça soit différent avec elle. En plus, il fallait que je rattrape ma grossièreté de l'autre jour, je lui devais bien ça.

J'ai inspiré à fond et je l'ai regardée droit dans les yeux, bien décidé à la jouer cool.

— Mais si tu n'es pas une fille de la ville, qu'est-ce que fiche une fille de la campagne à Londres ?

Son regard est devenu tranchant comme une lame et l'espace d'une seconde, j'ai cru qu'elle allait me tailler en pièces. Mais au contraire, elle a semblé rentrer dans sa coquille, comme blessée par ma question. Apparemment, j'avais touché un point sensible.

— J'ai tenté de réussir ma vie… a-t-elle répondu d'une voix aussi douce et calme que la nuit. Franchement, je n'en sais rien.

Elle s'est laissée aller en arrière, les yeux fermés, le front plissé d'inquiétude. Alors, je me suis rendu compte que je n'avais envie que d'une chose : la prendre dans mes bras et la serrer très fort pour ne plus jamais lui voir cet air soucieux. Évidemment, elle m'excitait, mais la voir si angoissée, ça me crevait le cœur. D'un autre côté, j'avais beau en mourir d'envie, je ne pouvais pas la toucher, pas encore.

Il me fallait bien l'admettre, même si ça faisait mal. De toute façon, cette fille valait la peine d'attendre.

— Ma mère était une fille de la campagne qui a choisi de vivre à la ville, lui ai-je soudain avoué. Pour… les mêmes raisons que toi, je crois.

Mais qu'est-ce qui m'avait pris de dire ça ? J'avais le cœur qui cognait à grands coups. Je ne parlais jamais de toutes ces saloperies, à personne. En dehors de ma famille, il n'y avait que Lil qui était au courant de tout.

— Et ça lui a réussi ? s'est-elle enquise avec la même douceur qu'elle mettait dans sa voix quand elle parlait aux chevaux.

J'aurais voulu lui répondre, pour qu'elle comprenne que si j'avais été aussi désagréable l'autre jour, dans le corral, ce n'était pas à cause d'elle. Je n'étais pas comme ça. Mais… ah, putain ! Si seulement ça n'était pas aussi douloureux ! J'ai relevé la tête, soutenu son regard. Ses yeux étaient emplis de bienveillance. Encore une fois, elle me rappelait Lil, par certains côtés : derrière son armure, elle cachait un cœur d'or et une âme pleine de douceur.

— Je ne sais pas, ai-je fini par répondre, et j'ai dû baisser les yeux pour lui avouer la suite. Elle est partie de la maison et après… elle ne venait pas souvent nous voir, mon frère et moi. Aux dernières nouvelles, elle dirigeait une entreprise de la tech à San Francisco, elle s'est fait une nouvelle famille, là-bas.

— Merde… je suis désolée, Cole, a-t-elle murmuré. Pas étonnant que tu ne sois pas fan des citadins. J'étais loin de me douter…

J'ai tenté de sourire, mais à sa tête, j'ai compris qu'elle n'était pas dupe.

— Tu ne pouvais pas savoir. Mais ça va, maintenant. Enfin, non… ça ne va pas. Mais je suis un grand garçon, aujourd'hui.

J'ai soupiré, soudain frappé par la réalité de mes mots, maintenant que je les avais énoncés à voix haute.

— Il faut que je pense à moi, que je me détache de toute cette merde, tu comprends ?

Elle est restée un moment silencieuse, parfaitement immobile dans l'eau. J'avais l'impression d'entendre les rouages cliqueter dans sa tête. Enfin, elle m'a regardé droit dans les yeux.

— Tu peux aussi vivre avec. En prenant du recul. Rien ne t'oblige à agir comme ta mère. D'après Lil, tu as plutôt pris le contrepied. Elle m'a raconté tout ce que tu avais fait pour elle, au ranch. Moi, j'ai l'impression que tu es tout sauf égoïste.

Son compliment, ainsi que la bienveillance de ses paroles qu'elle m'offrait comme une main tendue, tout ça m'a pris de court. La situation commençait à devenir sacrément dangereuse. C'était comme si je marchais droit vers le soleil, aveuglé par sa lumière, la peau en feu, mais que je m'en foutais. Je voulais continuer, aller encore plus loin.

Merde.

— Et toi, alors ? Qu'est-ce que tu veux faire de ta vie ? lui ai-je demandé.

Y avait-il une chance, une toute petite chance, pour qu'elle me réponde qu'elle allait rester au ranch encore un peu ? Juste le temps que j'apprenne à la connaître et que je la persuade par tous les moyens de ne plus jamais repartir.

— Moi, je veux simplement bien faire mon travail, quel qu'il soit. Et si je pouvais bosser loin de la ville, alors… ça serait le rêve. Mais c'est en ville qu'on a toutes les opportunités. C'est peut-être temporaire comme situation.

Elle m'a lancé un regard avant d'ajouter :

— Je ne sais pas si je pourrai vivre toute ma vie entourée de béton.

On aurait dit qu'elle avait lu dans mes pensées, même si au fond de mon cœur, je savais que c'était moi qui me faisais des idées.

Et puis, merde ! C'était quand même elle qui m'avait embrassé la première, aussi soûle qu'elle ait pu être, ce soir-là… Et j'avais très bien vu comment elle m'avait maté, l'autre matin, près du bûcher… C'est vrai, quoi ! En plus, elle m'avait refait le coup, il y a moins de cinq minutes ! Il se passait un truc, là, et ça n'était pas que de mon côté. Je le savais.

Le cœur battant, j'ai tenté ma chance.

— En fait, vous vous ressemblez assez, Lil et toi…

Je me suis repoussé des rochers pour aller me coller contre le bord le plus proche du sien.

— Ça complique les choses.

Elle a ouvert de grands yeux, consciente de mon changement d'intonation.

— Quelles choses ?

Putain ! Sa voix était tout essoufflée et je voyais sa poitrine s'élever et s'abaisser sous la surface de l'eau. J'ai tenté de ne pas sourire. Raté. J'étais tellement soulagé de ne pas m'être fait un film ! À moi, maintenant, de me débrouiller pour rendre ce moment inoubliable.

— Lil, c'est comme ma sœur… ai-je commencé, en prenant appui sur les rochers du bord. Mais quand je pense à toi, ça n'a rien de fraternel.

Ses beaux yeux bleus sont devenus immenses et ses lèvres sensuelles se sont entrouvertes. J'ai surgi de l'eau, incapable de retenir un rire. C'était complètement sans gêne, mais je m'en foutais !

— Putain, Cole ! s'est-elle exclamée en détournant la tête, mais pas avant de s'être rincé l'œil.

— Je sais, c'est ce qu'elles disent toutes, ai-je répliqué en me marrant. Bref, tout ça pour dire… sans rancune, Princesse. Le sujet est clos. De toute façon, je n'ai aucun problème avec toi, je n'en ai jamais eu. Mon seul problème, c'est quoi faire avec toi.

J'ai ramassé ma serviette et je m'en suis entouré les reins. Du côté de Lottie, c'était toujours le silence. J'ai commencé à m'éloigner, lentement, car en fait, j'avais envie de faire tout le contraire. Dans ma tête, j'étais déjà entré dans l'autre source, celle où elle était, je l'avais obligée à me regarder et je l'avais soulevée pour qu'elle croise ses jambes autour de ma taille.

J'ai regardé la lune et je me suis fait une promesse. Si c'était écrit dans les étoiles et si Lottie était d'accord, on reviendrait un jour aux sources chaudes, tous les deux, et cette fois, on réaliserait mon fantasme.

— Ne traîne pas trop ici… lui ai-je lancé, tout en sachant très bien que je veillerais jusqu'à ce qu'elle soit revenue à sa tente et que je casserais la gueule au premier qui oserait ne serait-ce que la regarder. Les autres cow-boys vont bientôt se lever et je n'ai pas envie de commencer la journée en distribuant des pains.

Remerciements

Avant toute chose, je tiens à remercier du fond du cœur l'inimitable Judith Murray. Après avoir passé une éternité à écrire dans un isolement quasi complet, je te suis incroyablement reconnaissante pour ta chaleur, ton soutien et pour la foi que tu as en moi, qui surpasse même la mienne. Un simple « merci » ne peut pas tout englober, mais je suis vraiment très heureuse que nos chemins se soient croisés. Kate Rizzo, Imogen Morrell, Mia Dakin et toute l'équipe, j'ai conscience de tout ce que vous faites pour moi chez Greene & Heaton : c'est un honneur de faire partie de la maison.

À Kinza Azira, mon éditrice aussi talentueuse que perspicace : merci de m'avoir aidée à façonner mon récit en roman. C'est un vrai plaisir de travailler avec quelqu'un qui « capte » et partage mon faible pour les cow-boys ! Un immense merci à Katie Loughnane (quel bonheur que le hasard nous ait de nouveau réunies après tout ce temps !), ainsi qu'à toute l'équipe de Pan Macmillan : Kate Tolley, Charlotte Dixon, Rosie Friis, Anna Shora, Mairead Loftus, Lloyd Jones et Siân Chilvers. Pour avoir moi-même travaillé dans l'édition, je ne connais que trop bien les coulisses de la création d'un livre et je n'ignore pas tout le boulot qu'il y a derrière. Sachez que je vous en suis extrêmement reconnaissante.

Merci également à mes éditeurs étrangers qui ont cru dès le début à l'histoire de Lottie et Cole : je suis si heureuse que leur aventure les emporte au-delà du Wyoming, vers d'autres langues et d'autres horizons !

Aujourd'hui comme hier, j'ai eu la chance immense de travailler avec des personnes formidables qui m'ont soutenue et encouragée tout au long de ce processus d'écriture. Je voudrais citer en particulier Hannah B., Alesha, Ben, Suzanne, Laura, Gavin, Aimee, Niamh, Emily, Liv, Kirsty et Val. Merci pour votre dévouement et votre générosité, ça a tout changé pour moi.

Je tiens à remercier ma famille, proche comme élargie, pour son soutien indéfectible. Papa et maman, qui aurait cru que ce voyage au Wyoming resterait gravé dans mon esprit ? Merci de m'avoir transmis le goût de l'aventure (même si chez moi il est plus intellectuel qu'autre chose !) et de m'avoir fait découvrir le Far West, ainsi que tant d'autres endroits magnifiques.

Ellie Willis, tu es une véritable source d'inspiration pour moi. Sans ton incroyable talent d'écriture et ton œil acéré, je n'aurais jamais réussi à créer ce roman. Lizzle… notre amitié est ancrée dans tout ce que j'écris. Depuis nos querelles en maternelle, près de quarante ans (miséricorde !) se sont écoulés. À ce stade, on est au-delà de l'amitié. Je t'ai toujours considérée comme ma sœur et tu es la seule amie que j'ai jamais pu regarder droit dans les yeux… ! Un jour, j'écrirai notre histoire, promis.

À toi, Elle, ma pom-pom girl à la vie à la mort, l'esprit le plus vif de l'Ouest, je t'offre la rencontre de comédie romantique que nous n'avons jamais pu avoir. Une grande partie de notre amitié transparaît dans celle de

Lottie et d'Hestia. Tu ne peux pas savoir à quel point je te suis reconnaissante. Merci pour ton amitié et pour ton soutien.

Enfin, à toi, Rich. Ironie du sort, je ne trouve pas les mots pour te remercier de ton amour, de ton soutien et de tes encouragements sans faille tout au long de cette entreprise. Ce roman, je te le dédie, à toi ainsi qu'à nos garçons.

À PROPOS DE L'AUTRICE

Gemma Morr a travaillé dans le marketing éditorial où, durant vingt ans, elle s'est employée à mettre en relation des imaginaires avec les univers qui leur correspondent. Elle vit actuellement en Angleterre dans le Hampshire avec son mari et leurs deux enfants. *Cœur rodéo* est son premier roman.

Achevé d'imprimer en septembre 2025
sur les presses de la Nouvelle Imprimerie Laballery
58500 Clamecy
Numéro d'impression : 508224

Imprimé en France

La Nouvelle Imprimerie Laballery est titulaire de la marque Imprim'Vert®